Maurizio de Giovanni

Le parole di Sara

Rizzoli

Pubblicato per

Rizzoli

da Mondadori Libri S.p.A.

Published by agreement with The Italian Literary Agency

ISBN 978-88-17-10992-5

Prima edizione: marzo 2019

Le parole di Sara

A Fabrizio.
La parte bella di me.

In coda a questo romanzo compare il racconto *Sara che aspetta*, pubblicato nell'antologia *Sbirre*, con il quale inizia la storia di Sara Morozzi. Il lettore che volesse conoscere di più del passato della donna invisibile può leggere per prime quelle pagine.

I

E guardalo, allora.

Osserva il suo profilo, non appena la vista si è abituata alla lieve luminescenza che, obliqua, arriva da un lampione giù in strada, luce giallastra mossa dal vento. Riconosci nella penombra la linea della fronte e la curva del naso, uno skyline che ti spacca il cuore; riconosci la dolcezza e l'incanto e l'immensa tenerezza che sai nascondergli così bene.

Ora che dorme, non aver paura di tradire quel sentimento impronunciabile, nato e cresciuto tuo malgrado, quando ormai non ci pensavi più, quando ti credevi al sicuro e immaginavi la tua anima come un deserto, come il dorso screpolato di una brulla collina spiata da un drone.

Guardalo. Senza temere l'opinione di nessuno, tantomeno la sua. Senza curarti del tragico scoccare di una scintilla d'ironia o, peggio, della comparsa di un disinganno sottile. Guardalo perché in quel viso risiede la ragione stessa per la quale oggi ti senti ancora viva, e invece ieri i giorni e i mesi e gli anni erano diventati una banale sequenza di volti anonimi e anonime mani, su di te.

Ma sì, alzati, adesso. Sei brava a muoverti silenziosa come un serpente. Scivola tra le tue cose, nell'ambiente solitario che conosci bene, non producendo il minimo fruscìo. Fermati nuda vicino alla porta, anche tu una sagoma sfuggente nell'oscurità. Dorme, e tu avverti il ritmo del respiro profondo, distingui il torace ampio e scolpito che si solleva e si abbassa, tagliato a metà dal lenzuolo stropicciato. Sembra quasi seta su seta, il tessuto sulla peluria accennata che non hai osato percorrere con una carezza leggera, perché lui non intuisse che c'è altro sotto il fuoco della passione. Ma il sentimento impronunciabile, germogliato dentro di te, esiste davvero e osa perfino sopravvivere all'acido scherno che ci versi sopra per spegnerlo, dall'istante in cui ti sei sorpresa a fantasticare di lui durante il giorno.

Vai in cucina, e versati un calice di rosso. Non accendere la luce, sfiora i contorni di cristallo con la punta delle dita come prima sfioravi quel giovane corpo vigoroso per condurlo dentro di te.

Giovane.

Giovane, sì. La parola chiave, che un tempo ti hanno insegnato e di cui hai compreso il segreto. Una parola in mezzo a un discorso, una tra centinaia e migliaia, un'aggregazione di lettere uguale alle altre, ma che, a differenza delle altre, svela il senso di tutto. Una sola parola, che custodisce ogni significato possibile.

Giovane.

E come negarlo? È giovane. Ha la metà dei tuoi anni; anzi, no, a essere rigorosi, a essere precisi e matematici, ne ha poco più della metà. E a essere cinici, a essere sarcastici: potresti essere sua madre.

Ma tu non hai figli, è vero, perché hai preso direzioni diverse, ti sei mossa su traiettorie differenti. Se fossi stata una ragazza come tante, se ti fossi fermata tra le braccia del primo che hai incontrato, quando a essere giovane eri tu, e forse un amante anziano e influente osservava nella penombra il tuo profilo, mentre dormivi nuda e radiosa e bellissima e soddisfatta, è probabile che te lo saresti tenuto, quell'uomo. E ti avrebbero chiamata "signora" e avresti spinto un passeggino, dio mio, che orrore, invece di conservare l'indipendenza per accumulare forza e potere.

Potresti essere sua madre, sì, ma non lo sei, pensi e sorridi luciferina nel buio, perché tu sei una lupa, e le lupe fiutano la carne fresca, e la desiderano. E allora no, grazie, niente marmocchi per Pandolfi Teresa detta Bionda, la prima donna a capo di un'unità per la sicurezza dello Stato, così riservata che nemmeno ha un nome. Niente figli e niente marito, sesso a volontà, se serve, eccome se serve, ma sempre rigorosamente occasionale, una botta e via, al massimo due, mai una terza.

E invece, rifletti mentre butti giù in un sorso il vino che hai versato senza fare rumore, e invece stavolta le botte sono state più di due. Diciamo che è trascorso un semestre, arrotondando per difetto.

Che ti è successo, Bionda? Te lo chiedi intanto che i

tuoi piedi scalzi percorrono il corridoio guidandoti alla borsa, dove frughi per trovare le sigarette. Lo sai, che ti è successo? Perché proprio lui e perché proprio adesso che eri al sicuro, che non ti aspettavi più nulla?

Già, che volevi per te? Il silenzio, magari. La pace dei sensi, il corpo ammutolito. L'esaurirsi della voglia oscura, quella specie di febbre che ti invadeva a intervalli irregolari, stabiliti da chissà quale ormone in via d'estinzione; basta bisogni e basta esigenze, un po' di serena libertà anche da quell'unico vizio. Ti eri quasi scrollata di dosso la dipendenza, il languore che ti spingeva a cercare una nuova preda là fuori, per l'ennesima gratificazione. Il brivido di riconoscere lo smarrimento negli occhi di un ragazzo, o anche in più d'uno. Quanto godevi a prenderne due alla volta, infaticabili e inquieti, forse troppo veloci, ma subito pronti, ancora e ancora, per riempirti le notti ed essere cacciati all'alba, senza preoccuparti di niente, senza esserti mai preoccupata di niente.

Quella meravigliosa sensazione di incredulità che leggevi sui visi insieme alle domande taciute: ma è possibile che una donna così bella, una pantera bionda dal corpo elastico e dalle curve da sballo, stia guardando proprio me? che mi stia sorridendo? che ci stia provando?

Ti inebriava, quella sensazione. Eppure andava scemando. Eri convinta che avrebbe vinto la quiete. Speravi che, prima delle rughe e dei segni sul corpo, sarebbe arrivato il disinteresse. Perciò, via, fuori la bramosia, e dentro altri piaceri: il potere, per primo. Poi i libri, il vino, la musica. E magari, alla fine, andartene come se ne vanno in molti della tua razza, a duecento all'ora contro un muro o giù da un terrazzo con vista panoramica sulla città.

Ma il destino – l'avresti dovuto prevedere – non sta là ad aspettare. Al destino piace scegliere e disporre da sé, senza lasciarsi influenzare dalla volontà delle persone. Quindi eccolo qui, bruno e bello al pari di un dio greco, gli occhi neri e ridenti e incantevoli, il volto senza segreti. Eccolo qui, identico a come l'avresti disegnato se avessi saputo disegnare, uno sgambetto irridente della sorte, un ostacolo imprevisto dietro l'angolo, prima di una curva che sembrava facile da percorrere.

Mentre fumi nuda, derogando alla tua stessa regola di non farlo in casa, fissando la strada deserta e lucida di pioggia due piani più sotto, ti domandi se ringraziarlo, il destino, o maledirlo. E stabilisci, una volta per tutte, di non credere a niente di diverso dal caso. L'hai incontrato, è successo, e ciao, ciao alla voglia di solitudine.

L'hai trovato, e allora? Meglio tardi che mai. Meglio adesso che cinque anni fa, quando eri assorbita dal lavoro, o tra cinque anni, quando non si sarebbe nemmeno accorto di te e non avrebbe avuto l'ardore e la furia che ora ti travolgono, come una droga, tre sere la settimana, limite che hai imposto tu perché lui, oh sì, lui ci verrebbe volentieri a stare da te, a casa tua.

Assomiglia a un lampo nelle tenebre la consapevolezza che ti si spalanca davanti, con la potenza delle illusioni, con l'intensità della fantasia amplificata dalla notte. E se glielo chiedessi? Se lo prendessi con te, se ti concedessi dopo tanti, troppi anni, di passeggiare tenendogli la mano alla luce del giorno, attraversando piazze, frequentando negozi e ristoranti, ridendo della curiosità della gente, assaporando gli sguardi famelici degli uomini su di te e delle donne su di lui? Se mandassi tutto e tutti al diavolo, e ti abbandonassi a questo tempo regalato dal destino, che non esiste, senza guardare al futuro e neppure al passato?

Se adesso lo svegliassi scuotendolo piano, e se cancellando la sua espressione inquieta gli sorridessi e gli dicessi che stavolta non dovrà alzarsi prima dell'alba, che non dovrà andarsene?

Se lo lasciassi addirittura dormire, spegnendo la sveglia per gustarti il sapore del pane tostato e l'odore del caffè fresco, col sole già alto?

Se per una volta ignorassi il mondo, il servizio, le prescrizioni e i giudizi delle alte sfere e ti concedessi alla vita come ci si tuffa nel mare d'agosto, fiduciosa di riuscire ad affrontare le onde e ciò che nuota nelle ombre dell'abisso?

Mentre fantastichi, le ragioni del no ti appaiono inconsistenti, inutili. Ogni tassello va al suo posto. Si chiederanno: ma che le è capitato? Forse qualcuno troverà perfino la faccia tosta di venire da te e balbettare una domanda. O meglio: un'allusione.

Sì, risponderesti. Mi sono innamorata. Sono felice, e piena, e sazia. Sazia, sì: una lupa finalmente sazia, libera dalla smania, da un appetito indefinibile.

Mi sono innamorata.

Perché lui, lui è speciale. Le sue mani sono appassionate, l'istinto le rende sapienti e capaci di regalarmi il paradiso. Con lui sono schiava e padrona, sono cielo e terra. Con lui ho conosciuto il piacere che non credevo esistesse e il dolore purissimo dell'assenza.

Da lui, risponderesti con gli occhi azzurri fissi in quelli dell'interlocutore immaginario, io dipendo, nient'altro mi serve; e se durasse un giorno soltanto, ne varrebbe la pena. Ne varrebbe comunque la pena.

Sorridi al buio, alla pioggia, alla strada. Prendi la decisione, giocando con la tua scelta quasi fosse la sigaretta che spegni nel posacenere.

E torni a letto, camminando lieve come in un sogno.

II

In genere, all'alba Sara si rassegnava.

Comunque fosse trascorsa la notte, occupata dal sonno o dalla veglia, costellata da sogni o incubi, accompagnata dalla musica in cuffia o da vecchi film, non aveva più importanza: se i primi raggi del sole la coglievano vigile, be', non c'era altro da fare.

Da qualche tempo aveva rinunciato alle pillole che le impedivano di dormire. La fuga dai fantasmi del passato si era rivelata inutile; quella maledetta condanna a vedere i morti ai piedi del letto, mentre le chiedevano conto del perché fosse ancora viva, non andava combattuta rinunciando al riposo e restando, durante il giorno, in uno sfumato, patetico limbo di stordimento. Non era quello il modo, alla fine l'aveva capito.

I fantasmi di Sara erano due: il figlio, Giorgio, e il compagno, Massimiliano. Il primo, abbandonato quando aveva sette anni e ritrovato, senza averlo mai conosciuto davvero, sul tavolo di un obitorio, dopo una storia sbagliata; il secondo, per il quale aveva rinunciato a essere madre, sconfitto da una lunga, penosa malattia che l'aveva reso fragile e indifeso, trasformandolo nel contrario dell'uomo che era stato.

Senza accendere la luce, Sara si avviò verso la cucina, attraversando una casa di cui conosceva alla perfezione gli spazi.

Se l'alba ti sorprende, è inutile combattere.

Per anni Massimiliano e per mesi Giorgio erano andati a trovarla col buio. Uno la fissava con l'antica tenerezza, scuotendo il capo, in silenzio, come quando indovinava i suoi pensieri; poi, al risveglio, cominciava a ripetere le parole dette nel corso di una vita intera e lei le sentiva risuonare nell'anima. L'altro, invece, vomitava insulti con una voce da adulto che le era estranea, accuse gonfie di risentimento e odio: perché mi hai abbandonato? perché non mi sei stata accanto? perché hai lasciato che morissi? E Sara, che non aveva mai temuto niente, che aveva votato l'esistenza a smascherare finte emozioni e sentimenti bugiardi, che sapeva distinguere le reali intenzioni celate sotto la superficie dell'apparenza, aveva ingaggiato una lotta contro il sonno fino a diventare una squallida, triste donnetta, drogata dalla paura dei ricordi.

Poi, però, qualcosa e qualcuno l'avevano strappata a quella caduta inesorabile.

Nella penombra prese la caffettiera. Accompagnò nel filtro la pioggia di polvere bruna con le dita ad anello attorno al contenitore. Lasciò che le mani esperte cercassero e trovassero cucchiaino, tazzina, zucchero. Serrò addirittura le palpebre, per rinunciare alla tenue luminescenza che veniva dalla strada, sei piani più in basso.

Tu ti comporti così, amore mio. Ti comporti sempre così: vuoi punirti. Aggiungi ostacoli a quelli che già ci sono, appesantisci i carichi, incrementi le difficoltà. Sembra che tu ti stia allenando per qualche impresa impossibile, come se la vita non fosse mai abbastanza dura con te. Che pena mi dai, amore mio. E che dolore, scoprirti così poco indulgente con la donna che amo. Quando non ci sarò più, nessuno potrà difenderti da te stessa. Che peccato, amore. Che peccato.

Versò il liquido, e una goccia bollente le bruciò il dorso di una mano strappandole un breve lamento: ma non aprì gli occhi, per non rinunciare alla cecità che si era imposta.

Colpa mia, dovevo essere più precisa. Colpa mia.

Stringendo la tazzina, raggiunse la finestra che affacciava sull'altra scala del palazzo, distante una quindicina di metri. Il cortile comprendeva qualche aiuola e il parcheggio selvaggio degli scooter. Soffiando piano per raffreddare il caffè, Sara si appoggiò all'infisso e dischiuse le palpebre. Al di là del cancello, la strada era ancora deserta col suo lampione triste, sospeso tra la notte e il giorno.

Solo un paio di appartamenti erano illuminati. Al quarto piano filtrava il chiarore azzurrino di un televisore acceso, forse a proteggere il segreto di un'insonnia passeggera. Al quinto, una giovane coppia consumava la colazione.

Sara non conosceva nessuno dei vicini; per scelta, per indole e per deformazione professionale preferiva non condividere nemmeno un sorriso di circostanza o una battuta di cortesia. Anche per questo non usava l'ascensore, se non per scendere in cantina.

Per molto tempo si era chiesta cosa sarebbe accaduto se fosse morta all'improvviso, per un malore o per un incidente domestico. Chi l'avrebbe trovata, e dopo quanto? Che ne sarebbe stato di lei? E che sarebbe successo all'archivio di Massimiliano? Agli incartamenti conservati senza autorizzazione nella sua lunga carriera da fondatore e capo dell'unità più segreta per la sicurezza nazionale? A quei dossier lui aveva dedicato le sue ultime volontà. Spalancando in un sussulto gli occhi velati dall'agonia, le aveva stretto un braccio con una parvenza dell'antica forza e l'aveva pregata in tono deciso, nonostante la maschera dell'ossigeno, di distruggere tutto se avesse avvertito un pericolo.

Ma Sara non aveva avuto il coraggio. Le era parso che, assecondandolo, l'avrebbe lasciato morire di nuovo. E aveva deciso di tenere i documenti là, dietro il tramezzo ricavato nell'armadio dello scantinato. Che ti devo dire, Massi: speriamo che mi diagnostichino un cancro, quando sarà. Così avrò modo di adempiere all'unico tuo ordine che non ho eseguito.

Comunque non conosceva nessuno dei vicini, e quindi nemmeno i due che, nella casa di fronte, cominciavano così presto la giornata. Aprì la finestra, attenta a non provocare rumore. L'aria era limpida. Una moto sfrecciò, rompendo il silenzio.

L'uomo le dava le spalle. Spalle larghe, capelli biondi lasciati un po' lunghi sulla nuca, indossava la giacca. Sara intravide un costoso orologio al polso, notò i gesti sicuri e sbrigativi. Pane tostato, burro, marmellata.

La ragazza era bella, anche in vestaglia e senza trucco. Si muoveva rapida, preparando una spremuta d'arancia. Lanciava sguardi insistenti verso di lui.

Sara aguzzò la vista, sorseggiando il caffè. Le labbra della sconosciuta articolarono parole mute che tuttavia a lei risultarono limpide come se fossero state pronunciate là, nella sua cucina. *Quindi, come mai devi uscire così presto? Ah, sì, l'ispezione. A quest'ora? Che sono, galline?*

L'altro si passò con calma le dita tra i capelli. Sicurezza, constatò Sara. Disinteresse nei confronti della conversazione. Ma anche consapevolezza di sé e del proprio fascino. Bevve un altro sorso, e si chiese come mai il riferimento a un'ispezione suscitasse un simile atteggiamento.

Il biondo stava parlando; anche se Sara non poteva carpire quello che diceva, riusciva comunque a intercettarne il riflesso sul volto dell'interlocutrice, che spingeva la lingua contro una guancia, il capo inclinato, l'espressione concentrata.

Non gli credi. Ti sta raccontando del lavoro, ti dà una spiegazione tecnica che non comprendi, e tu non gli credi. Provi fastidio, perché sospetti che ti stia prendendo in giro.

Il tipo si alzò, sistemandosi la giacca con cura e addentando un'ultima fetta di pane imburrato. Rifiutò la spremuta con un cenno che si sciolse in una frettolosa carezza. Lei sorrise stupita. Sara provò una fitta di dolorosa compassione, riconoscendo nella donna il bisogno di quel contatto e il desiderio di trattenere un momento piacevole. Non doveva capitarle spesso.

L'uomo uscì, lasciandola in piedi da sola a fissare perplessa il bicchiere. La giovane si sfiorò il mento; Sara era certa che avrebbe compiuto quel preciso gesto. Vorresti scappare, vero? Tirarti fuori da questa situazione, fuggire per non rimetterci le penne, per restare viva. Vorresti, ma non ci riesci. Vorresti, ma sei terrorizzata.

Nel frattempo, nel cortile era comparso il biondo, che adesso pareva avere molta meno fretta. Ora Sara lo distingueva chiaramente: era azzimato ed elegante, aveva lineamenti regolari e un fisico palestrato, portava una barba all'apparenza incolta ma in realtà curatissima e abiti all'ultima moda.

Si fermò prima di aprire il portone, c'era freddo. Tirò fuori il cellulare dalla tasca e armeggiò con l'apparecchio. Sara cercò con lo sguardo la figura in vestaglia che si era lasciata cadere sulla sedia. Con le mani sul volto, scuoteva piano la testa.

Lui stava parlando al telefono, un sorriso ebete sulla faccia. *Tranquilla, arrivo subito. È uscito, il coglione? Sei sicura, sì? Abbiamo almeno due ore, mi sono inventato un'ispezione. Lei? Lei non capisce un cazzo. A tra poco.* Si passò un dito sulla bocca.

Sara intuì la segretezza, e l'autogratificazione.

L'hai già cancellata, no? Hai chiuso la pratica.

Lei nel frattempo si era alzata con aria stanca, i palmi sul tavolo, sembrava vecchia e priva di forze. Uscì dalla stanza ciabattando e spegnendo la luce, mentre il compagno girava l'angolo a passo allegro, tirandosi su il bavero.

Che dannazione, la mia. È orribile leggere libri così brutti, e in modo così semplice.

Ai margini del campo visivo, balenò un freddo bagliore. Con la fronte corrugata per la preoccupazione, Sara andò al tavolo e prese il telefono. Sul display c'era la notifica di un messaggio. Riconobbe subito il numero, anche se non figurava in rubrica.

"Ti va una pizza?"

Caspita, la situazione doveva essere grave.

Il cielo nel frattempo era diventato grigio.

III

La pizza in realtà era un caffè, e il luogo un bar sulla circonvallazione esterna, dove gli autotreni di passaggio potevano sostare senza difficoltà. Uno di quei posti identici a tanti altri, sparsi un po' ovunque lungo le arterie che collegavano i sobborghi della cinta urbana.

Il messaggio peraltro aveva un importante significato nel codice di comunicazione stabilito diversi anni prima. Voleva dire: subito.

Esattamente diciassette minuti dopo, Sara parcheggiò la sua utilitaria, infilandosi tra due camion. L'aria era pungente, la luce pallida, il rumore degli automezzi in transito una triste colonna sonora che aggiungeva squallore allo squallore. Cercando di evitare le numerose pozzanghere dalla profondità indefinibile, raggiunse l'ingresso del locale. Una mezza dozzina di uomini consumava espressi e cappuccini, il barista sembrava stanchissimo già di prima mattina, la ragazza alla cassa parlottava al cellulare.

Sara attraversò l'ambiente, ignorata da tutti e ignorando tutti, superò un arco ed entrò in una saletta che ospitava alcune macchinette del videopoker. Due erano occupate: una da un ragazzo di colore, magro e con un maglione a collo alto, l'altra da un anziano grasso, il cui enorme fondoschiena era appollaiato in precario equilibrio su uno sgabello. Avevano il tipico atteggiamento catatonico che deriva da un'insopprimibile dipendenza: una sorta di concentrazione onirica. Erano prigionieri di un altro mondo, persi dietro alla propria disperazione; Sara capì all'istante che nemmeno se avesse esploso un colpo si sarebbero distratti.

Quindi lanciò un'occhiata al terzo occupante della saletta, una donna seduta al tavolino nell'angolo opposto ai videopoker. Si aspettava di incrociarne lo sguardo come sempre, invece rimase sorpresa. La donna portava un paio di occhiali da sole, che stonavano con la scarsa luminosità del luogo, ed era rivolta verso la vetrata sporca, dalla quale si vedeva scorrere il traffico.

Ci volle un attimo prima che si girasse, confezionando un mezzo sorriso inespressivo: ma quell'attimo bastò a Sara per comprendere la gravità della situazione.

Aveva i capelli biondi legati, e indossava un tailleur grigio dal taglio professionale. Il trucco era impeccabile, le unghie curatissime, le calze e le scarpe abbinate con eleganza. L'insieme restituiva l'aspetto di una manager che si ferma per una colazione veloce all'inizio di una dura ma, con ogni probabilità, gratificante giornata lavorativa. Nell'espressione e nella postura, un occhio normale non avrebbe colto neanche un dettaglio in contrasto con quell'immagine.

Ma quello di Sara non era un occhio normale.

La circostanza era ancora più sorprendente perché da quando si erano incontrate, una trentina d'anni prima, entrambe avevano riconosciuto le rispettive capacità di analisi. Perciò controllavano con maniacale attenzione la propria mimica facciale, i cenni più impercettibili, la posizione di braccia e gambe, al punto da trasformarli in uno schermo impenetrabile. Per loro, mostrare i segni delle emozioni sarebbe stato come uscire nude per strada.

Eppure, in quella frazione di secondo prima di voltarsi, la bionda era apparsa indifesa. Le lenti scure le nascondevano una parte del viso, certo: ma le labbra tirate, con gli angoli appena piegati all'ingiù, erano eloquenti. Inoltre si stava tormentando con la mano destra l'indice della sinistra.

Per Sara fu come trovarsi davanti a un caso da manuale: Teresa era terrorizzata, e si rimproverava una grave mancanza.

La faccenda diventava sempre più interessante.

I gesti istintivi, durati un istante, cessarono di colpo, e i lineamenti della bionda si distesero nel solito, formale sorriso mentre smetteva di torturarsi le dita.

Sara si accomodò di fronte all'altra, dando le spalle ai giocatori di videopoker intenti a dilapidare all'infinito le proprie limitate risorse.

Teresa la squadrò. «Ciao, Mora. Come al solito in ghingheri, vedo.»

Aveva puntato sull'approccio ironico, pensò Sara. E

aveva usato i soprannomi di un tempo. Il suo era Mora, anche se ormai i capelli erano grigi, lontani da ogni ipotesi di tinta o finzione, come il resto: le scarpe basse, il comodo cappotto un po' sformato, l'assenza di gioielli e il rifiuto dei cosmetici. Aveva deciso di evitare qualsiasi maschera, così da passare inosservata per osservare meglio gli altri. «Ciao, Bionda. Servono le procedure del protocollo per un appuntamento tra vecchie conoscenti? È da un pezzo che sono fuori dai giochi, ora mi godo la pensione.»

Un'ombra passò rapida sulle labbra di Teresa, prima di dileguarsi. «Sono giochi da cui non si esce mai, te l'ho già detto. Poi tra noi c'è un tenero accordo, no? Abbiamo stabilito di aiutarci, all'occorrenza. Quindi perché rinunciare alle antiche abitudini? Non ti fanno sentire più giovane?»

Sara era rimasta impassibile, lo sguardo fisso su Teresa, le mani intrecciate in grembo. La capigliatura grigia, la postura e gli indumenti trasmettevano l'impressione ingannevole di un'età e di una fisionomia ben diverse da quelle reali. «Io non voglio sentirmi giovane. Quella sei tu, ricordi? A me vanno benissimo gli anni che dimostro.»

Quanto sei bella, amore mio. Quanto sei bella. E che meravigliosa sensazione saperlo solo io. Conoscere solo io il tuo corpo, la tua pelle liscia, le emozioni che riesci a regalarmi. Quanto mi diverte spiarti da lontano, con quell'aria dimessa e innocente che ti piace simulare. Inve-

ce la tua natura è tutt'altro che innocua, c'è una ragazzina feroce che si nasconde sotto quei capelli e quei vestiti. Dio mio, quanto sei bella.

«Ah, già, sei pure nonna, adesso. Dimenticavo. A proposito, quando me lo presenti il nipotino? Massimiliano, vero? Be', che strano chiamarlo così. Quanto ha, cinque mesi?»

Sara perse un battito, ma riuscì a non tradirsi. Quel riferimento al bambino le aveva provocato un brivido di paura. «Quasi sei. E sono quasi sei mesi che non avevo tue notizie. Devo confessarti che non mi sei mancata più di tanto. Suppongo che non siamo qui, all'alba in pratica, per soddisfare la tua improvvisa curiosità sulla mia famiglia. Vuoi spiegarmi di che si tratta, per favore?»

La risata di Teresa suonò metallica. Ma non aveva tolto gli occhiali da sole, e questo per Sara era molto indicativo. «Famiglia, eh? Ora hai una famiglia! Tu! Davvero divertente. Mora, uno degli animali più solitari del pianeta, ora ha un piccolo branco.»

Sara strinse appena le palpebre, consapevole che l'intuito esperto dell'altra avrebbe colto il significato di quel gesto. «Va bene. Stiamo perdendo tempo. Veniamo al punto oppure tolgo il disturbo e ti lascio alle tue preoccupazioni.»

Due dialoghi paralleli, come sempre. Uno espresso dalle parole, l'altro dai movimenti involontari.

Teresa comprese dal termine "preoccupazioni" di essersi scoperta. Quindi sfilò gli occhiali con lentezza, rivelando dietro il trucco perfetto un'inequivocabile stanchezza. «È vero, scusami. Sono un po'... nervosa negli ultimi giorni. Problemi di lavoro. Ho bisogno... abbiamo bisogno di un supporto esterno. Qualcuno che non è della struttura, insomma. E ho pensato a te. Io... io non mi fido di nessuno come mi fido di te. Siamo amiche, no? Da una vita, ormai.»

Sara studiava Teresa, continuando a catalogarne i segni che esprimevano inquietudine. Estrema inquietudine. «Amiche? Forse una volta immaginavamo di esserlo. Quelle come noi, hai ragione tu, non provano sentimenti normali. Comunque sì, puoi fidarti. Ti ascolto.»

Teresa si accese una sigaretta, approfittando dello scarso rispetto per la legge che caratterizzava quel bar.

La macchinetta alla quale era incollato il ragazzo nero rilasciò una breve, tintinnante cascata di monete; il vecchio grasso distolse per un attimo l'attenzione dal suo schermo per rivolgergli un'occhiata di maligna invidia.

Per un po' la bionda fumò in silenzio, concentrata sul pezzo di strada e sulla pioggia sottile che aveva cominciato a cadere.

«Sono qui a titolo personale. In ufficio non sanno niente, e non devono sapere niente. La questione è semplice: è scomparso un nostro stagista, un ragazzo che stavamo testando per valutare se potesse entrare nell'unità. Due sere fa è andato a cena dalla fidanzata, e ieri non si è presentato all'università, dov'è ricercatore. Tutto qui.» Diede un'altra boccata, continuando a fissare il brutto panorama.

Sara attese, poi domandò:

«Cioè, non sono trascorse nemmeno quarantott'ore e ipotizzi già la scomparsa? Può essere partito per un viaggetto, essere in giro da qualche parte o...».

L'altra scattò, sbuffando fumo:

«Allora, Mora, se ti dico che è sparito, è sparito. Secondo te non li teniamo sotto stretto controllo, quelli che stanno da noi? Siamo informati in ogni momento su dove sono e con chi, senza margine di errore».

«Se l'avete perso, è chiaro che non è così. Perché è tanto importante questa storia?»

«Perché frequenta la sede, ecco perché! Certo, è uno stagista, ha accesso solo a... Insomma, non è per quello che sa, ma non possiamo consentire che la gente svanisca sotto il nostro naso!»

«Francamente, Bionda, mi pare un po' presto per escludere un allontanamento volontario. Aspettiamo qualche giorno, e dopo mi richiami. D'accordo?»

Teresa si girò verso di lei. Gli occhi cerchiati erano arrossati e lucidi. Con orrore, Sara comprese che, se quella non fosse stata Bionda, sarebbe stata sul punto di piangere.

«Mora, maledizione, è scomparso. E non per sua volontà. Ne sono sicura. Credi solo a questo, se vuoi, ma credimi.»

«Se anche fosse così, e per adesso è lecito avere dubbi, mi spieghi a che ti servo io? Hai la struttura a disposizione, hai colleghi pronti a schizzare a un tuo schiocco di dita per setacciare il Paese e anche l'estero. Allora perché hai cercato proprio me?»

L'amica estrasse dalla borsa un'anonima busta bianca e l'allungò verso di lei sul tavolino. «Qui c'è tutto. Nome, cognome, indirizzo, i suoi recapiti all'università e i dati della fidanzata. Se ti occorre altro, contattami nel solito modo e io...»

Sara si sporse appena verso l'altra:

«Sei sorda? Ti ho chiesto perché hai cercato proprio me».

Teresa rispose brusca:

«Perché sospetto di chiunque e perché Sergio, questo ragazzo, ha delle capacità speciali. È uno dei migliori che abbia trovato nella mia carriera, e temo che lo considerino un possibile gancio, o un'entratura. Se abbiamo all'interno, o in un'altra unità, qualcuno che lo sorvegliava, non posso dargli questo vantaggio».

Sara sorrise sardonica:

«Mi prendi in giro? Tu non sbagli mai a scegliere i tuoi uomini. Voglio capire perché oggi hai chiamato me».

La bionda spense la sigaretta con un gesto secco:

«Io ti conosco, Mora. Non dimenticarlo. E tu conosci me. Eravamo in tanti, ora siamo sole. E non parlo del passato. Parlo anche di adesso. Quanti mesi sono trascorsi ormai?».

L'accenno a quello che era accaduto dopo la morte di suo figlio Giorgio parve a Sara un tentativo davvero disperato. «Non ho rifiutato, ma ti avverto che avrò bisogno di appoggi.»

Teresa parve rincuorata:

«Certo, quello che vuoi, te lo ripeto. Perché non Pardo, l'ispettore che ti ha aiutata l'altra volta? Se ben diretto, è in gamba, no? Mi basta una telefonata e te lo mettono a disposizione. Per il resto puoi contare su di me, giorno e notte, e…».

Sara sibilò, piano:

«Perché io? Dimmelo, altrimenti non ci sto».

Bionda si passò una mano tremante sul viso, trasse un respiro profondo e rispose:

«Sergio non è scomparso due sere fa. L'ultima a vederlo sono stata io, ieri mattina».

IV

L'ispettore Davide Pardo era parecchio preoccupato.

In realtà, la preoccupazione era un attributo insopprimibile dell'indole del poliziotto. Per natura, Pardo si preoccupava. Secondo i pochi, selezionati amici che la pregiudiziale diffidenza gli consentiva di avere, l'apprensione derivava da un clamoroso pessimismo, tonalità dominante nel quadro del suo carattere.

«Sei pessimista nel DNA» gli ripeteva scuotendo la testa il collega Mariano, mentre la moglie provava a rimuovere le macerie dell'interminabile terremoto causato da tre marmocchi in azione. Mariano era convinto che, con opportune analisi, il dato sarebbe emerso a livello genetico; quindi si trattava di una patologia incurabile, e Davide doveva mettersi l'anima in pace.

A quel punto Pardo grugniva torvo, giudicando inutile imbarcarsi in una discussione estenuante. La mia intera esistenza, avrebbe voluto rispondere, prova sempre e comunque che a essere pessimista non sbaglio; allora mi spieghi perché dovrei smettere di esserlo?

Il collega, afflitto, avrebbe indicato il campo di battaglia in cui si era trasformato il suo appartamento, inadatto ai tre piccoli terroristi in continua guerra tra loro, sottintendendo che c'era chi stava peggio.

Il problema era che, secondo Davide, Mariano non stava affatto peggio di lui, anzi. Per molti versi, aveva proprio quello che Pardo desiderava. Figlio unico di genitori divorziati, l'ispettore aveva sempre sognato una famiglia numerosa: teneri e chiassosi ritorni a casa, domeniche al parco con una squadra di calcetto composta solo dalla prole, una prima comunione all'anno per un lustro, condivisione di bagni e risate a crepapelle per sciocchezze. Invece, superata la cinquantina, si ritrovava da solo in un trilocale sproporzionato per le sue magre finanze, acquistato grazie a un mutuo che assomigliava a una sentenza inappellabile e con l'unica compagnia di Boris, un Bovaro del Bernese fuori taglia, che con una famiglia numerosa aveva in comune solo il costo degli alimenti.

Il mio problema, avrebbe replicato a Mariano, se avesse avuto voglia di sostenere un confronto sull'argomento, è l'esatto contrario, caro mio: è che sono stato troppo ottimista.

Sì, perché un trentennio di fallimenti sentimentali aveva portato Davide a quell'inconfutabile conclusione. Si legava troppo a signorine che, con millimetrica puntualità, si rivelavano interessate più a piaceri fugaci che alla creazione di un solido futuro coniugale. Volevano abbronzarsi al sole di Bali, cenare in ristoranti stellati, vestire Prada o Gucci, abbonarsi a teatro; e soprattutto volevano realizzarsi in carriere scintillanti. Aspirazioni per le quali il matrimonio, insieme all'agognata serie di gravidanze, costituiva una pietra tombale.

Boris era appunto l'eredità dell'ultimo di quei disastrosi esperimenti. Per fermare la dipartita della fidanzata del momento, intenta a riporre nelle valigie i propri effetti personali, un Pardo agitatissimo e all'ultima spiaggia si era catapultato nel negozio di animali all'angolo, ramazzando a un costo spaventoso il più tenero dei cuccioli in esposizione. Il maligno proprietario, un delinquente che non perdeva occasione di sorridergli quando la bestia, ormai cresciuta, trascinava Davide da quelle parti in preda a un'inconsapevole nostalgia, gli aveva taciuto che Boris era il rampollo di una dinastia di incroci tra un elefante e un caterpillar, e che in pochi mesi avrebbe raggiunto la stazza di un furgoncino di medie dimensioni. Inutile precisare che la vista del tenero cagnolino, con tanto di fiocco azzurro al collo, offerto con imbarazzo da un ispettore zuppo di pioggia come un pulcino, aveva ottenuto l'unico risultato di accelerare la fuga della sensibile fanciulla.

Così Davide si era ritrovato da solo in un'abitazione troppo grande. Anzi, non da solo: adesso con lui c'era Boris, la cui restituzione al negozio era stata rifiutata con fermezza dal dannato commerciante. In breve, il cane aveva scalzato Pardo dal ruolo di padrone di casa. E si era pure appropriato, con maniere in cui l'occhio esperto del poliziotto riconosceva il piglio del malavitoso, di ogni spazio vitale, incluso l'ottimistico, ampio letto matrimoniale su cui dormiva in diagonale, costringendo il coinquilino umano ai margini del materasso, a strapiombo sull'abisso, nel quale precipitava con una discreta frequenza, svegliandosi e non riuscendo più ad addormentarsi.

Insomma, Pardo aveva sufficienti motivi per essere pessimista. Quella mattina, per esempio, erano le nove e sarebbe arrivato in ritardo al lavoro, dove già era condannato a combattere contro i pregiudizi dei superiori nei suoi confronti.

Aveva perso tempo a causa dell'inderogabile passeggiata di Boris conclusasi in un nulla di fatto, nonostante mezz'ora di sci nautico di terra tra i malevoli sguardi delle mamme impegnate ad accompagnare a scuola bambini terrorizzati dalle dimensioni della belva che, al contrario, affrontava felice la giornata annusando ogni lampione. Il gigantesco quadrupede si era limitato a liberarsi del solito quantitativo di pipì, circa un ettolitro, senza dare soddisfazione alla paletta *king size* che, con funamboliche acrobazie, lo sciatore teneva sotto il braccio, mentre si aggrappava con due mani al guinzaglio. La circostanza provocava in Pardo una notevole angoscia. In mancanza dell'evento liberatorio, le lunghe ore di solitudine tra le mura domestiche che attendevano l'animale lo avrebbero spinto senza il minimo dubbio a deporre con regale soddisfazione le proprie deiezioni nel luogo prediletto: la cucina. Al di là dell'onerosa manovra di rimozione, la disgrazia avrebbe diffuso, nell'ambiente deputato all'alimentazione di Pardo, un aroma che, al pari di una delicata metafora, gli avrebbe ricordato di continuo la qualità della sua vita.

Come se fosse dotato di poteri telepatici e avesse letto nella mente del suo ospite, proprio in quel momento Boris tornò verso la porta da cui il padrone stava per uscire e lo fissò con aria imperativa. L'ispettore valutò se ci fosse la concreta possibilità di completare l'opera, aumentando solo di poco il ritardo con cui sarebbe arrivato in commissariato. Un richiamo non valeva forse la vivibilità dell'alloggio? La risposta fu più che affermativa; così Pardo raccolse guinzaglio e palettone, e assecondò la volontà del Bovaro.

La discesa dei quattro piani risultò come sempre vertiginosa, ma una volta varcato il portone, il cane si mosse nella direzione opposta rispetto a quella che sceglieva di solito. Pardo non si chiese il perché; ogni tanto capitava. In compenso si dispose a subire la riprovazione degli anziani che di mattina popolavano i giardinetti, l'inequivocabile meta di Boris. Giunto nei paraggi della terza panchina, il Bovaro si bloccò con una frenata degna di un fuoristrada a trazione integrale. Poi, in contrasto con le sue abitudini, si accucciò, tranquillo, ai piedi dell'unico occupante della medesima panchina, una donna dall'aspetto anonimo e dai capelli grigi, che peraltro non gli concesse la minima attenzione.

Riguadagnato l'equilibrio con qualche difficoltà, Pardo restò a bocca aperta. Fissò la donna, poi l'animale, poi ancora la donna. Infine disse:

«Adesso mi spieghi come ci sei riuscita, Morozzi. Perché va bene tutto, ma la magia nera mi pare davvero troppo».

Sara lo squadrò, inespressiva:

«Ma questa barba? Ti invecchia».

Davide si passò una mano sulle guance, come se avesse scoperto in quel momento la peluria che le ricopriva. Si riteneva un uomo abbastanza piacente e a suo modo lo era, anche se tendeva un po' all'oversize; aveva creduto che i capelli lunghi e brizzolati avessero bisogno di compagnia, e un po' di barba, poi, donava autorevolezza. «Perché, mi sta male? Speravo che desse risalto agli occhi, e... Ma che me ne frega se ti piace o no, scusa? Spiegami invece quale incantesimo usi per telecomandare questo stronzo a distanza.»

Sara studiò Boris, che emise un lieve guaito, e Pardo pensò che il Bovaro aveva nei confronti della strega lo stesso atteggiamento di quel leccaculo del commissario Sandri quando il questore lo riceveva. «Non capisco di che stai parlando. Siccome so che lo porti da queste parti, mi sono messa qui per vedere se passavate. Ed eccovi.»

Pardo indicò con un gesto vago dalla parte opposta:

«No, noi andiamo sempre di là, e non... Vabbe', lasciamo perdere. Quindi aspettavi me? Scusa, ma non puoi telefonare come la gente normale, dannazione? Che è successo?».

Sara lo invitò a sedersi sulla panchina bagnata con un cenno della mano, che poi infilò nella tasca del cappotto. Aveva appena smesso di piovigginare.

Davide si accomodò scuotendo la testa, non prima di aver lanciato un'occhiata disgustata a Boris per comunicargli l'avversione che gli ispirava quel servilismo. «Senti, Morozzi, io sono in ritardo clamoroso e stavolta al commissariato mi fanno il culo, perciò, per favore, prendiamo un appuntamento dopo l'ufficio. Ti offro un caffè, una sfogliatella, quello che vuoi, e mi racconti con calma.»

I giardinetti erano una spelacchiata oasi di verde sbiadito al centro di una teoria di palazzi un tempo popolari e che adesso sembravano ostentare la boria dei nuovi abitanti borghesi. Un quartiere residenziale, ampio e popoloso, che al contrario della città non aveva una storia antica e quindi s'illudeva di essere più contemporaneo; invece era soltanto più ostile ed egoista.

Sara mormorò:

«Tranquillo, ispettore. Non c'è fretta. Per ragioni che ora non devono interessarti, sei stato collocato in aspettativa retribuita fino a data da destinarsi. La motivazione ufficiale è che devi assistere un parente in gravi condizioni di salute. La domanda che hai appena firmato è stata accolta».

Pardo sgranò gli occhi. Con lui, rifletté Sara, era inutile ricorrere all'interpretazione del linguaggio non verbale.

«La domanda? Ma io non ho firmato nessuna domanda! E chi diavolo ti assicura che sono disposto a... E perché, poi? Io non voglio...»

«Nessuno si agiterà più di tanto. A quanto pare, al

tuo commissariato ritengono di potersela cavare senza di te, giacché non hanno nemmeno richiesto un sostituto. E mi dispiace deluderti, ma credo proprio che tu non abbia scelta.»

L'ispettore scattò in piedi:

«Senti, dobbiamo finirla con queste mortificazioni. Io sono stanco di sentirmi offeso, ho una professionalità, io!».

Sara abbozzò un mezzo sorriso:

«Certo, e chi te la nega? È per questo che ti ho chiesto in appoggio. Non ti conviene perdere la stima dell'unica persona che apprezza il tuo lavoro, quindi per cortesia mettiti a disposizione. Senza discutere».

Il tono era piatto, privo di vena polemica, ma Pardo arrossì come se fosse stato schiaffeggiato. «E che accidenti vorresti da me, nel caso accettassi quest'intollerabile imposizione?»

Sara si alzò a sua volta con agilità. Si sistemò il cappotto, estrasse un foglietto dalla tasca e lo porse al poliziotto:

«Ne parliamo stasera, oggi sono occupata con alcune verifiche. Tu intanto potresti essere così cortese da controllare alla sezione persone scomparse? Vedi se salta fuori qualcosa su un certo Minucci Sergio, ventotto anni, ricercatore universitario. Denunce, esposti, tutto. Ci rivediamo qui, verso le sette».

Pardo scosse il capo:

«No, a quell'ora non posso. Ho... ho un impegno».

Sara lo scrutò:

«Un impegno? Ti ho appena spiegato...».

L'uomo era in evidente difficoltà:

«Ascolta, devo essere in un certo posto, perché... perché c'è bisogno di me, ecco. Quindi al limite mi raggiungi tu».

«Dove?»

Davide si grattò la barba sul mento, con un gesto che secondo lui doveva conferirgli rispettabilità e contegno, e invece alimentava il sospetto che il poliziotto fosse vittima di un qualche parassita. «Devo andare da Viola.»

Toccò a Sara sgranare gli occhi per la meraviglia; il riferimento alla ragazza che era stata la compagna del figlio, e che aveva partorito suo nipote, era davvero sorprendente. «Da Viola? Tu? E perché mai...»

Pardo scosse il capo:

«No, no, hai frainteso. È solo che non vedo il piccolo Massimiliano da un po'. Sono stato il primo a tenerlo in braccio e mi sento responsabile».

«Per mio nipote?»

Il poliziotto si raddrizzò, offeso:

«Perché, non mi ritieni all'altezza? Guarda che coi bambini sono bravissimo! Io piaccio a loro, e loro piacciono a me! Il mio amico Mariano ne ha tre, e siccome non può permettersi una baby-sitter, mi chiama ogni volta che...».

Sara alzò la mano per arrestare quel flusso di parole:

«Approfondiremo la questione in un altro momento. Controlla quel nome, ci vediamo da Viola alle sette. Cerca di sbrigarti, perché nel frattempo hai un problema». E indicò Boris.

Il Bovaro aveva appena rilasciato una quantità di escrementi che formava una rispettabile montagna fumante nella fredda umidità. Da una decina di metri, una coppia di anziani osservava Pardo con disgusto, come se l'avesse fatta lui. L'uomo fissò il cane, che ricambiò lo sguardo sorridendo.

Quando l'ispettore tornò a voltarsi verso Sara, la donna era scomparsa nel nulla.

V

Assurdo, rifletteva Sara mentre andava all'università. Era tutto assurdo.

Il flusso della folla la circondava e la sommergeva lungo le scale mobili, che si inabissavano verso il centro della Terra, e sulla banchina della metropolitana. Spintonata da adolescenti con le cuffiette e i volti inespressivi, da uomini con borse di pelle e donne dall'aria diffidente, nel ventre di quella massa schiacciata in un silenzio inquietante, Sara si sentiva, ed era, invisibile.

Assurdo.

Le sembrava assurdo cercare qualcuno che, con buone probabilità, se ne stava chissà dove, a godersi un po' di pace. Assurdo doversi occupare della tensione e dell'angoscia di Teresa, dalla quale credeva di essersi liberata per sempre, anni prima, e che invece era ancora lì, a impartirle ordini camuffati da preghiere. Assurdo ripiombare di nuovo nella vecchia vita, da cui era sicura di essere uscita. Anzi, adesso capiva di esserci ancora più dentro di quanto fosse all'epoca, quando il suo lavoro consisteva nel decifrare sussurri rubati da microfoni inaffidabili, o esaminare le immagini sgranate delle telecamere di sorveglianza. Il massimo dell'operatività era accomodarsi in un cinema per spiare, da quattro o cinque file di distanza, due tipi che fingevano di non conoscersi.

Ora, pensò mentre si aggrappava a un sostegno di metallo nella carrozza strapiena, devo addirittura agire in prima linea. E anche da sola, senza nessun appoggio.

Più di vent'anni. Passati a osservare da lontano, ad affinare il talento d'interpretare i segni, di distinguere le reali intenzioni dietro i giochi della finzione. Più di vent'anni. Trascorsi, uno dopo l'altro, in un anonimo ufficio, non troppo diverso da come sarebbe dovuto essere secondo la targa in ottone all'ingresso, su cui figurava il nome di una ditta di import-export. Invece, quelle stanze erano l'orecchio di un indispensabile apparato dello Stato di cui nessuno, inclusi i politici, poteva ammettere l'esistenza. Guardare, carpire, riportare. In maniera quasi asettica, distaccata, spesso senza nemmeno sapere chi si stava sorvegliando e perché, lottando contro ogni maschera, assimilando l'odio per gli inganni al punto da diventare quella che era diventata: una donna senza tacchi e coi capelli grigi, sfuggente, invisibile.

Più di vent'anni. Con Massimiliano, per Massimiliano. Il suo capo, poi il suo compagno, poi il grande amore. Per lui aveva lasciato il marito e il figlio, uno sconosciuto che l'aveva cancellata come lei, abbandonandolo, aveva cancellato il senso stesso della maternità. Ma Sara non poteva mentire. Non poteva restare in un posto, desiderando con tutta l'anima di essere in un altro.

Alla fermata giusta, la ressa la trascinò verso l'uscita mentre altri passeggeri si accalcavano sgomitando per entrare nel vagone. Nessuna differenza. Gente che va, gente che viene.

La malattia e la morte di Massimiliano l'avevano consegnata a una schiacciante, infinita solitudine. Per assisterlo Sara aveva rinunciato all'unità: nemmeno cinque minuti, amore mio, nemmeno cinque minuti senza di te, se posso starti accanto.

Perché resti qui, amore? Perché non cominci a rifarti una vita per quando, tra poco, non ci sarò più? Perché assisti al disfacimento di questo corpo, alla rovina di questa carne? Non preferisci ricordarmi com'ero, ricordare i giorni in cui volteggiavi tra le mie braccia? Ti prego. Ti prego, vai via. Vai dove c'è ancora un po' di sole. Cerca Giorgio; adesso è grande, magari ti stringerà sorridendo.

Ma lei non si era mossa. Era così, Sara: affrontava i sentimenti senza paura, senza piangersi addosso, accettandoli come si accetta la pioggia improvvisa quando non c'è un riparo, come un danno inevitabile. Se amava Massimiliano, lo amava nel bene e nel male.

Fino all'ultimo.

Poi Teresa le aveva chiesto aiuto. Teresa, la vecchia amica, l'antica rivale con cui aveva ingaggiato una sfida, inevitabile per due donne fuori dal comune che sono colleghe.

Sara intuiva benissimo quale montagna la bionda avesse dovuto scalare prima di convincersi a cercarla. Il condizionamento alla segretezza generava remore personali e alimentava il timore di sbagliare. Eppure l'aveva contattata a neanche un giorno dalla presunta scomparsa di Minucci Sergio, ventotto anni, ricercatore universitario.

Era questo che non le tornava: il tempo. Troppo poco per ipotizzare il peggio, troppo poco per maturare una simile determinazione. E troppo poco per chiamare lei. Tuttavia quello che traspariva dal viso, dagli occhi, dai movimenti delle mani tradiva il terrore che si prova dopo aver percorso ogni strada senza riuscire a trovare la soluzione. Possibile che fosse già a quel punto?

Conosceva il gusto torbido di Teresa per la carne fresca; la sua abitudine di portarsi a letto, pescando un po' ovunque, matricole, garzoni, frequentatori sballati di locali. Con uno stagista i rischi aumentavano. E nell'unità erano cresciuti fedeli al principio di tenere separato il mestiere dal piacere; ma lei e Massimiliano erano la prova di come i princìpi esistessero per essere elusi, quindi ci poteva stare.

L'angoscia della bionda, però, indicava altro, che al momento Sara non poteva comprendere per mancanza di elementi. Del resto, le competeva solo stabilire dove fosse finito Minucci e tornarsene alla sua quotidianità.

Si avviò lungo lo scalone che portava all'interno dell'ateneo e domandò all'usciere dove fosse il dipartimento di Scienze politiche. Dalle scarne notizie riportate sui fogli di Teresa, risultava che Minucci aveva un assegno di ricerca presso l'Istituto di Diritto regionale. Percorse una serie di corridoi lungo i quali bivaccavano gruppetti di studenti impegnati a ripassare su dispense fitte di appunti e sottolineature. Sara percepì quel lieve malessere che ogni adulto prova al cospetto dei propri ricordi. Salì alcune rampe di scale e passò davanti ad aule in cui si tenevano lezioni ed esami, chiedendo di tanto in tanto a occhialuti ragazzi se la strada fosse giusta.

Alla fine si ritrovò di fronte a una porta chiusa, sulla quale era affisso il calendario del ricevimento docenti. Tra i nomi compariva anche quello di Minucci Sergio, a disposizione il pomeriggio del giorno prima e quella mattina.

Sara pensò per un attimo che se lo sarebbe trovato davanti mentre si occupava di qualche tesista, e la faccenda si sarebbe conclusa lì; ma era improbabile che l'unità avesse commesso un simile errore di valutazione.

Bussò senza ricevere risposta, poi entrò. Una portafinestra era aperta e affacciava su un balconcino, sul quale stazionavano un uomo e una donna che stavano fumando. All'interno della stanza, su una panca lungo il muro, c'erano due ventenni che leggevano. Sara aspettò, ma nessuno sembrò accorgersi di lei; quindi prese l'iniziativa e si rivolse al più vicino, un tipo coi capelli lunghi e unti, e un paio di spesse lenti.

«Scusa, è qui Diritto regionale?»

Quello alzò gli occhi e sbatté le palpebre, come svegliandosi da un sogno:

«Ce l'ha con me? Sì, sì, è qui».

Finite le sigarette, i due rientrarono ridacchiando, si accorsero di Sara e si scambiarono un'occhiata. La donna era giovane e molto carina, portava lo chignon e gli occhiali. Dall'aspetto non sembrava una studentessa, e nemmeno un membro del personale docente o della segreteria. «Prego, signora. Come posso aiutarla?» domandò.

Sara distolse lo sguardo dal tipo coi capelli lunghi, che si immerse di nuovo nel libro che aveva tra le mani. «Cercavo il dottor Minucci, Sergio Minucci. Mi risulta che riceve oggi.»

L'altra rimase in silenzio e scambiò una seconda occhiata con l'uomo, un quarantenne alto, piuttosto elegante e con lunghe basette, che inarcò un sopracciglio e increspò appena le labbra. Quei gesti non sfuggirono alle doti di Sara: Minucci doveva essere stato l'argomento della conversazione sul balcone.

Fu lui a rispondere:

«Se si degnasse di venire in facoltà... Ma non c'è, purtroppo. Io sono Galbiati, assistente del professor Di Paolo. Posso esserle utile?».

«Sono una mezza parente di Sergio, passavo per un saluto. Quando posso trovarlo?»

La giovane, che aveva preso posto dietro a una scrivania, rispose:

«Non si è presentato né ieri né oggi, e non ha nemmeno avvertito, quindi non sappiamo niente».

Sara finse perplessità:

«Strano, dovevamo incontrarci. Non è curioso?».

La donna aprì la bocca e la richiuse, in evidente difficoltà.

Galbiati le venne in aiuto, sbrigativo:

«Sì, signora, in effetti è curioso. E non dovrebbe accadere, anche perché i due laureandi, qui, li segue Minucci, e lo attendono invano per il secondo giorno consecutivo. Sarebbe buona norma avvertire, se ci si assenta. Glielo spieghi pure al suo mezzo parente, quando lo incontra, di stare più attento a certe omissioni».

Il discorsetto risentito raggelò l'ambiente. I ragazzi sembrarono ancora più concentrati su quello che stavano leggendo.

La giovane spostò alcuni documenti sulla scrivania, poi mormorò:

«Questo succede se uno è convinto di poter fare il comodo suo».

Sara annuì, mostrando di aver inteso l'antifona. Quindi salutò e uscì dalla stanza.

Quando si ritrovò di nuovo nella metro, fissando le ombre scorrere dal finestrino, si interrogò sul motivo per cui Teresa l'aveva contattata.

Al mondo non c'era nessuno che la conoscesse meglio della bionda, e nessuno conosceva la bionda bene quanto Sara.

Anche troppo bene.

VI

La stanza era immersa in un'oscurità quasi totale. Dagli scuri serrati filtrava una lama di luce in cui galleggiavano particelle di pulviscolo. All'esterno, il sole picchiava.

Su una parete campeggiava un telo, srotolato dal soffitto, sul quale scorrevano immagini sgranate in bianco e nero, proiettate dall'apparecchio che occupava un ripiano sul muro opposto.

Nella sala c'erano sette persone, cinque uomini e due donne. Faceva caldo, e il piccolo ventilatore emetteva un costante ronzio limitandosi a smuovere l'aria densa e il fumo che aleggiava nell'ambiente.

Un tipo alto, dalla carnagione scura e i capelli brizzolati, segnalava alcuni particolari dei fotogrammi con una bacchetta lunga mezzo metro. Seguendo le sue indicazioni, un individuo con un'avanzata calvizie e un paio di spesse lenti, fermava o riavviava il filmato armeggiando col proiettore. Gli altri tre uomini stavano seduti a una scrivania, come se assistessero a uno spettacolo. Di volta in volta commentavano o formulavano domande.

Le donne, invece, si tenevano in disparte. Una aveva

una vistosa chioma bionda. Erano le più giovani del gruppo, sembravano coetanee, prendevano appunti e ogni tanto si parlavano a bassa voce per non disturbare la riunione alla quale, si capiva, erano state ammesse in qualità di osservatrici.

Quello con gli occhiali chiese:

«Capo, posso andare avanti?».

Il tipo brizzolato scosse la testa:

«Aspetta un attimo, Andrea. Allora, ricapitolando per chiarire: questo è il bar della stazione del paese, a quindici chilometri dallo scalo ferroviario della città. Come sapete, siamo venuti a conoscenza dell'incontro dal biglietto recapitato a Borgström, a Berlino Ovest».

Uno dei tre seduti, magrissimo e azzimato, con la giacca e la cravatta nonostante la temperatura, sorrise con sufficienza:

«Massimiliano, ragioni ancora in termini di Ovest ed Est, ma sono passati quasi due anni dalla caduta del Muro».

Gli altri alla scrivania ridacchiarono, dandosi di gomito.

La bionda sbuffò piano.

Massimiliano rispose in tono piatto:

«Lembo, hai capito che intendo. Hanno due basi, una nella parte occidentale e una in quella orientale. Muro o non Muro, per stabilire il percorso del biglietto, devo localizzarle. Se poi vuoi sostituirmi, prego, accomodati». Gli porse la bacchetta, ma l'altro non si mosse, continuando a sorridere beffardo e invitandolo a proseguire con un cenno. «Ora, non devo spiegare a voi quant'è importante che Borgström si sia esposto di persona. Lavoriamo da

tempo sulla pista tedesca, e le trame ormai sono evidenti: si pratica una strategia di copertura, in virtù della quale le forze eversive dell'estrema destra colpiscono i moderati a ogni livello addossando la responsabilità all'ultrasinistra. Questo è sempre accaduto; la novità sta nella regia internazionale, e nella connessione dei movimenti.»

L'omaccione con le maniche arrotolate sui grossi avambracci, alla destra di Lembo, annuì:

«Sì. Ed è per questo che abbiamo intensificato i rapporti con i Servizi degli altri Paesi, salvo scoprire che nessuno sa un cazzo. Dobbiamo risolverla noi, ma abbiamo soltanto un paio di elenchi di nominativi e qualche foto».

L'altro, un belloccio che non la smetteva di sistemarsi il ciuffo, si rivolse a Lembo come se fosse l'unico presente:

«E comunque per me questa sicurezza su dinamiche e strategie è infondata. Non abbiamo riscontri su chi abbia messo le bombe, e anche per i magistrati la faccenda non è così limpida. Magari è più semplice: sono stati proprio i rossi».

Lembo non lo degnò di uno sguardo, quindi, senza smettere di sorridere, fissò Massimiliano con un'espressione interrogativa.

Andrea si agitò vicino al proiettore, stava per replicare, ma fu anticipato dalla bionda, che disse in tono tagliente:

«Strano che proprio lei abbia dubbi. Ho letto alcuni documenti della sua Commissione in cui è menzionata la tesi dell'estrema destra».

Il belloccio sbatté le palpebre, sorpreso.

Lembo inarcò un sopracciglio e intervenne, divertito:

«Mori, ti lasci prendere in castagna da una deliziosa signorina. Complimenti».

Massimiliano tagliò corto, lanciando un'occhiata alla donna:

«Non siamo qui per discutere di sistemi astratti. Dobbiamo appurare com'è andato l'incontro. Posso continuare?».

Lembo assentì con un gesto elegante, aveva l'aria di chi si sta divertendo un mondo.

Mori, intanto, era arrossito assumendo uno strano colorito a chiazze; ostentava disinteresse nei confronti della bionda, che invece lo fissava truce.

Andrea si aggiustò la pesante montatura e riavviò il proiettore.

L'inquadratura successiva mostrò il lungo bancone di un bar con due assonnati camerieri che chiacchieravano fumando; un attimo dopo comparve un tizio dai capelli chiari, in apparenza sulla cinquantina. Teneva in mano un giornale e una cartella in pelle. Indossava un completo stretto sui fianchi, portava una cravatta larga e calzava scarpe bicolore.

Mentre l'uomo prendeva posto a un tavolino, Massimiliano annunciò:

«Signori, ecco a voi Borgström».

La tensione nella stanza aumentò in maniera palpabile. L'unico rilassato sembrava Lembo, che mormorò:

«Senza dubbio è lui. Solo un tedesco di origine svedese può avere un'idea così assurda dello stile».

Mori e l'omaccione ridacchiarono come se avessero compreso la battuta.

Massimiliano continuò:

«Purtroppo non abbiamo una grande definizione, la telecamera doveva essere piccola. I nostri l'hanno piazzata di notte, praticando un'apertura nello stipite della porta del bagno, e l'hanno rimossa in seguito. Non c'era molto spazio, ma abbiamo quello che ci serviva. Ora, attenzione».

Nel locale entrarono tre persone: due giovani e uno più anziano. Il primo portava occhiali e capelli corti, e andò a sedersi in prossimità dell'ingresso, mettendosi a leggere un libro. Il più anziano raggiunse il bancone, e cominciò a parlare con uno dei camerieri. L'ultimo, con una zazzera bionda, prese posto vicino al soggetto identificato come Borgström.

Lembo si sporse in avanti. Percependo l'aumento della sua concentrazione, gli altri due si irrigidirono.

Massimiliano alzò una mano e Andrea bloccò l'immagine.

«Dunque, troverete alcuni nominativi nel rapporto, qui per comodità chiameremo il più vecchio A, B *quello con gli occhiali e* C *il biondino».*

Mori si agitò sulla sedia:

«Il rapporto? Dannazione, lo sa che noi non abbiamo accesso a...».

Lembo si voltò verso di lui, come se lo avesse notato solo allora:

«Sì che lo sa, Mori. Lo sappiamo tutti. È per questo che il dottor Tamburi, qui, non ha menzionato le loro generalità. Dovrebbe apprezzarne la discrezione, no?».

Il belloccio richiuse la bocca con uno scatto.

Quindi Lembo ammiccò a Massimiliano, che ricambiò con un sorriso impercettibile. «Le identità di A *e* C *sono note. Quello con gli occhiali, cioè* B*, sembra sia di supporto, una specie di vedetta. Continua a leggere per tutto il tempo. Intanto il più anziano parla coi camerieri, forse racconta una storiella o una barzelletta, perché quelli scoppiano a ridere.»*

Dopo un cenno di Tamburi, Andrea riavviò il filmato. Nella sequenza sfocata, C *si avvicinò a Borgström. Aveva modi impacciati, e dava l'impressione di voler chiedere un'informazione. Il tedesco alzò la testa dal giornale con atteggiamento cortese.*

Massimiliano lo indicò:

«I nostri hanno decifrato il labiale di Borgström. Saluta in italiano e risponde: "Molto piacere a vedervi". Il soggetto C *è di spalle, ma la postura rivela rispetto e anche un po' di timore. Insomma, gli riconosce autorità».*

Mori allargò le braccia:

«Anche questo non significa niente. Va bene, in Germania Borgström è un esponente di spicco dell'area neonazista, ma abbiamo una vaga idea del ruolo che ricopre C*? Che figura è? Chi...».*

La bionda scattò come una tigre:

«Ma lei pensa che sarebbe stata indetta una riunione a questo livello, se ci fossero stati dubbi sui collegamenti? Noi siamo certi di quello che stanno organizzando. Certi, capisce? E non c'è tempo da perdere».

Calò un silenzio carico di imbarazzo.

A interromperlo fu Mori, che si alzò in piedi rosso come un peperone:

«Non sono qui per lasciarmi insultare, chiaro? La Commissione parlamentare ha un peso. E non abbiamo la minima intenzione di essere tenuti all'oscuro. Passeremo attraverso vie istituzionali per accedere ai rapporti. Buona giornata». Raccolta la giacca, uscì.

L'uomo corpulento lo guardò mentre lasciava la stanza, poi mormorò:

«Inutile frocetto».

Lembo si rivolse a Massimiliano:

«Non mi preoccuperei più di tanto, sono politici, vanno e vengono. Noi invece restiamo. Però, mamma mia, Tamburi, quante certezze. Invece l'unico dubbio è su chi comandi in questa fantastica baracca. Perché non ci presenti la tua meravigliosa collega? La trovo molto, molto interessante. Da tutti i punti di vista».

VII

Per Davide Pardo il destino non esisteva.

E nemmeno la divina provvidenza, il fato, il Karma, Visnù o chi per loro. Nonostante le concatenazioni degli eventi che lo riguardavano lasciassero supporre di frequente la presenza di una regia occulta, nel complesso avversa, l'ispettore era più propenso a credere che il porsi con un atteggiamento negativo nei confronti della vita, alla fine, contribuisse a indirizzarla nel verso sbagliato.

Credeva però con fermezza, e incondizionata devozione, alla Giornata Storta.

Era come se, per qualche strano concorso di circostanze, le note della routine quotidiana si disponessero a caso su un pentagramma, scontrandosi fra loro in una stridente dissonanza e creando così un contesto sfavorevole che durava ventiquattr'ore precise, e la cui negatività poteva essere classificata su una scala che contemplava dieci gradi.

Quella giornata, per esempio, era iniziata con la deiezione ritardata di Boris, un fastidio di secondo grado.

Poi aveva registrato una decisa impennata per colpa di Sara Morozzi, salendo di ben due tacche. Ora che si stava recando in questura, all'Ufficio Fantasmi, Davide temeva il peggio.

Per certi versi, il rapporto con quella donna singolare aveva rappresentato una rivoluzione nell'esistenza tranquilla del poliziotto. Insomma, *tranquilla*... Gli piaceva pensare di essere in stand by, in uno stato di attesa tra una fase confusa e un'altra, quella in cui avrebbe finalmente trovato la compagna con cui condividere la conquista di una serena vecchiaia piena di nipotini. E proprio allora, come un fulmine a ciel sereno, era comparso quel personaggio indefinibile, che non si vedeva arrivare e nemmeno andar via, capace di mimetizzarsi con una panchina o con una porzione di muro tanto era insignificante, e invece aveva delle doti, quasi dei poteri, tali da suscitare il dubbio che fosse una cazzo di fattucchiera.

Doveva ammettere però che non tutti gli effetti dell'incontro con Sara erano stati sgradevoli. Certo, la botta sul cranio e i cinque punti di sutura non erano stati un piacere, e neanche le preoccupazioni derivanti dal ritrovarsi coinvolto in un caso che non gli competeva. Però si era sentito di nuovo operativo, e importante, pur comprendendo meno del cinquanta per cento di quello che gli era capitato.

Poi c'era Viola. Un altro problema.

Pardo aveva rinunciato quasi subito a cercare di capire Sara. Era tanto laconica da supporre che fosse affetta da mutismo selettivo, aveva un senso dell'umorismo che gli risultava incomprensibile, e una facoltà di leggere i pensieri altrui che rasentava la telepatia: era troppo per un sognatore pragmatico come si considerava Davide.

Viola, no. Viola era tutto un discorso a parte.

Pardo aveva rilevato una costante nel proprio passato: le poche donne capaci di farlo incazzare come un babbuino, con inderogabile puntualità, limitandosi a usare una semplice parola o perfino una singola occhiata, erano state sempre fondamentali per lui. Non che fosse mai finita bene, è ovvio, ma erano state storie importantissime, che avevano lasciato il segno.

E Viola era in grado di mandarlo in bestia con uno schiocco delle labbra: alla lettera, non in senso figurato. Emetteva un piccolo rumore con la bocca, prima fissandolo per un istante, poi distogliendo con deliberata lentezza lo sguardo ed esprimendo con chirurgica perfezione un disinteresse assoluto, misto al piccolo rammarico per avergli dedicato troppo tempo. Con quel rumore gli diceva, ogni santa volta: ecco, sei una delusione, come qualunque maschio, e io che per un attimo ho sperato che potessi essere un minimo interessante, errore mio.

Mentre percorreva il corridoio che portava all'Ufficio Fantasmi, scambiando distratti saluti con colleghi che non sopportava e che non lo sopportavano, Pardo si interrogò per l'ennesima volta sul perché fosse attratto da quella ragazzina, che aveva conosciuto col pancione, e che disattendeva ogni requisito della sua donna ideale: bruna, mediterranea, giunonica, materna nelle forme, di carattere allegro ed espansivo.

Viola, invece, era bionda e sottile, nervosa al limite del nevrotico, scorbutica e attaccabrighe. Insopportabile, quindi: e con parentele inquietanti, anche se il rapporto tra lei e Sara presentava parecchie ombre e, a quanto ne sapeva, le due non si erano frequentate molto.

Però c'era il piccolo Massi. Innocente, meraviglioso bambino dal dolce sorriso, quattro chili circa di purissimo incanto alla nascita, che dall'attimo stesso in cui un'infermiera, scambiandolo per il padre, glielo aveva messo tra le braccia, aveva rapito il cuore e l'anima del rude poliziotto. A Davide piaceva considerarsi un duro.

Era stato in quell'istante che aveva guadagnato una netta consapevolezza: toccava a lui, unico equilibrato della compagnia, vegliare affinché l'incolpevole batuffolo rosa crescesse in buona salute e con sani princìpi.

Arrivato davanti alla stanza giusta, l'ispettore tirò fuori gli occhiali e lesse il foglietto col nome che Sara gli aveva chiesto di controllare. Il nucleo che si occupava delle denunce di scomparsa era chiamato con feroce sarcasmo "Ufficio Fantasmi". La denominazione aveva un doppio significato: fantasmi erano quelli che sparivano, e che di solito non venivano più ritrovati, e fantasmi erano quelli relegati a incrociare segnalazioni che spesso si risolvevano con il rinvenimento di qualche barbone morto sotto un ponte.

Quindi i poliziotti della città consideravano la sezione una specie di Caienna, un collettore fognario di professionalità frustrate. Là erano assegnati quelli prossimi alla pensione, quelli che avevano combinato qualche casino o semplicemente quelli ritenuti pericolosi. In diverse occasioni lo stesso Pardo, entrato in contrasto con qualche superiore, era stato sull'orlo dell'abisso dei Fantasmi; se l'era sempre cavata, però.

Ora tuttavia si ritrovava, in perfetta linea con la Giornata Storta e su incarico di una Morozzi più misteriosa che mai, a investigare su uno che forse era scomparso, ma forse anche no.

L'ambiente era ingombro di carte e fascicoli, accumulati un po' ovunque in cataste. Le scrivanie erano tre, e una porta comunicava con l'interno del capo, creatura mitologica in perenne malattia che nessuno aveva mai visto. In quel momento era presente solo una tipa in divisa, una sessantina d'anni mal portati, gli occhiali da presbite sul naso legati da una catenella dorata, i capelli gialli e stopposi acconciati in una piega d'altri tempi, e almeno tre menti. Stava seduta davanti a un computer e scrutava lo schermo con una diffidenza che sconfinava nell'ostilità. Nonostante il tossicchiare educato di Pardo, continuava a prodigarsi in una digitazione ritmica, premendo un tasto ogni venti secondi, neanche fosse un'operazione di cardiochirurgia.

Quando fu al colmo dell'avvilimento, Pardo esclamò: «Scusa, colle', una cortesia...».

La donna ebbe una reazione che a Davide ricordò un documentario sui bradipi visto per caso su un canale tematico della televisione satellitare. Sbatté prima le palpebre, fermando a mezz'aria l'indice della destra che stava per abbattersi sulla lettera L; aggrottò le sopracciglia, nel tentativo di tornare alla realtà e interrompere il viaggio mentale nel magico mondo dell'informatica; e cominciò a ruotare la testa con lentezza, senza muovere il busto, come in un film horror sulla possessione demoniaca. Lo sguardo vacuo si posò su Pardo, con interesse entomologico; quindi, con identica indolenza, le labbra si stirarono in un pallido sorriso svuotato di ogni allegria.

Davide sospirò. «Ascolta, sono Pardo, del commissariato di Montesanto; avrei bisogno di informazioni in merito a un giovane, tale...», diede un'occhiata al foglietto, «Minucci Sergio, di anni ventotto.»

Il bradipo continuava a studiarlo sorridendo, come se non riuscisse a comprendere lo strano idioma dell'ispettore, che tossicchiò di nuovo, considerando la possibilità di andar via prima che qualcuno lo accusasse di aver ucciso la collega.

«Dovrebbe essere ricercatore all'università. In realtà non è sicuro che sia scomparso, perché poi non è che manchi da troppo, è più una verifica che...»

Il dito della donna, come animato da un ultimo fremito di vita prima dell'inesorabile decesso, si abbatté sulla tastiera senza che il viso cambiasse espressione.

Davide percepì un lungo brivido attraversargli la schiena: aveva la netta impressione che da un momento all'altro quell'invasata sarebbe implosa come un muro in demolizione.

In un angolo della stanza, la stampante cominciò a ronzare acuendo la natura surreale della situazione.

Più che altro per riempire il silenzio, l'ispettore disse:

«Chissà, da qualche parte potreste aver registrato qualcosa... Non so come siete organizzati, se trasmettono le denunce via fax oppure se ognuno inserisce i suoi dati... Potrei tornare domani, però. Magari trovo qualcun altro che... No, non che tu non sia informata, anzi sono sicuro che tu sia capacissima di portare avanti da sola l'Ufficio Fant... questo ufficio, figurati, ma...».

La donna svanì di colpo, conferendo sostanza alle preoccupazioni di Pardo. Fu un fenomeno fulmineo: un secondo prima c'era, e quello dopo non c'era più. Adesso si vedeva solo il computer, lo schienale della sedia e nient'altro.

Davide avvertiva il cuore pulsare nelle orecchie, e con gli occhi sbarrati cominciò ad arretrare verso l'uscita.

All'improvviso, da un punto imprecisato in basso alla sua destra, provenne un suono gracchiante:

«Colle', siamo in rete da dieci anni. Quando scompare qualcuno, la denuncia viene inserita nel sistema ed è disponibile per tutti».

Atterrato dopo un balzo di quaranta centimetri, con una voce in falsetto che tradiva il suo stato d'animo, Pardo rispose alla collega, non più alta di un metro e cinquanta:

«Certo, certo, è che forse il tizio si è allontanato volontariamente e...».

L'altra scosse il capo e gracchiò ancora:

«Invece no. Stavo classificando la denuncia proprio

quando sei entrato tu. Eccola qui». E gli allungò il foglio che aveva appena preso dalla stampante.

Davide si sentì un deficiente.

La giornata, d'altronde, era quella che era.

VIII

L'uomo emerse dall'ombra, mentre lei rientrava dopo aver gironzolato senza meta nelle squallide vie dei dintorni.

Non le capitava spesso. Di solito non usciva, preferendo un panino o un'insalata da consumare in una triste vaschetta di plastica, per poi immergersi di nuovo nel lavoro. Oppure si concedeva una pizza in uno dei locali della zona, se era in condizione di sopportare i televisori accesi che blateravano di attualità nei telegiornali o di sentimenti in inutili trasmissioni. Roba di plastica, anche quella: ma le pizze almeno erano calde.

Gli ultimi giorni, però, non erano stati facili, e lo stomaco le si era chiuso. Caffè, sigarette, una bottiglia di vino rosso, e il danno era servito.

Per questo aveva scelto di camminare un po'. Certo, il quartiere era poco adatto a una donna sola. In origine era stato un popoloso Comune dell'hinterland, che la città nel tempo aveva inghiottito, trasformandolo in una periferia dai contorni incerti, gravida di finti disoccupati che si arrangiavano faticando in nero o che rinfoltivano la manovalanza della criminalità organizzata; solo maschi per strada, poche ragazze con lo zaino, di ritorno da scuola, e un paio di anziane che chiacchieravano, lamentandosi dell'umidità, all'esterno di un minimarket.

Eppure nessuno l'aveva degnata di uno sguardo. Forse i vestiti eleganti e il passo sicuro avevano scoraggiato eventuali approcci. O magari, pensò avvertendo un'acuta, improvvisa sofferenza, non era più attraente come prima.

Perciò fu quasi contenta quando, nei pressi del grigio palazzo con l'insegna import-export, una figura apparve da un androne e le si avvicinò. La donna irrigidì il braccio destro e preparò la secca gomitata con cui avrebbe sistemato chiunque avesse osato anche solo sfiorarla; ma non ce ne fu bisogno.

L'uomo regolò l'andatura su quella di lei, rimanendo alla sua destra discosto di un mezzo metro, poco oltre il suo campo visivo, e cominciò a parlarle in tono tranquillo:

«Strano incontrarti fuori, Pandolfi. In tanti anni non credo sia mai successo».

Teresa non rallentò. «Ciao, Lembo. Strano trovarti da queste parti. Ormai siamo così marginali, per voi pezzi grossi della Capitale.»

Lui le si affiancò. Era alto e magro, con gli occhiali dalla montatura scura e radi capelli grigiastri. Aveva un'età indefinibile, ma la voce sottile sembrava quella di un ragazzo. Sorrideva di un sorriso sbilenco, intelligente e anche un po' triste: era il sorriso di uno che ha visto tutto e il contrario di tutto. E niente gli è piaciuto. «Lo chiamano "villaggio globale", e siamo a nemmeno un'ora di Frecciarossa. Poi chi lo dice che siete marginali? Ci mandate sempre evidenze interessanti. Io mi diverto moltissimo a leggere i vostri rapporti. Mi ricordano i vecchi tempi.»

La bionda sbuffò:

«Già, ora dovremmo affidarci solo agli algoritmi. Mappare i profili social, individuare le parole ricorrenti, incrociare i messaggi e *bla bla bla*. Li frequento, i corsi di aggiornamento. Ma non credo che basti. Perciò, di tanto in tanto, continuiamo a dare un'occhiata di persona. Ti disturba?».

Invece di rispondere, Lembo indicò un bar scalcinato all'angolo della strada:

«Tienimi compagnia. Ho voglia di un espresso. Non mi sono mai abituato a bere quello schifo che preparano altrove; quindi, ogni volta che torno, faccio il pieno».

Per un attimo, Teresa fu tentata di proseguire verso l'ufficio per vedere la reazione del superiore: l'avrebbe seguita oppure avrebbe tirato dritto verso il suo dannato caffè? Poi cambiò idea.

Quando si furono accomodati all'unico tavolino del polveroso locale, Lembo allungò le gambe e si sgranchì, come se si trovasse su una meravigliosa spiaggia dorata. «È sempre una delizia, credimi. Il caffè, la pizza: una vera magia.»

Le labbra di Teresa si piegarono in una smorfia beffarda:

«Be', ci sono pure il mandolino e il mare. E i pastori

del presepe. Vuoi decantare ancora le bellezze nostrane o mi dici perché sei qui, e soprattutto perché non sei salito?».

«Sempre diretta, Pandolfi. Eri così una trentina di anni fa, e sei così anche oggi. Magari sono solo venuto per un saluto. Siamo rimasti in pochi: gli altri ormai sono morti o silurati. Solo io e te, ancora a galla.»

La bionda rise, senza allegria:

«A galla! Tu, forse, che sei uno di quegli abiti buoni per ogni stagione. E sei stato così abile da resistere a chissà quante tempeste. Io sono qui, nella provincia dell'impero, in un posto dimenticato da dio e dagli uomini a esaminare foto porno che ragazzini arabi si scambiano di notte. Ma per favore…».

Lembo schioccò la lingua, esprimendo disapprovazione:

«È brutto disprezzare la propria posizione. Se non fossimo intimi, dovrei proprio farti rapporto. La vostra attività è importante, invece. E la tua è una delle unità più antiche dei Servizi, anche voi resistete alle tempeste. I tempi cambiano, e cambia anche il mestiere: niente più intercettazioni, per quelle bastano i carabinieri, tanto al telefono nessuno si tradisce più. La nuova frontiera sono i social, e su quelli operate benissimo».

«Noi? È merito del software americano, mica nostro. Scava ovunque, confronta tutto, riscontra i dati: e spara cazzate, supponendo di aver trovato chissà che, ma sono solo sciocchezze. L'altro ieri ci ha allertati con priorità 5 su un sedicenne segaiolo che invitava i compagni a farsi una bomba: alla fine abbiamo scoperto che era un panino ripieno di quindici ingredienti, un pub del centro l'ha inserito nel menu per aumentare le gastriti della popolazione.»

La risata chioccia di Lembo le mise paura:

«Be', quindi era pericoloso, no? Il software aveva ragione. Con quello che c'è costato, meglio troppo che troppo poco».

Teresa lo fissò, gelida:

«Sto aspettando una risposta. Anzi, due. Perché non ti sei presentato in ufficio? E che accidenti vuoi?».

Uno svogliato cameriere depose due tazzine sul tavolo. Lembo aprì una bustina di zucchero, ne versò metà, girò il cucchiaino nel liquido nero e ne assaggiò un sorso. «Mmm, che meraviglia. Ti giuro che vale il viaggio.» Posata la tazzina sul piattino, fissò Teresa attraverso le lenti. Lo sguardo non esprimeva alcuna emozione. «In ufficio mi conoscono. Non tutti, ma la maggior parte sì. Sarebbe difficile sostenere che sono in trasferta per una visita di routine. E nel caso di una telefonata confidenziale che segnala la mia presenza, qualcuno, da me, in alto, si chiederebbe, e *mi* chiederebbe, perché sono qui. Ecco il motivo per cui ti ho aspettata fuori.»

La donna annuì grave, come se avesse compreso la particolarità della situazione. «E te lo chiedo anch'io.»

Lembo finì il caffè, mugolando di soddisfazione. Poi si asciugò la bocca con un tovagliolo e sospirò. «Le cose belle svaniscono in fretta. Eravamo giovani, e adesso…

Le gioie della vita ci scivolano addosso, senza lasciare traccia. Ora ci ritroviamo a conversare di affari, invece di rievocare il passato. Che tristezza.»

Teresa manifestò un'evidente insofferenza:

«Ascolta, sono stanca. Da un po' dormo male, e del passato non mi va di rievocare un cazzo. Perciò dimmi che vuoi, oppure scusami, ma devo rientrare. Magari qualche altro tredicenne decide di mangiare merda, e io devo verificare se è un dannato terrorista islamico».

Lembo rise ancora. Sembrava che avesse appena ascoltato una deliziosa barzelletta.

«Dài, non ti mortificare. Vi occupate anche di altro, no? Faccende interessanti, molto interessanti. Per esempio la politica regionale. O no?»

Le parole caddero tra loro con un fragore ben più minaccioso del tono amichevole con cui erano state pronunciate.

Ci fu un lungo silenzio, poi la bionda rispose:

«Che c'entri tu, coi politici in Regione? Non stavi sull'estero?».

Invece di replicare, con un cenno Lembo chiese al cameriere un altro espresso.

A Teresa parve invecchiato, parecchio invecchiato: e si domandò se lo fosse anche lei.

«No, no, il mio campo è sempre lo stesso. Confesso che un po' vorrei cambiare, ma ho un grado troppo elevato. Se trasferissero un altro al posto mio, dovrebbero promuoverlo. E adesso c'è la *spending review*, hai sentito, no?»

«E allora a che titolo mi chiedi della sorveglianza di certi soggetti? E, per di più, fuori dai canali ufficiali.»

All'improvviso, l'uomo cambiò espressione. Il volto gli si indurì e gli occhi, deformati dalle lenti, persero ogni luce d'ironia.

Teresa, suo malgrado, rabbrividì. Le sembrava di trovarsi di fronte a un rettile.

«Io non devo rendere conto a te delle ragioni per cui mi servono informazioni, o di come voglio averle: secondo il protocollo, al telefono oppure in un bar scalcinato vicino alla merdosa sede della tua unità da quattro soldi. Se ti do un ordine, esegui e basta. Capito, puttana?»

La bionda si ritrasse, quasi temesse di essere schiaffeggiata. Quindi abbassò la testa e annuì, piano.

L'altro riprese, col tono allegro e conciliante che aveva avuto fino a quel momento. La trasformazione fu così brusca da suscitare nell'interlocutrice il dubbio che le ultime frasi non fossero mai state pronunciate.

«Ci sono dei legami tra vari ambiti, e investono attività marginali di mia competenza. Visto che c'è sempre qualcuno che ci ascolta, sono venuto in forma riservata per il gusto di incontrare un'antica conoscenza.»

Teresa si schiarì la voce. «E cosa ti interessa della nostra sorveglianza sui politici in Regione?»

«Niente di particolare, per ora. Volevo solo avvisarti di procurarmi una copia dei rapporti sulle questioni dell'immigrazione: monitoraggio del litorale, sbarchi di clandestini, campi rom, senzatetto, stagionali impiegati nella raccolta dei pomodori. Tutto, insomma. E gradirei che, sempre in considerazione dell'antica conoscenza, il mio fascicolo arrivasse prima di quello ufficiale, e che lasciassi a me l'onere di darti il via libera sul testo delle informative.»

Teresa non credeva alle proprie orecchie:

«Ma... ma ti rendi conto, Lembo? Se lo scoprono, mi fanno un culo così. Anzi, peggio: mi sbattono in galera! Io non posso...».

Sul viso dell'uomo apparve di nuovo l'espressione dura, ma stavolta solo per un attimo. Poi Lembo riprese in tono dolce:

«Su, accontentami, Pandolfi. Avere gli appoggi giusti è importante. Io, per esempio, potrei evitare che una relazione dei Servizi interni su alcune abitudini notturne, incluse certe interazioni, diciamo, con ragazzi appena maggiorenni, arrivi sul tavolo sbagliato. In quel caso, sì che ti farebbero il culo. Magari in senso letterale, come piace a te». Si alzò, sgranchendosi ancora le gambe e traendo un profondo respiro. «A proposito dei Servizi interni, so che hai rivisto Morozzi. Non era in pensione?»

Còlta alla sprovvista, Teresa balbettò:

«È... è un'amica, avevo voglia di... Ci siamo sentite...».

Lembo scosse la testa, triste:

«*Amica.* Che buffa parola, nel nostro ambiente. Conoscenti, amanti, d'accordo: ma addirittura amiche... Era la compagna di Tamburi, no? Me la ricordo. Una donna notevole, ma davvero singolare. Sembrava sciatta, insignificante, quasi invisibile: e invece, quando ti guardava negli occhi... Ah, che occhi, Morozzi. Be', se ti capita di incrociarla ancora, non salutarmela. Mi dava i brividi». E uscì dal bar, senza aggiungere altro.

IX

Viola scelse *How Sweet It Is*. Perché no? Era un gran pezzo, che aveva dato il titolo a un album stupendo di Marvin Gaye ed era stato ripreso da altri grandi cantanti, in ultimo Michael Bublé. Lei, però, optò per la versione di James Taylor, che adorava sia come autore sia come interprete, e di cui aveva visto ben tre concerti restandone abbagliata.

Del resto, a Viola piacevano gli uomini maturi. Giorgio, il padre poco più che trentenne di suo figlio, era stato un'eccezione. Peraltro poco felice, almeno alla luce dei fatti.

Decisa la canzone, cominciò a concentrarsi. Uno stacco di batteria in apertura: *tu-tu-tum, tu-tu-tum, tu-tu-tum.* Poi entravano le chitarre.

Nel frattempo, cambiava il pannolino di Massimiliano che, sul lenzuolino, sgambettava beato e sorridente come al solito. Musica combinata a gesti precisi: quanto bastava per erigere il muro indispensabile ad arginare la Forza Oscura.

Non che bastasse, intendiamoci. La Forza Oscura

aveva la capacità di diventare liquida o gassosa, e di penetrare attraverso fessure e interstizi, finendo per invadere anche la più solida delle coscienze. Ma almeno il tentativo di miscelare melodia e movimenti meccanici aiutava.

Massimiliano, invece, non contribuiva come avrebbe dovuto. Non piangeva mai, quel bambino. Fosse stato cagionevole, avesse urlato senza sosta o avesse avuto la tendenza ad assumere un colorito bluastro, come i figli delle sue amiche, magari la Forza Oscura, il cui istinto protettivo e la cui empatia erano pari a zero, si sarebbe dileguata come sempre quando serviva una mano. E invece, niente di niente: Massimiliano assomigliava a un bambolotto, di quelli che ridono quando li solletichi. Mai aspettarsi sostegno da un uomo, neanche giovanissimo.

La Forza Oscura, a braccia conserte come al solito, disse:

«Guardati, sembri una vecchia e hai appena compiuto ventotto anni, ma non ti mette tristezza essere così? E perché, poi? Che ti mancava, nella vita? Chiunque se la sarebbe goduta, o al limite avrebbe cercato di affermarsi e guadagnare un sacco di soldi. Ma tu, no. Tu hai scelto un mestiere inutile, la fotografa o fotoreporter o paparazza o come cavolo si chiama, e anche un uomo inutile, un precario all'università che si è fatto pure ammazzare in un incidente d'auto. Ma io non ci ho mai creduto, chissà che c'era sotto: quelli come lui nascondono sempre qualcosa. E adesso ti ritrovi con un figlio inutile, anzi dannoso, perché secondo me ha delle tare. Si è mai visto un neonato che non piange mai? È ritardato, non ho alcun dubbio».

«*How sweet it is to be loved by you*» attaccò la voce solista, e Viola la seguì a fior di labbra.

Il vero dramma era non potersi permettere un'abitazione a una considerevole distanza dalla Forza Oscura, proprietaria di quell'appartamento e dell'altro al piano di sopra, dove risiedeva. Nessuna via di scampo. Certo, Viola avrebbe potuto sostituire la serratura, scongiurando il maleficio di vedersela apparire in camera all'improvviso, felpata e silenziosa. In quel caso, però, la Forza Oscura si sarebbe attaccata al campanello, con sommo gaudio dei vicini pettegoli. Meglio evitare.

«E d'altronde anche tu sei inutile, quindi perché stupirsi? Sei identica a quello stronzo di tuo padre, pace all'anima sua, bravo solo a mentire per tenermi buona. Aveva pure l'abitudine stronza di fischiettare quando gli parlavo: quelle poche volte che capitava, sia chiaro, perché io sono discreta e apro la bocca solo se è necessario. Lui fischiava e tu canticchi, non sai quanto mi irrita, ma io sono tua madre e, se ho da dirti qualcosa, te la devo dire, è una questione di principio.»

I needed the shelter of someone's arms and there you were, modulò la voce di Taylor nella testa di Viola.

Suo padre aveva scelto una via di fuga un po' troppo radicale, ma efficacissima, morendo per un infarto quando lei aveva dodici anni. Nonostante il poco tempo a disposizione, era riuscito, con la sua sorridente e taciturna mitezza, dote fondamentale per sopportare la

Forza Oscura, a trasmetterle una salvifica passione per la musica degli anni Sessanta e Settanta. Anche per mantenere vivo il ricordo del genitore, Viola aveva conservato e coltivato quella passione, che costituiva una sottile barriera all'inondazione di malanimo della madre.

La Forza Oscura continuò imperterrita:

«E non sperare che io taccia davanti al tuo disinteresse. Parlo e non la smetto, per due motivi. Il primo è la responsabilità, perché io sono una madre perfetta, di quelle che si preoccupano davvero per i figli; il secondo, mia cara, è che dipendi da me in tutto e per tutto, perché non hai un reddito. Quello che hai è roba mia. Questa casa, che per lasciare a te non affitto, perdendoci un sacco di soldi, proprio adesso che in zona la richiesta immobiliare è altissima; quei quattro stracci che hai addosso e che ti ostini a indossare invece di vestirti in modo decente, quello che mangi e pure quello che ti serve per questo piccolo, inutile bastardo, be', viene tutto dalle mie tasche».

«*Deeply touching my emotion*» sussurrò Viola, cambiando gli accordi e imitando il falsetto di Marvin, invece di seguire l'interpretazione di James, concepita con arrangiamenti più country.

L'infiltrazione della Forza Oscura nella sua testa la costrinse ad ammettere che in effetti aveva ragione: dipendeva da quel mostro e, adesso che c'era il piccolo Massimiliano, ancora di più. Ma Viola aveva una strategia: riprendere, appena fosse stato possibile, il proprio mestiere. Certo, col bambino sarebbe stato più complicato, ma era determinata ad andarsene, a sottrarsi a quel mare di merda che, ogni santo giorno, la travolgeva.

«Ti serve un uomo. Ma uno vero, non un ragazzino scemo o un inetto come tuo padre, che con quel bel sorriso mi ha ingannata, fingendo di essere diverso da com'era: il medico rinomato che si sarebbe dovuto dedicare a me, e invece non c'era mai. Ti serve un uomo che si occupi di te. Ma chi si accollerebbe una vedova e, a essere sincera, nemmeno troppo attraente visto come ti conci? Guardati: i capelli legati, senza un filo di trucco, secca come un chiodo e, per di più, con un figlio. È impossibile.»

In questo, pensò Viola mentre James attaccava il ritornello, la madre non aveva tutti i torti.

Un uomo…

In lei era radicato il bisogno di avere qualcuno accanto. Un compagno solido, dolce e gentile, ma anche sollecito e affettuoso nei confronti del piccolo Massimiliano. Uno così non lo trovi per caso, però: devi cercarlo. Per questo, da un paio di settimane si era iscritta ad alcuni siti di appuntamenti al buio. Gliel'aveva consigliato Veronica, una vecchia compagna di scuola ritrovata di recente sui social. Dopo una burrascosa, cruenta separazione, era felicemente fidanzata con un tipo conosciuto proprio così, in uno di quegli incontri organizzati online. Perché non poteva capitare anche a lei?

«Che poi, se quell'essere inutile avesse avuto almeno una famiglia decente… Invece era uguale a tuo padre, con quelle arpie delle sorelle. Questo, figlio unico e orfano come te, aveva pure una madre, ben diversa dalla sottoscritta: una sporca egoista che lo ha abbandonato da bambino... E poi, strana da morire con quei capelli grigi, quella faccia trascurata e quei vestiti da barbona. Per non parlare delle scarpe: dio mio, quelle scarpe scalcagnate. Terribili.»

«*But you brighten up for me all of my days*» intonò piano Viola. Uno così, che mi illumini la giornata...

Certo, Sara aveva un aspetto inquietante, non poteva negarlo; ma era anche intelligente, comprensiva, capace di leggere nei suoi pensieri come se la conoscesse da sempre. E soprattutto era silenziosa. Si erano avvicinate a poco a poco, annusandosi con diffidenza. All'inizio Viola non l'aveva giudicata, ma la reticenza di Giorgio sulla madre, e la consapevolezza di quello che era accaduto nel loro passato, aveva creato dei preconcetti nella ragazza. La frequentazione di Sara e il coinvolgimento nelle sue attività segrete, però, l'avevano talmente intrigata da spingerla a cambiare opinione. Alcuni mesi prima, quando aveva partecipato a un'indagine non autorizzata insieme a quella donna così particolare e a quello strambo poliziotto, Viola si era sentita di nuovo viva dopo tanto tempo.

«E non mi piace nemmeno che venga qui in visita. Credi che non me ne accorga? A me non sfugge nulla. La vedo camminare lungo i muri, come un topo, e infilarsi nel portone dopo aver citofonato. Io sono una che bada agli affari propri, ma le pareti sono sottili. E vorrei tanto sapere che vi dite; di sicuro vorrà ottenere informazioni su di te. Ci scommetto.»

Il pensiero di Viola indugiò su Pardo come su una nota stonata in un assolo. Poche persone al mondo riuscivano ad accendere l'interruttore segreto che la mandava in bestia. Si riteneva calma, tranquilla, quasi zen; del resto, se non fosse stato così, la Forza Oscura sarebbe stata uccisa a mani nude e lei si sarebbe trovata in galera da diversi anni. Eppure, quell'individuo irsuto e impacciato, dai capelli troppo lunghi e adesso pure con la barba, riusciva a farla incazzare come nessuno sulla faccia della Terra. Per di più, mostrava un possessivo, ridicolo affetto per Massimiliano, che lei non poteva certo frustrare; sarebbe stata ingrata.

Di buono, però, c'era la totale, incondizionata affidabilità di Davide. E quindi, pensò con una felice illuminazione, magari avrebbe potuto chiedergli di tenere il bambino, per consentirle di recarsi all'appuntamento al buio che il sito le aveva fissato per dopodomani. Perché no? La Forza Oscura era da escludere e Sara non era compatibile col suo appartamento: la madre sarebbe piombata come un falco, mentre degli uomini aveva soggezione. Sì, alla fine Pardo era l'alternativa migliore.

«Insomma, ti aspetta un futuro che potrebbe essere perfino peggio del tuo passato. E perché? Perché le sbagli tutte, ma proprio tutte. Ti affidi alla gente sbagliata, insegui modelli sbagliati, e di conseguenza sbagli. Eppure hai me, una donna che dovresti prendere come esempio. Sai che le mie amiche del burraco ripetono sempre che vorrebbero assomigliarmi? Ecco: perché non cerchi di imitarmi, di diventare come tua madre? Insomma, vestirti come me, conversare come me, essere generosa come me.»

Il cellulare vibrò nella tasca di Viola, avvisandola dell'arrivo di un messaggio. Osservò lo schermo: Sara le comunicava che sarebbe passata quella sera. Era un'ottima notizia, magari c'era qualcosa in ballo. Ci sarebbe stato anche Pardo.

Rispose "OK" e, mentre le chitarre di James Taylor concludevano in sordina, si girò sorridendo. Quindi domandò in tono amabile:

«Scusa, mammina, ero distratta. Dicevi?».

X

Si videro da Viola; la ragazza fu contenta che, nonostante l'incombente presenza della Forza Oscura, sia Sara sia Pardo non le avessero chiesto di raggiungerli altrove.

Appena entrarono in casa, l'ispettore le rivolse un rapido cenno col capo; poi, senza chiedere permesso, si infilò nella stanza da letto dove c'era la culla di Massimiliano. Viola represse il desiderio di cacciarlo a calci, anche perché la concentrazione sul viso di Sara era così evidente che la curiosità di conoscere il motivo dell'incontro prevalse sul fastidio nei confronti del poliziotto.

«Ciao! Perché tanta urgenza? È successo qualcosa di grave?»

La donna rispose con una smorfia:

«No, tesoro. Almeno, non credo. Ma ci sono novità, e magari avete uno sguardo più obiettivo del mio».

Pardo tornò nella stanza col bambino in braccio:

«Ma quest'ometto non dovrebbe pesare di più? Mi pare che non metta su chili, non vorrei che qui non lo si nutrisse abbastanza».

Viola sbuffò. Davide aveva l'insopportabile abitudine di parlare al piccolo con una vocetta infantile che voleva risultare affettuosa e che, invece, suscitava nella giovane un accesso di furia omicida. «Mangia, mangia. E dorme pure, se non arriva qualcuno che lo sveglia.»

Imitando il tono e le movenze di un pupazzo televisivo, Pardo continuò a rivolgersi a Massimiliano:

«Ma noi eravamo svegli, mammina, ce ne stavamo a pancia all'aria e aspettavamo di ricevere un po' d'affetto, perché di solito, in questa casa, non capita mai».

Un attimo prima che Viola esplodesse, Sara si avvicinò all'ispettore e prese Massimiliano. Rimase in silenzio, ma sul volto aveva un'espressione talmente commossa che lo stesso Pardo non oppose resistenza, mentre la madre, assorta, osservava nonna e nipote. Il bimbo sembrava in estasi, e allungava le manine per toccarle i capelli grigi.

Davide tossì imbarazzato e chiese:

«Be', conclusi i convenevoli, c'è da mangiare? Siamo in giro da stamattina».

Viola replicò, a muso duro:

«Allora vai in cucina e preparati due spaghetti. Qui serve non ce ne sono».

L'uomo le sorrise, soave:

«Sempre gentile e ospitale, soprattutto delicatissima. Io rimpiango i bei tempi delle nostre madri, quando le donne erano gli angeli del focolare».

La ragazza lo fissò vacua e schioccò la lingua in quel famoso modo che lo mandava in bestia.

Pardo arrossì di colpo, strinse i pugni e aggiunse, freddo:

«Quindi spaghetti per tre. Va bene. Se lorsignore hanno altri ordini, chiamino pure il maggiordomo, qui. Ora, con permesso...» e si allontanò in cucina.

Viola si rivolse a Sara:

«Ha il dono di farmi incazzare come nessun altro. È proprio insopportabile. Allora, che è successo?».

In poche sintetiche battute, la donna la mise a parte delle informazioni che aveva già fornito a Pardo. Restando vaga sull'unità e sul lavoro che vi aveva svolto per anni, raccontò del rapporto con Teresa, della richiesta d'aiuto dell'amica e anche del sopralluogo all'università. «Ti confesso che, in tanto tempo, non l'ho mai vista in quello stato. Le espressioni e i movimenti erano chiarissimi. Aveva paura, ma anche molta rabbia. Insomma, non voglio che si senta sola in questa situazione.»

L'altra annuì:

«Hai sempre interpretato in modo stupefacente il linguaggio del corpo, quindi non credo che ti sbagli. Come vuoi che ci muoviamo?».

«Magari ne discutiamo a tavola. Tu, piuttosto, come te la stai cavando? E come va con questo giovanotto?»

Viola scosse il capo, guardando con tenerezza il figlio, che le sorrideva tra le braccia di Sara:

«Non so. La gravidanza mi ha distratta dalla morte di Giorgio, e dalla solitudine. Avevo un obiettivo da portare avanti, e l'ho realizzato. Il bambino sta benissimo, mi pare felice. Io invece sono ancora confusa, e mia madre di certo non mi aiuta a ritrovare l'equilibrio».

Prima che Sara potesse rispondere, dalla porta della cucina si affacciò Pardo. Impugnava un cucchiaio di legno, sporco di sugo, e portava un minuscolo grembiule, allacciato a fatica, con su scritto "Buon Natale!":

«Quel poco che si poteva combinare con la dispensa più desolata del mondo è quasi pronto. Quando ho aperto il frigo, ho sentito l'eco del mio respiro. Iniziate ad accomodarvi, prego».

Invece la pasta era ottima; appena finito di lavare i piatti, Pardo borbottò:

«Allora, Sara, ti relaziono sulla visita all'Ufficio Fantasmi. Minucci Sergio, in effetti, sembra sparito. È stata sporta denuncia da tale Anzovino Rachele, residente in via Angelini 76, di anni venticinque, che ha dichiarato di essere la sua fidanzata. Ammetto che sono rimasto sorpreso dalla rapidità con cui si è rivolta ai colleghi».

Sara intervenne con aria pensosa:

«Quindi è vero! E la faccenda cambia, perché se la compagna esclude che il giovane si sia allontanato di sua iniziativa, allora l'ipotesi della scomparsa è più che plausibile».

Viola domandò:

«Sappiamo altro di questo Sergio? Al momento, gli elementi sicuri sono due: è un ricercatore universitario e da alcuni mesi svolge uno stage presso l'ufficio della tua amica. Ma per il resto? Rapporti familiari, amici, frequentazioni? Magari ha una doppia vita, ed è finito nei guai».

Pardo obiettò:

«Sì, ma non sarà facile scoprirlo. Questa Teresa di cui ci hai parlato, e che ti ha chiesto di indagare, non può agevolarci con un bel rapporto approfondito? Io non voglio entrare nelle magagne del tuo ex lavoro, ma l'altra volta mi è sembrato che questi siano immischiati un po' ovunque, quindi...».

Sara rispose:

«Glielo chiederò, è chiaro. Ma intanto vorrei capire se riusciamo a trovare una pista da soli. Domani incontriamo Rachele, e cerchiamo di scoprire come mai ha denunciato la scomparsa così presto».

«Io tornerei anche all'università» propose Viola, «per verificare le eventuali raccomandazioni di Minucci. Ricordo che Giorgio descriveva quell'ambiente come un postaccio, pieno di stronzi invidiosi. Magari il problema sta lì.»

Restarono in silenzio per un po', quindi Sara riprese:

«Allora, se siete d'accordo, andrei con Davide dalla fidanzata, poi dalla famiglia, mentre tu, Viola, potresti passare dall'Istituto di Diritto regionale. Fingiti un'amica di Sergio, così magari evitiamo che siano reticenti o che ti rimbalzino al rettore. Dimostri meno dell'età che hai, con te saranno più loquaci di quanto non lo siano stati con me».

«D'accordo, lascio Massimiliano a mia madre, per poche ore non lo ucciderà mica. A proposito, Davide, potresti venire qui anche dopodomani sera?»

Pardo sbatté le palpebre, preso in contropiede dall'invito. «Io... certo, sono libero, non ho niente da... Cioè, avevo un impegno, come ogni sera, del resto sono molto richiesto, ho un sacco di amici, donne eccetera, ma posso rinviare. Perché?»

«Perché ho un appuntamento. Siccome adori il piccolo, e il sentimento è ricambiato, volevo chiederti di badare a lui.»

Per una frazione di secondo, l'ispettore sembrò il ritratto della delusione, ma fu solo un attimo. «Un appuntamento… Tu? E chi è il povero disgraziato che… Comunque puoi contare su di me. Tranquilla.»

Sara spostò lo sguardo dall'una all'altro, e si preoccupò. Ma, come sempre, decise di stare a guardare senza intervenire.

XI

Rachele Anzovino abitava nella parte alta della zona collinare, quella più antica e di maggior prestigio. La giornata era umida, una nebbia leggera sfumava i contorni ma, inerpicandosi lungo la strada sinuosa, si intuiva comunque l'incantevole panorama della città.

Avevano lasciato l'auto a una certa distanza, in uno dei rari parcheggi liberi, e adesso Pardo sbuffava per il tragitto da percorrere in salita.

«Sappiamo qualcosa della ragazza? Lei e il tizio convivono?»

Sara rispose stringendosi appena nelle spalle:

«In realtà le informazioni di Teresa non sono dettagliate. È come se non attribuisse troppo peso alla relazione tra i due, perciò suppongo che il loro rapporto non sia così stretto. Comunque no, non vivono insieme. Lui sta dalla madre: quindi è strano che sia stata proprio la Anzovino a segnalarne la scomparsa».

La casa di Rachele si trovava in una traversa alberata, dove sorgevano diverse palazzine di inizio Novecento, ben tenute e immerse in un silenzio che poco corrispondeva alla posizione centrale del quartiere. L'aria era diventata pungente.

Dopo aver citofonato, Pardo si qualificò. Avevano deciso di presentarsi come poliziotti che iniziavano a indagare sulla scomparsa di Minucci. Erano consapevoli che, in quei casi, sarebbe passato parecchio tempo prima dell'intervento dei colleghi; quindi non avrebbero corso il rischio di intralciare i reali movimenti dell'Ufficio Fantasmi, qualora ci fossero mai stati.

L'appartamento era al secondo piano, senza ascensore. Sulla soglia li attendeva una bella bionda, con gli occhiali e i lunghi capelli legati in una coda.

A un primo sguardo, Sara riconobbe i segni evidenti di una forte preoccupazione e di uno stato d'ansia: viso stanco, labbra serrate, una ruga sulla fronte, le mani intrecciate sull'addome. Quella ragazza era davvero angosciata.
«Prego, accomodatevi. Sono contenta che siate qui.»

Li precedette in un ambiente piccolo ma ordinato. L'arredamento era composto da un divano e due poltrone, disposti ad arco davanti a un televisore ultimo modello. Per terra c'era un tappeto di un certo valore, sulle superfici numerosi soprammobili e alle pareti quadri dallo stile moderno e raffinato. Dalla portafinestra di fronte all'ingresso si godeva di una vista spettacolare, anche se velata dalla foschia.

Davide e Sara presero posto sulle poltrone. Quindi l'ispettore chiese alla giovane le generalità e se fosse stata lei a sporgere denuncia.

«Sono Rachele Anzovino, la fidanzata di Sergio, e sì,

sono andata io al commissariato di zona. Complimenti per la velocità, non ci speravo proprio: quello che si dice su di voi è falso.»

Il poliziotto protestò:

«Perché, che si dice, signorina? Noi siamo sotto organico e operiamo con risorse limitate, ma siamo sempre solleciti e…».

Sara lo interruppe, brusca:

«Comunque ora siamo qui. Ci spieghi che è successo».

Rachele si accomodò sul divano, fissandola perplessa. «Be', Sergio è irreperibile, non risponde alle chiamate e non visualizza i messaggi. Anche all'università non sanno dove sia, non ha avvisato nessuno ed escludo che sia tornato a casa dalla madre, peraltro non sono in buoni rapporti. Insomma, è sparito.»

Pardo tossicchiò:

«Mi scusi, quando lo ha visto, l'ultima volta?».

«Tre giorni fa, se n'è andato da qui che erano circa le ventitré.»

Sara chiese:

«Come fa a essere così precisa?».

«Perché dopo dieci minuti mi ha mandato l'ultimo messaggio, in cui scriveva che era arrivato a casa e mi dava la buonanotte.»

Certo, certo, pensò Sara. Come no.

Davide domandò:

«Signorina, come mai considera l'assenza del suo fidanzato così preoccupante? Di solito si denuncia la scomparsa di qualcuno dopo giorni, a volte settimane».

L'altra scosse il capo:

«Non è da lui, mi dice sempre dove si trova e che impegni ha. A volte lo prendo in giro per questa sua mania. Mi creda, già due ore di silenzio sarebbero una stranezza. È passato troppo tempo».

Sara era concentrata su Rachele. I linguaggi del corpo e del viso erano coerenti, ma in lei non c'era solo ansia: provava anche altri sentimenti, che manifestava in modi diversi. Aveva accavallato le gambe, e un ginocchio era rivolto verso Pardo, che aveva identificato come l'interlocutore da convincere. La postura, però, equivaleva a una barriera, era un modo di tenerlo a distanza. Perché? Di tanto in tanto le dita della destra stringevano la caviglia sottile che spuntava dai jeans; quel gesto esprimeva il bisogno di coprire le proprie fragilità. Ma quale debolezza doveva nascondere? Le sopracciglia avevano gli angoli inarcati e creavano una ruga in mezzo alla fronte, le palpebre sbarrate. Tristezza. Rachele era triste e si proteggeva, non era solo preoccupata.

Aveva altre ragioni per agitarsi, concluse Sara. Ma non era quello il momento per scoprire quali.

Davide, intanto, continuava con le domande di routine:

«Sergio ha qualche motivo per essere in apprensione? Le ha confidato di litigi o discussioni? È stato minacciato?».

«No, no. Anzi, era in un buon momento. All'università tutto procede bene, è molto stimato dal suo professore, e spera di ottenere a breve una posizione più stabile. Di recente ha anche preso accordi con una struttura privata di consulenze, nell'ambito dell'import-export, che ha bisogno di un esperto del suo settore.»

Davide prendeva appunti. «E sotto l'aspetto economico? Mi perdoni se sono indiscreto, ma molto spesso chi scompare ha debiti o pendenze. A volte subisce gli effetti di un episodio negativo; per esempio, una forte perdita al gioco.»

La ragazza negò con decisione:

«È fuori strada. Capisco la domanda, ma le assicuro che Sergio è la persona più organizzata e metodica del mondo. Non ha vizi, e noi condividiamo tutto. Non gioca, non beve, non si droga, non fuma nemmeno. È molto prudente».

Sara intervenne e a voce bassa chiese:

«Lei di che si occupa, signorina?».

La Anzovino trasalì:

«Io? Sono laureata in Giurisprudenza, e mi preparo per il concorso in magistratura. Ma che c'entro io?».

La donna dai capelli grigi fissò Rachele.

Pardo percepì un sussulto della giovane, come se le avessero puntato una luce in faccia.

«Lei è davvero molto bella, complimenti» continuò Sara. «Sergio è possessivo? Ha avuto screzi con qualcuno, per questioni di gelosia?»

L'altra si strinse i gomiti con le mani.

Un abbraccio a se stessa, decodificò Sara. Ha bisogno di conforto. La tempesta interiore non era finita.

«Sergio è molto bello, forse più di me. Non c'è nessun bisogno di essere possessivi tra di noi, e infatti non discutiamo mai.» Si alzò e andò a prendere una cornice da una mensola, mostrandola a entrambi.

La foto ritraeva un ragazzo bruno, in costume da bagno. Aveva un fisico scolpito, due ridenti occhi neri e un viso solare. Sembrava un modello.

Sara pensò a Teresa, e sospirò.

Rachele proseguì:

«Siamo una coppia convinta che la fiducia sia la base di un solido rapporto. Studiamo e lavoriamo per costruire un futuro insieme. Se avessimo dubbi o fossimo attratti da altri, ci lasceremmo».

Pardo si guardò attorno. «E lei, per esempio, lavora o studia soltanto?»

La bionda replicò, secca:

«Studio e basta. Questo appartamento è di proprietà dei miei. Sono figlia di un imprenditore».

«E Minucci va d'accordo coi suoi genitori?»

Ora la ragazza era decisamente sulla difensiva. Le mani sui fianchi e il mento proteso in avanti tradivano una latente aggressività. «Con mio padre, Sergio ha un rapporto migliore di quanto non l'abbia io, vanno d'accordissimo. I suoi, invece, sono divorziati da tanto. Col padre non parla più. Vive con la madre, con cui, come le dicevo, non c'è tanta confidenza, non ha… un carattere facile.»

Davide annuì ancora, continuando ad annotare. «Un'ultima domanda: in passato, Sergio è mai mancato più del previsto per impegni accademici o per questioni personali?»

Rachele ci pensò su. «Nell'ultimo anno, ha prolungato il soggiorno in occasione di un paio di convegni. È molto in gamba, quindi viene invitato anche all'estero. Oppure capita che debba partire all'improvviso... ecco, non ha una vita piatta. Restiamo sempre in contatto, però. Per questo stavolta è diverso.»

Sara s'inserì di nuovo nella conversazione mormorando:

«Secondo lei, dov'è Sergio? Si sarà fatta un'idea, altrimenti non avrebbe anticipato i tempi della denuncia. Ci aiuti ad aiutarla, signorina».

Rachele la scrutò a lungo, la bocca semiaperta come a cercare l'aria necessaria per parlare. Poi disse:

«Non riesco a immaginare niente. Ma sono certa che, se è scomparso così, allora dev'essergli capitato qualcosa. E ho davvero molta paura».

XII

Viola pensò che si divertiva un mondo.

Per carità, non le sfuggiva la delicatezza della situazione: un suo coetaneo era scomparso nel nulla, e una cara amica di Sara stava soffrendo; ma l'adrenalina la riportava alla vita.

Non che il piccolo Massimiliano non le occupasse il tempo, e il cuore; anzi, l'esperienza della maternità l'aveva scossa nel profondo, regalandole una serie di sfumature emotive che mai avrebbe immaginato di provare. Quando era incinta, non aveva percepito il figlio come una creatura diversa da lei: piuttosto era stata incline a ritenerlo una specie di malattia, un peso deformante ereditato dal rapporto con Giorgio.

Negli ultimi mesi di gravidanza era stata ben lontana dal riconoscere la bellezza della maternità. Aveva perfino smesso di considerarsi una donna, privandosi di ogni ambizione. Così, a neanche trent'anni, aveva creduto di dover rinunciare a molte speranze e a tanti desideri.

E invece, quando aveva stretto Massimiliano tra le braccia, dopo un parto che si era rivelato molto meno doloroso e complicato di quanto avesse temuto, il sorriso del bambino e la tenerezza che aveva suscitato in lei le avevano donato una luce nuova. Il resto era merito della Forza Oscura, che col suo costante pessimismo le aveva trasmesso, per contrasto, nuova energia.

Ben presto, però, Viola si era accorta che il ruolo di madre non le bastava. Era troppo giovane, troppo innamorata della vita, e con troppi sogni ancora da realizzare. E l'avventura in cui Sara l'aveva coinvolta le aveva mostrato quello che il suo lavoro poteva ancora darle e gli obiettivi che poteva raggiungere. Non si era solo divertita: era rinata. E voleva sentirsi sempre così.

Ci aveva ragionato per tutta la notte, scegliendo la sua strategia. Presi un paio di volumi dalla libreria, li aveva infilati in uno zaino; non si era truccata, aveva indossato un paio di jeans, una felpa larga, un comodo giaccone, e aveva raccolto i capelli sotto un berretto. Si era ammirata allo specchio, scoprendo con soddisfazione di essere credibile nei panni di una studentessa; e si era avviata verso l'ateneo.

Cuffiette nelle orecchie e chewingum in bocca, occhiali da vista e sneaker, era identica alle altre centinaia di ragazze che affollavano corridoi e aule nelle giornate di esami. Arrivata in facoltà, cercò l'Istituto di Diritto regionale orizzontandosi con molta più facilità di Sara.

Stavolta sulla panca, in attesa di essere ricevuti, c'erano uno spilungone brufoloso, una ragazza sovrappeso, con un maglione nero a collo alto, e una dal colorito roseo, i capelli a caschetto e una serie di piercing tra naso, labbra e orecchie, in grado di attivare tutti i metal detector dei dintorni. Alle scrivanie non c'era nessuno, e del personale docente nemmeno l'ombra.

Viola si sedette, quindi si rivolse alla tipa grassa accanto a lei:

«Scusami, collega, oggi chi riceve?».

Seguì una risata sardonica.

«Aspettiamo che qualcuno ci dia udienza, ma tanto è inutile. Qui si alternano in quattro: oggi due non ci sono, una è impegnata con gli esami e l'altro è sparito.»

Simulando sorpresa, Viola chiese:

«Come, *sparito*?».

La pertica bofonchiò:

«Secondo te "sparito" che significa? Che non si presenta da giorni, ecco che significa. Peraltro, a inizio sessione».

Viola finse di controllare l'agenda:

«Sarebbe il dottor... Minucci? Sergio Minucci?».

La ragazza coi piercing si girò emettendo un lieve tintinnio:

«Tu chi sei? Non ti ho mai vista al seminario».

Viola si era preparata su Internet per non tradirsi:

«No, io sto a Scienze della comunicazione, ma faccio la tesi sul rapporto tra media e Diritto pubblico, con un capitolo sullo stesso argomento del saggio che ha scritto Minucci. Lo devo incontrare per questo motivo».

Quella grassa disse:

«Ah, la pubblicazione sui finanziamenti al cinema e alla televisione? La conosco, è ottima».

Il giovane la fissò disgustato:

«Pur di leccare il culo, leggereste di tutto. Che schifo».

L'altra gli lanciò un'occhiataccia:

«Voi invece, pur di restare mediocri, evitate qualsiasi approfondimento. Che orrore».

Viola intervenne, delusa:

«Quindi Minucci non c'è. Peccato, chissà quando potrò ripassare. Ma che tipo è? Non l'ho mai incontrato».

I piercing tintinnarono lascivi:

«Ah, è un bono da paura. In pratica tutte le etero della facoltà si sono iscritte al suo seminario. Molto selettivo, sia chiaro, ma se ti sorride, non capisci più niente».

Lo spilungone la squadrò con disprezzo:

«Ma qui per caso c'è ancora qualcuno interessato a studiare e basta?».

L'altra lo fissò a muso duro:

«Perché, scusa, che c'è di male? Anche l'occhio vuole la sua parte. Poi Minucci è in gamba, sempre disponibile, gentile e...».

Lui rispose, tagliente:

«È solo un raccomandato di merda, è risaputo. Ha rubato il posto a gente migliore, perché ha agganci politici».

La ragazza sovrappeso commentò:

«Ci sono sempre i rosiconi. Minucci è preparato, e in un'università giusta non avrebbe bisogno di raccomandazioni; se per vedere riconosciuto il proprio valore, uno deve cercarsi un aiutino, non ci trovo niente di male».

L'idealista sbuffò:

«E certo, adesso difendiamo pure le baronie di merda! Peraltro, con la gente che c'è oggi al potere, se uno gode di certi appoggi, allora dev'essere per forza fascista. E il cerchio si chiude».

Viola ascoltava con grande attenzione:

«Ah, quindi Minucci è raccomandato? E da chi?».

I piercing ondeggiarono con un delizioso effetto sonoro tipo scampanellio natalizio:

«Ma no che non lo è, lascialo perdere a questo, è solo invidia per uno che a quell'età è riuscito ad avere un assegno di ricerca. Minucci è bravo, e...».

Il ragazzo non era disposto a passare per invidioso:

«Ah, no? Guarda che io ho la tesi con Materdei, che è assistente e quindi non certo in concorrenza con un assegnista. Quando gli ho chiesto se, mentre era assente per il convegno a Milano, potevo rivolgermi a qualcuno, mi ha detto: "Vedi tu, ma non Minucci, che spara un sacco di cazzate". Allora gli ho domandato come mai si trova qua, e lui mi ha risposto: "Perché se la fa con un pezzo grosso in Regione". Ora non so se si riferisse a favori sessuali, o se il politico è solo un padrino, ma di sicuro voleva intendere che Minucci è un raccomandato del cazzo».

La studentessa col maglione nero sogghignò:

«Materdei ci prova con tutte, e nessuna gliela dà. Ecco perché ce l'ha con Minucci che, se schiocca le dita, se ne porta a letto una ventina».

Piercing annuì con il rumore di una cascata di monete:

«Infatti. Collega, ti ripeto, lascia perdere questi pettegolezzi. Il problema vero è che Minucci non si è presentato al ricevimento, e questo non era mai successo».

Viola mostrò disappunto:

«Magari è ammalato. Io ho fretta, devo depositare la tesi presto se voglio laurearmi entro la prossima sessione».

La pertica suggerì, sardonica:

«Potresti rivolgerti a Materdei. Minucci avrà pure pubblicato un saggio, peraltro secondo me l'ha solo firmato e gliel'ha scritto qualche povero cristo, ma di sicuro ne sa molto meno di lui».

La tizia grassa squittì:

«Be', certo, tu sei carina e, se ti metti la minigonna, la tesi Materdei te la porta pure in copisteria. Devi sopportare la bava, però».

Piercing rise sguaiata, mettendo in mostra una sfera di metallo incastonata al centro della lingua.

Lo spilungone piegò le labbra in una smorfia:

«Fai come credi, ma su Minucci ho ragione, sta qui solo grazie al sostegno di un politico fascista. È l'emblema di un sistema marcio, che ha le ore contate».

La grassa diede a Viola una gomitata d'intesa:

«La verità è che quello scopa e lui no. E in questo non c'è raccomandazione che tenga».

Quando Viola se ne andò, Piercing ancora tintinnava dalle risate.

XIII

Decisero di andare subito dalla madre di Minucci. Pardo, per la verità, avrebbe voluto aspettare, anche per non allarmarla, ma Sara non era d'accordo:

«Sarebbe molto strano che cadesse dalle nuvole, ti pare? Ma da quello che la ragazza ha raccontato, e da come l'ha raccontato...».

«È evidente che i rapporti col figlio sono complicati, o addirittura inesistenti» concluse il poliziotto, avviando il motore.

Sara continuò:

«E poi è già insolito che non ci siano stati contatti tra la madre e Rachele. Quindi, è meglio approfittare del momento. Magari troviamo Sergio là, col telefonino spento, addormentato dopo una sbronza, e la chiudiamo così».

Per un po' procedettero in silenzio. Poi Pardo disse:

«Senti, Morozzi... sia chiaro che non comincerò a credere all'improvviso a questa storia della divinazione. Però mi sono accorto che fissavi Rachele con quel tuo modo particolare, e anche le domande che le hai rivolto… Be', insomma, mi pareva che volessi provocare una reazione. Sbaglio?».

La donna si lasciò sfuggire un mezzo sorriso:

«Stai cominciando a capire, mio caro ispettore. È proprio così, hai ragione. Volevo vedere come reagiva. E ti posso assicurare, anche se non hai fede nella magia nera, che era sinceramente preoccupata. Molto preoccupata».

Con aria pensosa, Pardo si toccava la barba, annuendo. «Sì, anche secondo me era sincera. Ma… c'è dell'altro, no? Ha omesso qualcosa.»

Sara lo guardò un attimo, in silenzio.

L'uomo riprese:

«Non parli, eh? Però sono sicuro che l'hai pensato anche tu. Non ho elementi certi e non sono uno stregone come te, ma ho il mio sesto senso. E quella ragazza per me ha paura».

«Paura, sì. E non solo. Anche tristezza, e malinconia. È come se provasse…»

Pardo la anticipò, mormorando, quasi con vergogna:

«Uno scrupolo di coscienza, o un rimorso».

L'abitazione di Sergio Minucci e della madre era a una decina di minuti dall'appartamento di Rachele, in una zona più recente e meno prestigiosa del quartiere. A quell'ora c'era poco traffico.

Citofonarono e il portone scattò, senza che ricevessero risposta. Salirono e un piano alla volta controllarono i nomi sui campanelli, fermandosi al terzo, davanti a una porta con la targhetta MINUCCI – RAFFONE. Suonarono.

Aprì una donna magrissima, dal viso affilato e dagli occhi infossati. Indossava una vestaglia chiusa in vita da un nastro, due pesanti calzini e un paio di ciabatte.

Pardo pensò che poteva avere qualsiasi età, ma dai cento anni in su.

«Scusate, il citofono non funziona. L'amministratore ha detto che uno di questi giorni aggiusteranno il microfono. Chi siete?»

Davide scrutava l'ombra dietro alla figura sottile, che non si era mossa dall'uscio. «Signora, lei è la madre di Minucci Sergio? Ci conferma che lui abita qui?»

Nessuna risposta.

Dopo una lunga pausa, carica di imbarazzo, la donna si girò e, trascinando i piedi, scomparve all'interno dell'appartamento. Sara e Pardo si scambiarono un'occhiata, poi interpretarono quel comportamento come un invito e la seguirono.

L'ambiente era immerso nel buio, perché le finestre erano chiuse e le tende tirate. La scarsa luce che filtrava consentiva a stento di distinguere i contorni dei mobili, così riuscirono ad arrivare indenni in quello che doveva essere un salotto.

All'improvviso, si accese una lampada a stelo che illuminò fiocamente la stanza. La sorpresa fu tale che Pardo sobbalzò.

La padrona di casa parlò, piano:

«Siete della polizia, vero? Vi ha chiamati la zoccola?».

L'ispettore rispose:

«Sì, siamo della questura. È stata sporta denuncia per

la presunta scomparsa di suo figlio. E siccome ci risulta che sia residente qui, noi…».

La madre di Sergio se ne stava rigida e immobile, nel cono di luce.

I mobili erano ingombri di fotografie che, per quanto si poteva intuire nella penombra, ritraevano una coppia con un bambino piccolo, un ragazzino da solo, un adolescente in diversi contesti, un giovane che si laureava. Sara riconobbe lo stesso uomo ritratto nell'istantanea che le aveva mostrato Rachele.

«La denuncia è della zoccola, la presunta fidanzata di mio figlio che, invece, l'avrà solo mollata per un'altra. E buon pro gli faccia. Ci ha messo anche troppo.»

Sara scrutava la postura e l'espressione della donna, che era rimasta in piedi, le braccia incrociate sul torace smagrito.

Era un atteggiamento di sfida, ma anche di difesa. E benché il viso fosse una maschera impenetrabile, ogni tanto la punta della lingua sfiorava il labbro inferiore, in una delle più classiche manifestazioni di ansia. Non era così serena come voleva sembrare.

Pardo domandò:

«Come si chiama, signora? E quando ha visto suo figlio l'ultima volta?».

«Sono Raffone Giulia. Sergio è venuto a pranzo tre giorni fa, e voi state perdendo tempo.»

Sara intervenne:

«In seguito ha avuto modo di sentire suo figlio? Per caso l'ha chiamata?».

Per qualche misteriosa ragione, Giulia rispose continuando a guardare Pardo, come se avesse parlato lui:

«No, non l'ho sentito. Ma è un uomo, ormai, ed è libero di andare dove vuole. Se la zoccola non ha notizie, è perché lui non vuole che ne abbia. In questo è uguale a suo padre».

Pardo disse:

«Il padre di Sergio è…».

«… è una merda. Se n'è andato quindici anni fa, sta al Nord e non abbiamo più contatti con lui, né io né mio figlio. Ma si comportava allo stesso modo, spariva per giorni. Io non mi preoccupo, state tranquilli.»

Davide chiese:

«Sa se ha avuto qualche litigio oppure se ha ricevuto delle minacce?».

«A Sergio vogliono tutti bene, lui non discute mai con nessuno. E comunque è adulto, quindi non capisco proprio perché siate venuti.»

Al di là di una vaga ansia, Sara non riusciva a decifrare niente oltre la cortina di quei modi gelidi. Quindi domandò:

«Di recente o anche in passato, Sergio si è assentato per tanto tempo?».

«Ma certo. Partecipa a convegni e spesso va all'estero per motivi di studio. E capita che questi soggiorni si prolunghino: in caso, noi siamo d'accordo che non c'è bisogno di avvertirmi. Io lo aspetto sempre qui. Non sto molto bene, e non mi piace uscire.»

Pardo non vedeva l'ora di andarsene. Quella donna

e quella casa gli trasmettevano un profondo disagio. «Possiamo dare un'occhiata alla camera di Sergio? Magari appuriamo che è partito per qualche motivo, e ci mettiamo l'anima in pace.»

Giulia rimase in silenzio e si voltò precedendoli in un corridoio in penombra. Dopo un attimo di disorientamento, Sara e Davide la seguirono. La donna si fermò davanti a una porta e l'aprì, accendendo la luce.

L'ambiente era freddo e impersonale come quello di un albergo. L'arredamento era composto da un letto a una piazza, una libreria piena di testi universitari, un armadio chiuso, una scrivania con sopra una risma di fogli bianchi e un portapenne. Tutto era pulito e ordinato, ma privo di vita.

Pardo lasciò scorrere lo sguardo. «Ma da quant'è che suo figlio non dorme qui?»

Giulia rimase in silenzio per qualche istante, poi rispose:

«È grande, e non credo debba dare spiegazioni a nessuno, né a me né a voi. Adesso, se volete scusarmi, devo riposare». E si diresse verso la stanza in fondo al corridoio. A passo stanco, oltrepassò la soglia.

Dopo un paio di minuti, Sara e Davide udirono un respiro profondo, seguito da un deciso russare. Si fissarono perplessi e, senza far rumore, se ne andarono, lasciandosi quell'incontro alle spalle.

XIV

L'uomo in tuta affronta la leggera salita ansimando. È tarchiato, con i capelli grigio ferro tagliati corti e il viso rosso per la fatica. Ha il ventre prominente, ma le gambe forti mulinano con caparbia determinazione, senza rallentare. L'auto con a bordo i suoi è lontana; il percorso attraverso il bosco è sterrato e non adatto ai veicoli. Del resto, l'accesso è vietato: quindi non avrebbero potuto seguirlo.

Per l'uomo in tuta, a dire il vero, i divieti non sono mai stati un problema. Anzi, li ha sempre trovati eccitanti. I limiti sono un ostacolo solo per i deboli e gli stupidi; invece, per le grandi intelligenze, per i coraggiosi e per chi sa quello che vuole, le barriere aguzzano l'acume.

Correndo lungo un filare di alti alberi secolari, pensa che la regola fondamentale, quella su cui fondare un'intera esistenza, si apprende in seconda o in terza elementare. Il resto è un inutile orpello: chiacchiere e fumo che non servono a niente. La cultura è la corazza dei fragili.

La distanza più breve tra due punti è una linea retta: ecco la regola.

Quindi, ogni curva, ogni deviazione è una perdita di tempo. Non nel running, certo; in quel caso il movimento vale per se stesso. E nemmeno nei viaggi di piacere, è ovvio: anche quelli non devono avere per forza una meta. La mente dell'uomo in tuta va alla grande barca che lo attende, ormeggiata in un porto del Lazio.

Nella vita vera, però, non bisogna mai dimenticare il punto d'arrivo. E le ragioni per cui è necessario raggiungerlo.

Mentre il terreno comincia a declinare, l'uomo in tuta percepisce la tensione di altri muscoli, quelli sulla parte anteriore delle gambe. La sollecitazione fa scorrere il sangue, il respiro rallenta. Si sente bene. Adora mangiare, perciò deve tenersi in allenamento. Corre per questo, ma anche per il gusto di correre. Per quel momento di sana, lieve solitudine che lo aiuta a riflettere, sospeso in una specie di limbo verde, col procedere dei secondi scandito soltanto dalle pulsazioni cardiache che rimbombano nelle orecchie. Se lo gode così, quel momento. Senza musica, senza compagnia. Solo il battito, gli uccelli e l'odore della pioggia nel bosco. E il freddo e il sudore, insieme.

Ora lancia una rapida occhiata intorno a sé. Aggrotta la fronte per lo sforzo, le guance si gonfiano e si sgonfiano, uno sbuffo di vapore esala dalla bocca. In giro non c'è nessuno, nessun riflesso di metallo in mezzo agli alberi, nessuno che lo fotografi. Come sempre, ha atteso in macchina che gli addetti alla sua sicurezza bonificassero la zona, li ha selezionati con cura e perciò è tranquillo. Non c'è anima viva, tranne chi deve esserci.

Adesso affronta un'altra lieve pendenza, accelerando per non perdere il ritmo, l'andatura deve rimanere costante su qualsiasi tracciato. Poi, senza un motivo, rallenta impercettibilmente e scarta a destra, abbandonando la direzione che ha mantenuto fin dall'inizio. L'ombra lo avvolge, è umida e profumata e viscida e aliena, un brivido involontario gli attraversa la schiena. Ma il percorso è obbligato.

Appena dietro una conifera, nascosto da una siepe più alta delle altre, si snoda un minuscolo sentiero. L'uomo in tuta scompare inoltrandosi nel bosco. Con un fremito lieve, i rami si richiudono dietro di lui ed è come se non fosse mai passato.

I rami gli graffiano un po' la pelle sotto la tuta, ma non ci bada. Non corre più, cammina a passo svelto, larghe foglie incolte tra i piedi, nell'aria odore di funghi e di fradicio. Dopo l'ultima barriera di piante, si apre una piccola radura, solo qualche metro di spazio libero nel bosco. Una luce pallida piove dal cielo, il vento è calato, nessun canto di uccelli, il silenzio è assoluto.

In piedi, in mezzo allo spiazzo, c'è un altro uomo. Assomiglia a un albero fuori posto, a un attrezzo dimenticato da un giardiniere, a un frutto caduto in attesa di marcire. Indossa un cappotto scuro, calza scarpe di pelle nera, lucide di pioggia e striate di fango, porta gli occhiali e la cravatta. Sbarbato di fresco e con un cappello in testa, le mani in tasca e un ombrello, che dal polso scivola lungo la gamba, fino alla caviglia, sembra fuggito da un quadro di Magritte, precipitato nella parte sbagliata della città. Ha un volto inespressivo, e gli occhi tristi fissano il punto esatto dal quale emerge l'uomo in tuta, che si ferma proprio davanti a lui, boccheggiando, le mani sulle cosce, appena sopra le ginocchia.

Quello con gli occhiali dice, piano:

«Ti ammazzerai, con questa mania del running. Di buono c'è che nessuno ti piangerà».

La constatazione è un alito di brezza soffiato da una voce fredda, sommessa, che pare appartenere al luogo.

«Magari piangeresti tu. Non per la scomparsa di un vecchio amico, ma per te stesso.»

Occhiali sorride storto, cogliendo il recondito significato della battuta.

Tuta continua, secco:

«Non perdiamo tempo. Spiegami come stanno le cose».

L'altro aspetta, come se non avesse sentito. Continua a studiare la faccia congestionata del runner, in attesa che il suo respiro si regolarizzi. Poi risponde:

«Non è stato possibile risolvere altrimenti. La faccenda si è spinta troppo avanti. La persona che sai mi ha assicurato di essersi attivata, ma non c'è modo di arginare la fuga di informazioni».

Tuta annuisce, ha avuto conferma di quello che già immaginava.

Occhiali riprende:

«Nessuno poteva aspettarselo. I canali ufficiali sono sotto controllo, gestiamo noi gli snodi strategici e abbiamo parecchie soluzioni, se i metodi convenzionali non dovessero funzionare. Ci abbiamo messo una vita per predisporre tutto in modo da...».

L'altro lo interrompe, brusco:

«Sono solo cazzate. Se la situazione è sotto controllo, allora mi dici com'è potuto succedere?».

Occhiali emette un leggero sospiro, neanche fosse un maestro di fronte a un allievo duro di comprendonio:

«Il fattore umano. C'è sempre il fattore umano: l'ambizione, il sesso, l'invidia. E quello non si può prevedere. Ragioniamo di continuo sulla base della convenienza, crediamo che la gente agisca perseguendo il proprio utile. È così che dovrebbe funzionare. Chi lo sa meglio di te? Hai costruito un impero, sulla convenienza».

Tuta allarga le spalle e gonfia il petto. È più basso dell'altro di almeno dieci centimetri, ma quei semplici gesti lo fanno sembrare più alto. Occhi negli occhi, ringhia:

«Senti, pezzo di merda, non ci provare. Non venirmi a insegnare, *tu a me*, come si vive e come si deve considerare il fattore umano. Se non sei in grado di valutare le debolezze, allora sei un incapace. Spiegami quali sono i rischi, adesso. E decido quali mosse servono per riparare a questo disastro».

Occhiali sbatte le palpebre come se avesse ricevuto uno schiaffo, ma non cambia il tono della voce. «Secondo il mio uomo, a valle c'è poco margine di intervento. Certo, possiamo tentare di bloccare o... insabbiare, ma prima o poi tornerà a galla. L'unica alternativa è agire a monte.»

«Quello non è un problema. Il punto è un altro: in che modo salterà fuori...»

«Sono cambiate le modalità, prenderemo provvedimenti e non si ripeterà più. Bisogna solo muoversi subito.»

Tuta annuisce, pensoso. «Non so se darti ancora fiducia. Ho le mie alternative, non sei insostituibile. Quelli come te sono facili da comprare. Basta agire a monte, come dici tu.» La battuta, invece di essere divertente, suona minacciosa. Molto, molto minacciosa.

«Aiutami, risolviamo il problema, solo per questa volta. Ti prometto che dopo tutto filerà liscio.»

Tuta mantiene lo sguardo fisso su Occhiali. Poi, senza una parola, si volta e ricomincia a correre.

XV

Si incontrarono a casa di Viola, per scambiarsi le novità e fare il punto della situazione. La ragazza raccontò della visita all'Istituto di Diritto regionale, e Sara apprezzò lo spirito d'iniziativa col quale aveva carpito agli studenti informazioni davvero interessanti.

Davide invece storse il naso:

«È stato un rischio, un rischio inutile. E poi potevi approfittarne per contattare questo Materdei e verificare le voci su Minucci. Ecco che succede quando con leggerezza si affida un incarico a una dilettante».

Viola lo fissò disgustata:

«Be', tu che hai cent'anni, e con quella barba ne dimostri centoventi, al massimo potevi passare per il nonno di Sergio. Peraltro sembra che sia scomparso davvero, quindi i docenti e il personale amministrativo sarebbero stati sulla difensiva, e non ti avrebbero detto niente. In più Sara aveva già tastato il terreno, e la presenza in pochi giorni di due persone estranee all'ambiente accademico li avrebbe insospettiti. Perciò mi sono mossa così, spacciandomi per una studentessa».

Per tagliare corto con quella discussione, Sara intervenne:

«Sì, certo, dobbiamo parlare ancora con qualche collega di Minucci, ma possiamo pensarci più avanti, sempre ammesso che non ricompaia nelle prossime ore. C'è un dato interessante, però: finora emergono diverse nature del ragazzo. Metodico, fedele, perfino prevedibile secondo la fidanzata...».

Pardo continuò, cullando Massimiliano:

«Incline al tradimento, viaggiatore e indipendente secondo la madre...».

Viola annuì, concentrata:

«Raccomandato e un po' puttaniere per gli studenti. E se ci mettiamo pure quello che ha raccontato Teresa, questo tizio deve avere un bel po' di personalità. Hai ragione, è un elemento davvero interessante».

La donna dai capelli grigi guardava il cielo della sera fuori dalla finestra:

«Ripeto, non sono ancora in grado di stabilire se Minucci si sia allontanato di sua volontà oppure se sia scomparso a causa di altri. Ma nel caso qualcuno lo abbia rapito, avremo l'imbarazzo della scelta su quale pista seguire. Davide, per cortesia: domani informati sul padre del ragazzo e controlla il traffico telefonico, così ci portiamo avanti. Io scrivo a Teresa e ti procuro tutte le autorizzazioni, sarebbe perfetto visionare i tabulati degli ultimi giorni».

Viola aggiunse:

«Pardo, ricordati che domani sera ti aspetto alle

otto per badare a Massimiliano. Dovrai tenere le luci spente, perché mia madre sa che vado col bambino a trovare una vecchia compagna di scuola: altrimenti si pianterebbe qui».

Il poliziotto fissò entrambe imbronciato:

«Avete altri ordini? Ma che vi siete messe in testa, si può sapere? Se sono disponibile, è solo perché mi va. Sia chiaro».

Quando coccolava il piccolo, la voce di Davide assumeva il solito tono vezzeggiativo, così quelle parole piccate suonarono come la risposta irritata di un puffo a Gargamella.

Le due donne dovettero trattenersi per non ridere.

Quella notte, Sara non riuscì ad addormentarsi. Per anni aveva combattuto contro il sonno, per paura dei sogni. Nella sua mente oppressa dalla solitudine e dal silenzio, i due fantasmi che la perseguitavano da sveglia sarebbero di certo tornati a impadronirsi dell'inconscio.

Giorgio, il figlio che non aveva visto crescere e che era morto, le avrebbe ricordato l'abbandono, e le avrebbe chiesto conto della sua fine prematura, a cui forse sarebbe potuto scampare se ci fosse stata lei a consigliarlo, a dargli equilibrio, giacché, dopo la scomparsa del padre, era rimasto solo al mondo.

Massimiliano, l'uomo che aveva amato con tutta se stessa e al quale era sopravvissuta, l'avrebbe accusata di non averlo raggiunto, rimproverandola per quel tempo trascorso senza di lui, per i giorni che aveva avuto e stava avendo dopo che se n'era andato. Oppure le avrebbe rinfacciato di non aver tenuto fede all'impegno preso con lui in prossimità della fine, quando gli aveva promesso che avrebbe avuto cura di sé senza rinunciare alla vita.

Il terrore di incontrare quei fantasmi negli incubi l'aveva costretta a una veglia infinita, alimentata da amfetamine e stimolanti. E così aveva sviluppato una grave dipendenza, ritrovandosi in uno stato di perenne torpore che almeno le aveva consentito di non pensare, tirando avanti di ora in ora, di giorno in giorno.

Poi però aveva incontrato Viola, che portava in grembo il figlio di Giorgio. E che era sola, almeno quanto lei, o forse di più, ma aveva ancora un futuro davanti.

Nello stesso periodo, Teresa l'aveva cercata. E le aveva chiesto di occuparsi di uno dei tanti, terribili reati in cui si imbatteva nella sua attività di controllo e che non poteva rivelare, per non pregiudicare la segretezza dell'unità e mettere sull'avviso i tanti soggetti sotto sorveglianza.

Così pedofili, stalker, autori di violenza di ogni tipo circolavano a piede libero, mentre donne, bambini e anziani subivano soprusi, atroci vessazioni, perfino torture. E loro, i membri della più segreta struttura di sorveglianza dello Stato, erano condannati a guardare, carpire, riportare, senza poter agire.

Era per quello che Teresa Pandolfi l'aveva contattata. Per fare giustizia. Sara era brava, la più brava. Sembrava una donnetta sciatta e insignificante, invece era la donna invisibile; ed era affilata come una lama, perché non aveva scrupoli. E neanche legami, o troppa voglia di vivere.

Soprattutto, non aveva bisogno di alibi, perché non le serviva alcun movente. Una giustiziera perfetta, insomma.

Si rassegnò all'insonnia, che non era più indotta dai farmaci. Si vestì in fretta e uscì.

Era molto tardi, le strade erano deserte. I suoi passi risuonavano sulle pietre del marciapiede. Ogni tanto passava un'auto e il silenzio amplificava il rombo del motore.

Sara pensava a Teresa. E a se stessa.

C'era stato un tempo in cui erano animate dallo stesso fuoco, dalla stessa volontà di cambiare le cose. Dalla medesima convinzione di trovarsi dalla parte giusta e di combattere il male.

Erano anni in cui gli altri, i nemici, piazzavano bombe, massacravano innocenti, uccidevano magistrati, giornalisti, politici. Era facile stabilire quale fosse il lato giusto della barricata.

Era contenta di non dover scegliere ancora da che parte stare: aveva serie difficoltà a capire come migliorare una realtà in cui il bene e il male si confondevano, mostrando spesso un'unica faccia. E oggi non era nemmeno più tanto sicura che accettare l'offerta di Teresa fosse stata la decisione più felice, perché ora la sua esistenza era tornata ad avere un senso.

Lo aveva compreso nel momento in cui si era trovata, suo malgrado, a tenere in braccio il nipotino, quando quella pazza di Viola, che agiva d'impulso, assecondando misteriosi richiami del sangue, aveva chiesto all'infermiera di darlo a lei, che era la nonna. Poi aveva deciso di chiamare il bambino Massimiliano.

I due eventi avevano sgretolato in un attimo il muro che Sara aveva eretto a fatica, mattone dopo mattone, nei lunghi anni della malattia del suo compagno: una barriera di separazione tra lei e gli altri che, per quanto le importava, potevano anche andare al diavolo. Alla fine il suo amore se n'era andato, al termine di un calvario che gli aveva tolto dignità e forze. Lui che, per i lunghi anni della loro unione, era stato emblema di coraggio e volontà.

Era rimasta profondamente scossa quando quella ragazza, che la conosceva appena, aveva scelto di dare al figlio il nome di un uomo che non aveva mai conosciuto. Non erano state solo la tenerezza e la commozione. A turbarla era stata soprattutto la consapevolezza che, al ricordo di Massimiliano, nei suoi occhi traspariva ancora, evidente e manifesto, l'amore, al punto da suscitare in una giovane madre la speranza che il proprio bambino fosse capace, un giorno, di ispirare lo stesso sentimento.

Le luci dei lampioni lottavano contro la notte umida, accompagnando il cammino della donna invisibile. Che pensava ai silenzi, ai profondi, terribili silenzi in cui aveva deciso di nascondersi. E alle parole che era ancora in grado di pronunciare.

Perché se da una manciata di frasi Viola aveva intuito quello che aveva dentro, allora le parole di Sara esistevano, e le urlava attraverso gli occhi. Lei che aveva combattuto per liberare la verità dalla maschera della reticenza, lei che da lontano riusciva a leggere sussurri, a distinguere passioni celate da un semplice gesto e sentimenti racchiusi in un'espressione sfuggente, lei non parlava mai.

Oggi avrebbe voluto di nuovo trasformare il mondo, cancellare il male e lo schifo, distruggere l'egoismo che aveva sostituito gli antichi ideali di cambiamento, troppe volte traditi da azioni sbagliate. Perché quella minuscola creatura sorridente potesse prima o poi ereditare, lungo le indecifrabili strade del cuore, ciò che la genetica non poteva avergli trasmesso: lo spirito dell'uomo che lei aveva amato.

L'aria le pungeva la faccia e le pizzicava il naso. Un paio di giovinastri intenti a fumare qualcosa la squadrarono e valutarono se fermarla: poi la giudicarono una preda di poco valore e tornarono al proprio paradiso artificiale. Non seppero mai quanto era stata saggia quella scelta.

Sara era un animale pericoloso. Di quelli che sembrano innocui e per questo sono molto più feroci e letali delle belve che ruggiscono. Era una donna di molti silenzi, ma adesso aveva scoperto di custodire parole nascoste che dicevano tanto di lei, anche senza essere pronunciate, proprio come quelle che era abituata a leggere negli altri.

Teresa. I segni dell'ansia, del terrore. E anche quelli di una profonda, interminabile sofferenza. Le aveva chiesto aiuto: ma in che veste? Come capo di un'unità segreta, che aveva commesso una sciocchezza portandosi a letto un ragazzo che non avrebbe dovuto frequentare fuori dal lavoro? Oppure era soltanto una donna che, come lei, aveva perduto qualcuno di molto, troppo caro?

La fronte corrugata, il tormento delle mani, il respiro un po' affannato. E gli occhi cerchiati, le lenti da sole, lo sguardo spento rivolto verso la strada. Erano errori troppo grossolani per Teresa, da sempre abituata a osservare le emozioni nascoste sui corpi e sui visi.

La vecchia amica la stava aspettando. Era quella, la sua richiesta di aiuto? Decidere di mostrarsi com'era in realtà?

Era stata più convincente attraverso quei gesti di quanto non sarebbe stata in un'ora di conversazione.

Si era scoperta oppure aveva agito di proposito?

Le parole di Teresa erano quelle di Sara. Parole che abitavano nel silenzio.

Tornando a casa, ricordò.

XVI

Amore. Amore, vieni. Siediti qui, vicino a me.

Lo sai che ho poco tempo prima che le pillole facciano effetto e mi addormenti. Una manciata di minuti, da quando il dolore smette di mordere a quando cado in quel terribile sonno, interrotto da lampi di luce, sonno che non riposa, che non dà pace.

Ormai mi trovo in un limbo, sospeso tra queste due condizioni: credi che non me ne renda conto? Significa che non manca molto.

Quando la sofferenza domina, i pensieri sono spezzati, e spaventosi. Sono schegge acuminate nella mia testa, aguzzi frammenti di risentimento e rancore. Non mi riconosco, mi trasformo in un uomo pieno di odio. Invidio tutti, quelli che osservo camminare per strada o affacciarsi dalle finestre del palazzo di fronte. C'è un vecchio, sai, che passa le giornate sul balcone. Anche quando piove, si copre e sta là fuori. È brutto, lo vedo benissimo da qui. Vecchio e brutto. E non ha niente, la sua è un'esistenza arida e vuota, altrimenti non la passerebbe così, ti pare, amore? Eppure ha tanta più vita di me, che avrei ancora molto da dare.

Il male, però, rende brutto anche me. Non riesco più a collegare gli eventi, e mi sfuggono i nostri ricordi. Sono pezzi di vetro che riflettono immagini senza senso.

Poi c'è quest'incoscienza sintetica, indotta dai farmaci che tanto desidero quando soffro e tanto detesto quando mi portano via.

È anche peggio, amore mio. Nello strazio almeno posso vederti, e sentire la tua mano quando mi accarezzi la fronte pensando che io mi sia addormentato, e invece sto solo combattendo la mia guerra già persa. Nel sonno, invece, c'è solo tenebra, e silenzio, e crescono le preoccupazioni per il futuro in cui non ci sarò, insieme alla paura della morte.

Sì, ho paura, amore mio. Ho paura. Vorrei, forse dovrei, mentirti, per non aumentare il tuo tormento. Per non procurarti altra pena, oltre quella che arriverà tra non molto, quando il mondo sarà senza di me e ti sembrerà senza colori. Ma non avrebbe senso ingannare proprio te, che conosci le verità di tutti e ancora di più la mia, perché siamo una persona sola.

Ho paura di morire.

Immagino il nulla, la disgregazione, la fine. Mai più odori e sapori, mai più il calore del sole o il profumo del mare. Mai più la tua pelle dolce e salata. Mai più niente.

Forse dovrei rallegrarmi per la conclusione del supplizio, così almeno credono i medici. So che ti ripetono questo, per darti un sostegno a cui appoggiarti. Ma come si può essere felici di andarsene, se si è ancora tanto pieni d'amore?

Tu sei la mia dannazione. Tu, che sembri così forte, che mi trasmetti coraggio, tu sei la mia dannazione. No, ti prego, non mi interrompere: ora riesco a ordinare i concetti, tra qualche attimo, invece, inizierò a biascicare, poi cadrò nell'abisso finché le sostanze si dissolveranno nel sangue, e le schegge di vetro ricominceranno a vorticare nel cervello. Lasciami parlare.

Devo dirti quello che succederà. Noi non abbiamo amici, e nemmeno parenti. Il nostro lavoro, quel maledetto, bellissimo lavoro, ci ha tagliati fuori, imprigionandoci in un osservatorio: abbastanza vicini per vedere, ma troppo lontani per non contaminarci. Adesso però quel mestiere ci ha abbandonati, o meglio: noi abbiamo abbandonato lui, io per la malattia, tu perché sei meravigliosa e testarda, e non hai voluto perdere niente di me, di noi.

Non temo per il denaro, ne abbiamo fin troppo. Non temo vendette, perché siamo stati attenti. Vorrei che incontrassi tuo figlio – in questi anni l'ho seguito, assicurandomi che stesse bene – ma non te lo chiedo perché so che non lo farai.

Non temo tutto questo.

Temo la tua solitudine.

Ti conosco e so come reagirai. Te ne resterai da sola, reclusa nel nostro universo, però io non ci sarò più. Non cercherai vecchi contatti, non chiamerai nessuno. Ma la solitudine è un inferno, e per te non voglio un presente all'inferno quando io sarò solo il passato.

Ascoltami, amore. Ti prego, sento già l'ombra che mi avvolge. Continua a tenermi la mano, come se fossi mia madre, e io il tuo bambino impaurito dal buio, che ti chiede di cantargli una ninnananna. Ascoltami, amore mio.

Teresa. Teresa Pandolfi. Lei è tua amica.

Mi sembri sorpresa. Certo, è strano nominare qualcuno che non vediamo più. Però io vi ho osservate arrivare insieme e crescere insieme, così diverse, così lontane, eppure vicine. Eravate così brave, e mai davvero rivali. Complementari, piuttosto. Sono stato molto fortunato ad avervi.

Ma mi sono innamorato di te, e tutto è cambiato. Lo sai com'è, quando ci si innamora: basta uno sguardo. Un unico, interminabile sguardo, quel giorno in cui sei apparsa all'unità, assistente capo Morozzi Sara.

Poi un nuovo incontro, l'ennesimo sguardo. Questa volta sfuggente, rivolto a una figura seduta in disparte, tra tante. Eppure il cuore salta un battito, e cominci a parlarle, senza fermarti, mentre gli altri cercano i tuoi occhi e ti rivolgono domande, e tu sei sempre là, con la mente e il cuore, senza poterti allontanare, mai più.

E aspetti la fine della conferenza, aspetti che lei si avvicini per poterle parlare davvero, e per aggrapparti a quelle parole come un naufrago a una zattera in mezzo al mare.

Io non voglio che tu rimanga da sola, amore mio. So che adesso la Pandolfi è il capo dell'unità, che ha preso il mio posto: una sedia troppo scomoda per chiunque. Lei è in gamba, ma ha un carattere fragile e impulsivo. Credo che non riuscirà a restare fredda e distaccata, distante e salda. Io ho avuto te, e sei stata tu a darmi la forza. Teresa, invece, fallirà e a un certo punto avrà bisogno, un disperato bisogno, di qualcuno di cui fidarsi.

Sarà allora che ti cercherà, amore mio. Per il semplice motivo che tu sei la persona più simile a una sorella che abbia. E toccherà a te interpretare la sua richiesta di aiuto, perché non avrà il coraggio di essere esplicita.

Ecco, non trovo neanche più le parole. Forse penserai che queste sono le farneticazioni di un moribondo, e magari è così, magari hai ragione. Ma so che arriverà un momento in cui Teresa verrà da te: sarà quando stringerà tra le mani la possibilità di un amore. E dovrai esserci tu accanto a lei.

Perché ti dico questo, amore mio infinito e bellissimo? Perché... Dio, dammi la forza, dammi solo un attimo...

Perché quel giorno scoprirai anche tu di aver bisogno di lei. E in qualche modo mi terrai ancora tra le braccia: e sentirai che muoiono gli uomini, ma non l'amore. L'amore no.

Stringimi, Sara. Ho freddo. Tanto freddo.

Ed è così buio.

XVII

Gaspare Russo faceva l'operaio, e gli mancavano sei anni alla pensione, sempre se non gli spostavano di nuovo la data, perché gli sembrava di essere uno di quei levrieri al cinodromo che corrono, corrono e non raggiungono mai la lepre. E lui era molto stanco; faticava da quasi quarant'anni anche se sul libretto ne risultavano solo trenta, ma quei dieci in nero gli avevano spezzato la schiena proprio come gli altri.

Gaspare Russo faceva l'operaio, e non aveva mai ceduto alle lusinghe dei soldi facili, pur abitando in un quartiere famoso per il narcotraffico e per la guerra con cui i clan si contendevano il controllo del territorio. Non aveva ceduto sia perché i genitori, dall'altro mondo, non gliel'avrebbero mai perdonato, sia perché a sua volta voleva sentirsi in diritto di dire ai figli che non li avrebbe mai perdonati; ma soprattutto perché per certi mestieri bisogna esserci tagliati, e lui non vedeva proprio il motivo per finire morto ammazzato o in galera o in fuga in qualche Paese straniero, dove non avrebbe capito una parola.

Gaspare Russo faceva l'operaio, e viveva di piccoli

immensi traguardi e di grandi sacrifici. Se fai l'operaio, a ogni busta paga ringrazi dio perché tanta gente questa fortuna non ce l'ha, e sta buttata sul letto tutto il giorno a fissare il soffitto e a tirare avanti con la carità.

Lui, invece, stava al volante della sua macchina, di cui aveva pure finito di pagare le rate, e nel frattempo era arrivato a centoventimila chilometri: la teneva che era un gioiellino e la lavava con le sue mani ogni domenica, pure se pioveva, perché era stato il primo in famiglia a potersi permettere un'auto, e non era cosa da poco.

Gaspare Russo faceva l'operaio, e a parte un paio di periodi in cassa integrazione (l'ultimo, per la verità, durato tre mesi, e non voleva nemmeno ricordare l'angoscia e il peso sul cuore che aveva provato), non gli era toccato mai rimanere in casa a ciondolare, perdendo sogni e speranze, diventando una merda d'uomo, come certi amici suoi che, un po' alla volta, avevano cambiato carattere, e da simpatici e allegri che erano, adesso picchiavano mogli e figli: tipo Tonino Vigliotti, che per poco non ammazzava la compagna, quella povera Lucia, solo perché lei gli aveva chiesto di aiutarla con la spesa e rendersi utile.

Gaspare Russo faceva l'operaio, ed era un lavoro migliore di molti altri: i gesti erano sempre gli stessi e le competenze, una volta acquisite, non si scordavano più, e allora potevi pensare ai problemi tuoi. E di problemi Gaspare ne aveva assai, soprattutto da quando i ragazzi erano cresciuti e guadagnavano poco, e rimediavano solo qualche contratto a termine, così avevano bisogno di una mano, e Gaspare poteva dargliela, nonostante avesse l'impressione che, nel complesso, vivessero molto meglio di lui e Filomena. Loro, però, ai sacrifici erano abituati e non avrebbero proprio saputo vivere in modo diverso.

Gaspare Russo faceva l'operaio, e l'impresa che gli dava da campare aveva vinto un nuovo appalto per la costruzione di alcune infrastrutture industriali, perciò poteva stare tranquillo per almeno altri due anni. Certo, il cantiere si trovava in un'altra provincia, ma si trattava di lavoro, e non c'era da discutere. Suo padre diceva, in dialetto: "non sputare in cielo, ché in faccia ti torna"; un insegnamento che non aveva mai dimenticato. D'altra parte lui aveva pur sempre la macchina, no? Quella di cui aveva pagato le rate, e quindi, a parte il gasolio, gli costava solo un po' di manutenzione, ma se stavi attento a evitare le buche e a non darci troppo dentro con acceleratore e freni, nemmeno gli pesava tantissimo.

Certo, bisognava partire all'alba, anzi in pratica bisognava partire di notte, perché andava piano ma doveva arrivare presto. Non ci metteva niente, il capomastro, a decidere che Gaspare Russo faceva sì l'operaio, ma era diventato vecchio e andava sostituito, magari con uno di quei ragazzi robusti e affamati, venuti da chissà quale Paese disgraziato, laureati in Ingegneria anche se poi qua se la passavano malissimo. La concorrenza, insomma, c'era eccome, e bisognava stare attenti e badare agli affari propri.

Per i motivi di cui sopra, e sempre perché Gaspare Russo faceva l'operaio, si trovava alla guida della sua macchina, che appunto adesso era tutta sua e non della finanziaria, ascoltando un bel programma di musica italiana, quella di quand'era giovane, su una frequenza che gli aveva consigliato Filomena e da cui non si staccava più. Percorreva la provinciale che poi sarebbe diventata la statale, perché, se ti muovevi presto, non c'era bisogno di prendere l'autostrada che si mangiava tanti soldi e quasi rendeva inutile la giornata al cantiere.

La carreggiata era messa male, per la verità: ma più o meno ci volevano una quarantina di minuti, e Lucio Battisti cantava che non sarà un'avventura, e fuori pioveva e c'era freddo, ma nell'abitacolo si stava asciutti e caldi, quindi per favore, Gaspare, non essere insofferente e porta pazienza, perché ti sentirai peggio tra un'ora e un quarto, quando sarai su un'impalcatura, a venti metri d'altezza, coi mezzi guanti e il casco, e sopra la sciarpa tirata sul naso, gli occhi ti lacrimeranno per il vento gelido.

Uno dei benefici di viaggiare a quell'ora era la quasi totale assenza di traffico. L'asfalto pieno di crepe scorreva tranquillo, consentendo di anticipare le buche e preservare le gomme; peraltro Gaspare Russo, l'operaio, andava piano e perciò non correva rischi, se non quello di imbattersi in qualche randagio che poteva tagliargli la strada all'improvviso, e allora valeva sempre la pena essere prudenti.

Proprio mentre Battisti lo informava che questo amore non è una stella che al mattino se ne va, Gaspare notò un furgone che rallentava qualche centinaio di metri davanti a lui. Se ne accorse perché si accesero le luci rosse dello stop. Frenò d'istinto, anche se era abbastanza distante: Gaspare Russo era sì un operaio per scelta, ma era pure un abitante di quella città e di un quartiere dove, se finivi in mezzo alle faccende altrui, passavi sempre cinque minuti di angoscia.

Formulò quel pensiero perché gli sembrava che non ci fosse nessuno davanti al camioncino, perciò era davvero strano che si fermasse. Gaspare accostò e spense il motore, evitando di avvicinarsi troppo. Meglio aspettare che ripartisse. Anche perché, se quella sosta preannunciava un appuntamento, era meglio attendere per evitare di trovarsi in mezzo a un incontro che poteva non essere amichevole. Tanto Gaspare Russo, che faceva l'operaio, era in anticipo e non correva il rischio di arrivare tardi all'apertura del cantiere.

Non successe niente per quasi mezzo minuto. Battisti affermò che questo amore non è un fuoco che col vento può morire, ma che vivrà quanto il mondo, e comunque fino a quando gli occhi suoi avran luce per guardare gli occhi tuoi. L'utilitaria era scossa dal vento.

A un certo punto, Gaspare aguzzò lo sguardo, perché colse un movimento intorno all'automezzo accostato nei paraggi di uno dei tanti cumuli di rifiuti che fiancheggiavano il tracciato stradale, e che acuivano il degrado mettendogli addosso tanta malinconia, ogni mattina e ogni sera, come cantavano quelli dell'Equipe 84 che, nel frattempo, avevano sostituito Battisti alla radio. Gli parve che dal veicolo fossero scesi in due, uno da un lato e uno dall'altro, e che avessero aperto il portellone sul retro; lo capì perché, per qualche attimo, le luci posteriori furono coperte.

Il vano del furgone era buio, una macchia nera. I due estrassero qualcosa di lungo e voluminoso che, tenendo da entrambi i lati, adagiarono sull'immondizia. Gli sembrò che rimestassero tra la spazzatura. Poi uno chiuse il portellone e tornarono a bordo.

Il camioncino ripartì.

Gaspare Russo, che faceva l'operaio, rimase per quasi due minuti immobile, a fari spenti, cercando di interpretare l'accaduto; anche perché era consapevole che un evento non termina quando lo si crede concluso, ma sempre qualche attimo dopo. Quindi mise in moto e si avviò lento.

Nel breve tragitto che lo separava dal punto in cui i due si erano liberati del loro carico, Gaspare si interrogò su cosa avessero gettato e perché. Per qualche strano motivo gli venne in mente Gennaro, il figlio maggiore, e tutte le volte che era andato a cercarlo di notte per evitare che, fresco di patente, ci finisse lui alla guida di un furgone come quello.

Gli Equipe 84 si chiesero cosa avessero nella testa e che cosa avessero nelle scarpe. Gaspare Russo si domandò, invece, se fosse coerente cercare Gennaro di notte in giro per il quartiere e ora fingere di non aver visto niente tirando dritto sulla provinciale.

Gaspare Russo faceva l'operaio. Ma non voleva diventare uno che si nasconde.

Perciò accostò nei pressi del cumulo di spazzatura e scese dalla macchina per controllare.

Alle prime luci del giorno, il vento gelido fischiò più forte.

XVIII

L'alba lasciò spazio a una livida mattina. Dal cielo cominciò a cadere una pioggia sottile che aveva il sapore della neve, ma che rendeva solo la strada scivolosa e l'umore scuro.

Teresa Pandolfi parcheggiò al solito posto, a circa mezzo chilometro dall'ufficio. Una cautela inutile, come aveva capito da tempo: l'unità non aveva un livello operativo che richiedeva procedure di sicurezza; se fossero stati individuati da qualche curioso, avrebbero dovuto spostare la sede, non certo posteggiare più lontano.

Ma a lei piaceva camminare, con qualsiasi tempo. Il tragitto era un diaframma tra le sue due vite: quella privata, così vuota e precaria, e quella professionale, così piena e solida. Quei dieci minuti a passo svelto le facevano bene. Anche quando, come adesso, una tempesta senza fine le agitava il cuore e la mente.

Si chiese quand'era successo, quando di preciso aveva cominciato a diventare quella che era. Cercò di identificare, se non un giorno preciso, almeno un periodo. Quand'è che si era indurita? Quand'è che si era trasformata in una terra spoglia e ostile, sferzata da un vento feroce che impediva a qualsiasi pianta di crescere?

Ogni tanto immaginava come sarebbe stato avere un figlio, o magari una figlia. Non si spingeva al punto di credere che sarebbe stato tutto diverso, ma era certa che la maternità l'avrebbe aiutata a sopravvivere quando, come in quel momento, non trovava alcuna ragione per tirare avanti. Forse sarebbe stato un modo per sporgersi oltre l'orizzonte di un eterno presente, occupato soltanto da dossier in formato elettronico, da sequenze di parole limitate a centoquaranta caratteri, da comunicazioni sintetiche e foto sgranate.

Si domandò se fosse per questo che quel vento cattivo aveva permesso la nascita del sentimento che ora la opprimeva come una malattia incurabile; se fosse stato un senso di vuoto, acuito dall'età, a convincerla a concedersi quel calore che adesso si era trasformato in gelo.

Colse il movimento di una figura ai margini del campo visivo, e d'istinto tese i muscoli. Poi ne riconobbe i lineamenti, e subito pensò che sarebbe stato meglio, molto meglio, se fosse stato un professionista che voleva ammazzarla; perché morire in fretta avrebbe rappresentato un destino migliore di quello a cui senz'altro stava per condannarla la donna piccola e grigia, con le mani nelle tasche del cappotto sformato e gli occhi dolenti persi nel nulla.

Al contrario di quanto aveva fatto con Lembo, non ebbe la forza di proseguire. Si fermò e fissò lo sguardo in quello di Sara. Non ebbero bisogno di parlare, non ebbero bisogno di controllare le rispettive espressioni, non ebbero bisogno di misurare i gesti.

Passarono trenta secondi, un minuto, un minuto e mezzo. La pioggerella gelida penetrava attraverso i tessuti e la pelle per intirizzire le ossa e congelare i cuori.

Teresa aprì la bocca, la richiuse, la riaprì. Gli occhi si velarono, la faccia era una maschera indecifrabile.

Sara sembrava una statua di cera.

Alla fine la bionda domandò:

«Quando?».

L'altra rispose a fior di labbra:

«Meno di un'ora fa, sulla provinciale. L'ha trovato un operaio in mezzo ai rifiuti».

Teresa cominciò ad annuire, come se la notizia avesse un senso. E continuò ad annuire, come se seguisse un ritmo che ascoltava solo lei, portato dal vento che le bagnava il viso di pioggia.

Sara ebbe pietà di quel dolore che sembrava un fiume in piena, e seppe che Massimiliano, tanti anni prima, aveva previsto il futuro. «Andiamo da qualche parte. Dobbiamo parlare.»

La bionda scosse il capo, poco convinta:

«Mora, forse non… Credo di aver sbagliato, a chiamarti. La faccenda adesso non possiamo più gestirla in privato. Dobbiamo aspettare che… che…».

L'amica la prese sottobraccio e la condusse via, in silenzio.

Teresa avanzava rigida, come in preda a uno choc. Il respiro era spezzato, e la donna dai capelli grigi percepiva i piccoli spasmi del bicipite dell'altra sotto il proprio. Ogni particolare era coerente con la manifestazione di un'immensa sofferenza, che a ondate travolgeva la bionda. Avrebbe ceduto di lì a poco, non era possibile quantificare il tempo né l'entità della reazione, trattandosi di una persona così allenata a controllare le proprie emozioni.

Si infilarono in una pasticceria aperta, frequentata a quell'ora dagli operai che entravano in fabbrica. Trascinò Teresa, che pareva non rendersi conto di dove si trovasse, a un tavolino distante il più possibile dall'ingresso e la fece accomodare sulla sedia davanti al muro, affinché nessuno potesse vederla in faccia. Quindi prese posto di fronte a lei.

Si accorse che il labbro inferiore della bionda tremava lievemente. Gli occhi vagavano smarriti sugli oggetti che aveva davanti: un contenitore metallico di fazzoletti di carta, la vaschetta con le bustine di zucchero, la base di legno che sosteneva il pieghevole del menu. Cercava un appiglio, al pari di un naufrago nella tempesta.

Sara sentì il cuore riempirsi di un sentimento nuovo che mai avrebbe immaginato di provare per lei: la compassione.

Dopo un tempo che sembrò lunghissimo, Teresa disse:

«Sei sicura, sì? Mi sembra troppo presto... E come l'avrebbero identificato? Non può essere che...».

Sara rispose, a bassa voce:

«È stato un caso, hanno avvertito Pardo. La tizia della sezione persone scomparse, che è molto più sveglia di come me l'ha descritta, si è ricordata della sua visita. Appena ricevuta la fotografia del... la fotografia, ha confrontato e ha avuto la gentilezza di avvisarlo. Davide mi ha telefonato subito».

Teresa rimase in silenzio e Sara si sentì in dovere di aggiungere:

«Puoi verificare tu stessa, ma se è lui, e non credo ci siano dubbi, allora bisogna muoversi subito, prima che qualcuno si appropri dell'indagine e...».

La bionda negò con decisione:

«No, no, Mora, basta. Non voglio, e non posso, metterti nei guai. Sergio è...» s'interruppe perplessa, come se stesse cercando di comprendere un concetto astruso. «Era. Sergio era un nostro stagista, e una simile circostanza, come sai, prevede l'attivazione di un protocollo speciale. Ora smetti di interessarti a questa storia, per favore.»

Sara la fissò a lungo, impassibile. Poi disse:

«Non mi hai guardata nemmeno una volta, mentre parlavi. E hai avvicinato la mano alla fronte. Non devo spiegarti che significa. Stai mentendo, e hai paura. Vuoi tenermi lontana. Perché?».

Teresa scattò:

«Cazzo, Mora, non molli mai! Il ragazzo è morto, non te ne devi più occupare. Ci penseranno altri, chiudiamola qui».

Tacquero per un po'.

La bionda si coprì il viso con le mani; quando le tolse, qualche istante dopo, la sua espressione era tornata impenetrabile. Era pallida e aveva le labbra serrate, ma per il resto nulla lasciava trasparire quello che stava provando.

Sara mormorò:

«Bionda, ascoltami. Questo Minucci aveva dei comportamenti poco chiari, è bastato parlare con chi lo conosceva un po' per capirlo. Non mi avresti mai cercata se non fosse stato importante per te. E sei stata l'ultima a vederlo, questo la dice lunga. L'hanno trovato nudo; non ne siamo certi, ma crediamo in condizioni tutt'altro che buone. Mi pare sufficiente per andare avanti, con le dovute precauzioni, è chiaro, ma non è il momento di smettere. A meno che...» si interruppe, invitando l'altra a proseguire.

Teresa però non parlò, allora Sara riprese:

«A meno che tu non abbia omesso qualcosa. E siccome non mi fermerò, e lo sappiamo entrambe, ti conviene dirmela».

Passarono due minuti lunghissimi, in cui le ex colleghe si scrutarono.

Alla fine la bionda abbassò gli occhi, e cominciò:

«Mora, tu mi sei cara. Non c'ero quando il Capo è morto, e mi sento in colpa per questo, ma le regole sono quelle: avevo preso il suo posto e i rapporti personali sono vietati. Mestiere di merda... mai un legame, nessuna amicizia. E il ruolo che ricopro è una condanna alla solitudine... Ma tu per me sei sempre stata come una sorella. Abbiamo pianto e riso, abbiamo scoperto segreti che sarebbe stato meglio non scoprire. Abbiamo passato insieme i giorni e le notti degli anni migliori». Il tono era piatto, quasi formale. Ma quelle frasi grondavano sangue e lacrime e nostalgia. La donna prese un fazzoletto di carta e si soffiò il naso, eppure non stava piangendo. Poi riprese:

«Mi sono innamorata come una stronza di uno che poteva essere mio figlio. E non era migliore di tanti, troppi che ho avuto, anche se sorrideva in un modo che... Comunque non era migliore di altri. Forse è stato il momento in cui l'ho incontrato, oppure la stanchezza, chissà. Ma mi sono innamorata, e ho commesso un errore».

«Un errore? Che errore?»

Teresa distolse lo sguardo, lasciandolo vagare nel vuoto. Scosse il capo, incredula, come se ancora non riuscisse a capire. «Non era ancora operativo, non poteva nemmeno essere testato, e io gli ho permesso di lavorare sul campo. Un'assurdità, sì. Ma era bravo, bravissimo. Un talento naturale, non come te, come te non c'è mai stato nessuno, però era davvero notevole.»

Sara la fissava:

«E su chi l'hai messo?».

«Su un politico, un consigliere regionale, a capo di uno dei partiti d'opposizione, in grande crescita. Una formazione di destra, di quelle toste. Si chiama Tarallo, Salvatore Tarallo. Lo avrai sentito.»

Sara scrollò le spalle. Niente l'annoiava quanto la politica, e da quando aveva lasciato l'unità, se ne disinteressava per scelta.

Teresa continuò:

«Solo due o tre verifiche, e un paio di incontri casuali. Sergio non aveva rilevato niente di particolare, altrimenti me l'avrebbe riferito».

«Sei sicura? Magari aspettava di essere certo o...»

La bionda la interruppe:

«No. Siamo stati insieme quella notte, non capisci? Me l'avrebbe detto, noi parliamo... parlavamo. Parlavamo molto».

«Allora perché non vuoi che vada fino in fondo? Di che hai paura? Sai benissimo che sono nella posizione ideale per scoprire la verità.»

Teresa si passò una mano tremante sulla fronte, senza più sforzarsi di mantenere il controllo. «È venuto qualcuno. Qualcuno che voleva informazioni proprio su questa sorveglianza, ma che non ha mai menzionato Tarallo. Qualcuno che pretende di avere accesso ai rapporti, per quanto si occupi di altro. Che era a conoscenza di Sergio, anche se non l'ha mai nominato, e del fatto che ci siamo viste. Forse, però, ignorava il favore che ti ho chiesto.»

Sara raccolse le idee, poi domandò:

«E chi è?».

Dopo una lunga csitazionc, Tcrcsa risposc in un fiato:

«Lembo. È Lembo. Te lo ricordi?».

XIX

La battuta galante di Lembo non allentò la tensione. Anzi, per qualche motivo, calò il gelo nella stanza, nonostante il caldo. Il proiettore ronzava, il ventilatore continuava a girare.

Massimiliano Tamburi trasse un respiro:

«Andrei avanti, col vostro permesso. La parte interessante viene ora».

Dietro le spesse lenti, Andrea annuì alle parole del Capo e avviò di nuovo il filmato. I presenti erano concentrati sulle immagini, ognuno a modo suo. L'individuo robusto con le maniche arrotolate fumava tenendo i gomiti sullo schienale della sedia su cui si era stravaccato al contrario, le due donne erano concentrate sui fotogrammi. Lembo sembrava godersi un film al cinema, con quel mezzo sorriso sulle labbra e le gambe comodamente allungate in avanti.

Nella sequenza, il biondino, denominato C*, si accomodò di fronte a Borgström. Al bancone, il tipo più anziano, chiamato* A*, continuava a scherzare con i due camerieri per distrarli, mentre il giovane con gli occhiali,* B*, sfogliava il* *suo libro sorseggiando la bibita che uno dei camerieri gli aveva servito.*

L'espressione di Borgström, ben visibile nell'inquadratura, pareva soddisfatta e abbastanza divertita. A parlare era C, *che però era di spalle.*

Massimiliano disse:

«Non siamo stati fortunati, C *è voltato; altrimenti avremmo potuto interpretarne il labiale, ma…».*

L'uomo corpulento replicò, a denti stretti:

«Sì, vabbe', tutte cazzate. Con delle riprese così sgranate, a stento si distinguono i lineamenti, e…».

Tamburi sogghignò:

«Ah, sì? State a sentire».

Rivolse un cenno alle due donne, e la bionda cominciò a leggere da un taccuino:

«"Noi seguiamo voi con attenzione. Sì. Sì. Certo, potete anche muovervi secondo vostre…" Qui ipotizziamo che la parola sia "idee", ma Borgström si passa la mano davanti alla bocca, quindi non siamo sicure. Poi riprende: "Sì, è chiaro". Lo ripete un paio di volte».

L'uomo dalla corporatura robusta scosse la cenere della sigaretta con uno sbuffo, e disse a Lembo:

«Capo, dobbiamo stare qui a farci prendere per il culo? Ma se la faccia del tizio è una macchia biancastra che…».

La bionda gli lanciò un'occhiataccia, e continuò:

«A questo punto interviene C, *e la mia collega ha una teoria in proposito. Borgström ascolta con attenzione, e non solo… Ma anche su questo riferirà lei. Poi il tedesco*

aggiunge: "Secondo noi, Firenze". Ci pare inequivocabile, la frase è proprio quella: "Secondo noi, Firenze"».

Mentre Andrea interrompeva il filmato assecondando un gesto di Massimiliano, Lembo fissò la donna. Sembrava distratto, perso dietro altri pensieri. Poi si rivolse all'uomo brizzolato:

«Senti, Tamburi, lo sai che ti stimo e ti apprezzo come nessun altro dalle mie parti. Sono intervenuto almeno in due occasioni, me ne devi dare atto, a sostegno dell'istituzione di questa unità, che hai voluto con tanta testardaggine. Sono informato sulle conferenze e sugli incontri che hai organizzato per illustrare gli obiettivi e selezionare le professionalità. Conoscendoti, non ho dubbi che hai messo insieme il meglio».

Massimiliano cercò di interromperlo:

«Lembo, noi qui...».

L'altro alzò una mano con fermezza:

«Però a questo punto mi chiedo, e ti chiedo, se hai ben presente la posta in gioco. Noi teorizziamo, mi pare di aver intuito, una sorta di connessione tra il terrorismo neonazista tedesco e l'ultradestra nostrana, e fin qui ci può stare. Inoltre immaginiamo l'esistenza di una strategia comune tesa a criminalizzare l'area dell'estrema sinistra; e questa non sarebbe una novità, sono schemi degli anni Settanta. Ma vuoi spiegarmi come da qualche fotogramma sgranato e incomprensibile, voi, senza inviare nessuno sul campo e senza uno straccio di audio, avete la presunzione d'individuare il luogo del prossimo attentato?».

Calò un pesante silenzio.

Massimiliano e le due donne si scambiarono alcuni sguardi, che non sfuggirono a Lembo, il quale domandò:

«Che altro c'è? Perché c'è dell'altro, vero?».

Fu la bionda a rispondere, con atteggiamento polemico:

«Se è per questo, c'è molto altro». E fu proprio lei a muovere una mano in direzione di Andrea, che sudava copiosamente.

La registrazione ripartì.

«Qui C interloquisce per un po', gesticolando. Ignoriamo quello che dice, ma mostra alternativamente le mani aperte. Secondo noi sta valutando i pro e i contro di due scenari possibili o di due soluzioni alternative. Borgström lo ascolta, assentendo. Crediamo che anche B, dalla sua posizione defilata, stia seguendo la conversazione, perché spesso alza gli occhi dal libro. A, invece, continua a distrarre i camerieri.»

Suo malgrado, Lembo pareva impressionato, e cambiò postura. Si raddrizzò a sedere e piegò le gambe. Il tipo accanto a lui, invece, continuava a scuotere piano la testa.

La bionda riprese:

«Quando ha concluso, C assume una posizione di ascolto. Si sporge un po' in avanti, inclina il capo e protende il collo: esprime fiducia, massima concentrazione e rispetto per l'interlocutore. Attende indicazioni da Borgström».

L'uomo muscoloso cominciò a ridacchiare. Quindi mormorò tra sé, ma in modo che gli altri potessero udire:

«Adesso ci racconterete pure l'oroscopo di Borgström. Ha la luna in acquario?».

La donna lo ignorò, mentre Massimiliano replicò a muso duro:

«Quale che sia l'atteggiamento di C*, Borgström annuisce con insistenza e ripete: "Secondo noi, Firenze". Poi si interrompe e risponde a quella che sembrerebbe un'obiezione: "Questo si risolve interessando qualcuno"».*

Lembo lo guardava come uno che aspetta la battuta finale di una barzelletta:

«Un altro soggetto? Chi? Tamburi, mi pare che lo scherzo sia durato fin troppo. Stiamo perdendo tempo prezioso che dovremmo usare diversamente. Ci convocate da Roma, siete stati capaci di offendere e far andare via il rappresentante della Commissione parlamentare. Sostenete addirittura che l'obiettivo è Firenze, ma non sapete nulla di più. E ora entra in scena un altro protagonista della commedia?».

Il tipo muscoloso cominciò a srotolarsi le maniche della camicia, come se avesse dichiarato unilateralmente chiusa la riunione:

«E il tutto» disse, «basandosi sugli ipotetici movimenti delle labbra e sulle immagini confuse di una riunione in un bar di paese. Abbiamo avuto fin troppa pazienza, capo».

Tamburi rispose, alzando il tono:

«Ma cazzo, un po' di fiducia! Le nostre procedure e i protocolli sono certificati, quest'unità opera sulla base di metodi scientifici, dannazione!».

Lembo trasse un profondo, rammaricato sospiro e accennò ad andarsene:

«La questione è di mia competenza, e non me la sento proprio di avallare una simile ipotesi. Hai idea di quan-

ti uomini e quante risorse dovremmo impiegare, per imboccare una nuova direzione investigativa? Senza contare quelli dei Servizi militari: aspettano solo che combiniamo una cazzata. Forse riusciamo ancora a prendere il treno delle sette e mezza, se ci muoviamo…».

«Cosa Nostra» mormorò la donna bruna nel buio.

Tacquero tutti.

Lei aggiunse:

«Ci sarà un attentato a Firenze. E il terzo soggetto è Cosa Nostra».

XX

Mentre aspettava Pardo in un caffè del centro, al caldo, Sara rifletteva sulla lunga conversazione con Teresa.

Da quasi cinque anni non passavano tanto tempo insieme; era stata Bionda a ricordarglielo quando si erano lasciate, dopo aver stabilito le mosse successive. Sara aveva commentato che l'occasione avrebbe meritato circostanze migliori, ma che per il momento potevano accontentarsi. Teresa aveva risposto con una smorfia.

La donna invisibile ricordava bene Lembo, certo; anche se non l'aveva incontrato spesso durante la sua permanenza nell'unità. L'uomo era un capo, e trattava coi capi. I sottoposti, privi di poteri decisionali, gli interessavano poco. Da quanto aveva capito, anche dai vaghi accenni di Massimiliano, sempre riluttante a parlare delle altre strutture avvolte dalla nebbia della segretezza, Lembo era un carrierista freddo e determinato, in grado di restare a galla anche nei più imprevisti mutamenti di scenario sulla base di un complicato, intricatissimo sistema di ricatti incrociati.

Vedi, amore mio, quelli come Lembo ci saranno sempre e comunque. E sono loro a decidere, perché posseggono la chiave del potere: l'arte di condizionare le scelte altrui. Lui ha avuto l'intelligenza e la lungimiranza di non legarsi a nessuna cordata, ma di procurarsi strumenti e informazioni grazie ai quali chiunque ci sia alla testa del convoglio abbia bisogno di prenderlo a bordo. In questo modo, amore, gli basta mezza parola e corrono tutti. Io no, però. Noi facciamo il nostro lavoro e basta.

L'interesse di Lembo verso l'operazione che Teresa aveva affidato a Minucci indirizzava inevitabilmente le indagini in quella direzione. Non poteva essere una coincidenza, e in ogni caso non avevano altro.

Sara l'aveva incalzata, e Teresa aveva protestato ancora, anche se con meno veemenza, prospettando all'amica i rischi che correvano a seguire la loro pista, ma Sara l'aveva guardata a lungo negli occhi, e le aveva chiesto:

«Una domanda, Bionda: vuoi risolverla in questo modo? Senza nemmeno provare a scoprire chi, come e perché? Io sapevo che sarebbe stata la malattia a portarmelo via e sapevo di essere impotente. Tu? Non vuoi sapere chi c'è dietro? Perché se è quello che vuoi, io mi tiro fuori. Altrimenti noi due andiamo fino in fondo».

Teresa era rimasta in silenzio. Con la mano tremante aveva estratto dalla borsa gli occhiali da sole e li aveva inforcati per nascondere il mare di dolore che le stava montando dentro. Scopriva solo allora quanto fosse profondo quel tardivo, dolcissimo sentimento, e quanto le sarebbe costata quella breve stagione in cui l'aveva vissuto.

Poi aveva deciso. «Fino in fondo, Mora. Come abbiamo sempre fatto. Come ai vecchi tempi.»

Sara aveva annuito, ed era passata subito alla fase operativa indicando, come in una lista della spesa, quello che le serviva per proseguire: tabulati, rapporti, relazioni. Ogni elemento che riguardava il controllo dell'unità su Salvatore Tarallo, politico e consigliere regionale, con particolare attenzione al lavoro di Sergio. Nel frattempo, Teresa doveva sbrigarsi a procurare un dettagliato dossier sui movimenti del ragazzo e sulla sua vita, qualsiasi informazione che riuscisse a reperire.

Il materiale doveva essere spedito via mail da un indirizzo non tracciabile alla casella di posta di Viola. La bionda aveva promesso che si sarebbe attivata subito. Il tono della sua voce, dal momento in cui si era riparata dietro le lenti, era cambiato, tornando sicuro e gelido.

Sara le aveva chiesto anche se c'erano dei video di Sergio, e di visionarne altri di Tarallo: la donna invisibile era abituata a investigare così. L'amica, intanto, avrebbe controllato ed eventualmente provveduto, usando le stesse modalità di invio.

All'esterno della pasticceria erano rimaste ferme, in piedi, l'una di fronte all'altra, nel pieno di un silenzioso terremoto di emozioni che nessuna delle due aveva lasciato trasparire. Il vento carico di pioggia sembrava partecipare all'incontro con una perfetta sintonia e la bionda si era congedata con una battuta:

«Stai attenta, Mora. La tua brutta faccia è tutto quello che mi rimane».

Poi se n'era andata, e all'improvviso a Sara era parsa più vecchia.

Da quel momento si era attivata, con la netta sensazione di dover agire in fretta. Aveva chiamato Viola, chiedendole di vedersi subito. La ragazza, percependo l'urgenza celata dal tono pacato, le aveva dato appuntamento sotto casa sua e si era presentata con il piccolo Massimiliano in una specie di marsupio: il volto sorridente del bambino spuntava da una specie di scafandro isolante in tessuto termico, e per chissà quale motivo Sara aveva avvertito una stretta al cuore.

Con poche frasi aveva informato la giovane sugli ultimi sviluppi, ancora una volta apprezzandone il senso pratico e la concretezza.

Dopo averla ascoltata, Viola aveva detto:

«Bene. Quindi adesso dobbiamo stabilire il ruolo di Tarallo, perché è chiaro che c'entra con la morte di Sergio. Appena arrivano i file, comincio a incrociare i dati. E magari mi concentro su questo politico: vediamo da dove viene, che storia ha e qual è la sua carriera. I video, se arrivano, te li tengo da parte: quella è roba tua».

Poi Sara aveva telefonato a Pardo; e ora lo stava aspettando a un tavolino del più antico e rinomato caffè della città.

Davide arrivò trafelato, madido di pioggia e irsuto più che mai. Dal viso traspariva una latente preoccupazione. Si sedette e ordinò un caffè. «Senti, Morozzi, qua la faccenda è seria, serissima. Non stiamo più giocando alle spie, c'è scappato il morto, e non dobbiamo sottovalutare niente.»

Sara sembrò non dare alcun peso all'ansia dell'altro. Sorseggiò con calma il tè che aveva davanti, assaggiò un biscottino e disse:

«Calma, Pardo. Andiamo con ordine. Prima di tutto: hai novità sul padre del ragazzo?».

L'ispettore restò a bocca aperta, mentre un rivolo di pioggia gli scivolava dalla fronte alla barba:

«Il padre? Forse non hai capito, Morozzi. Quello è morto, te l'ho raccontato o per caso mi è sfuggito? No, perché ero sicuro di averlo specificato nella telefonata di stamattina, quando mi sono mosso, all'alba in pratica, per intercettare le notizie prima che venissero insabbiate, come accade sempre quando ci sei di mezzo tu. Te lo ricordi, sì? Ora dimmi, che cazzo c'entra il padre? Minucci è crepato, maledizione!».

Al tavolo accanto, un paio di turisti che stavano inghiottendo con sommo piacere deliziose sfogliatelle si voltarono incuriositi. Pardo li fulminò con occhi iniettati di sangue, e quelli tornarono ai dolci.

Sara mormorò:

«Non soffro ancora di amnesie, ispettore. Ripeto: andiamo con ordine. Dimmi del padre di Sergio; quando di mezzo ci sono genitori separati, è sempre meglio approfondire».

L'altro annuì e rispose, velenoso:

«Ciascun dal proprio cuor l'altrui misura, evidentemente… Vabbe'. Minucci Bartolo, sessant'anni, risiede a Bergamo con la moglie e i due figli. Da quando ha mollato quella pazza da legare della Raffone, quindici anni fa, non ha mai più avuto contatti né con lei né con Sergio, pur assolvendo con puntualità agli obblighi stabiliti dal giudice. E secondo me, avendo incontrato la folle, ha fatto benissimo ad andarsene».

Sara rispose, placida:

«Ah, quindi lui ha fatto benissimo ad abbandonare moglie e figlio per una nuova vita. Se fosse una donna, invece, sarebbe una puttana egoista senza valori. Giusto?».

Pardo sbatté le palpebre, rendendosi conto della gaffe:

«Maddai, l'hai vista anche tu la madre di Minucci, no? E comunque l'uomo non si è mosso da Bergamo, è un commercialista. Ho verificato chiamando un paio di colleghi. Lui non c'entra».

La donna rifletté a lungo, poi riprese:

«Adesso concentriamoci su Sergio. Passa dal medico legale e cerca di appurare le cause del decesso. Poi vai dal tipo che l'ha trovato, magari ha notato qualche dettaglio che potrebbe servirci. Ci vediamo più tardi da Viola».

Davide finì il caffè in un sorso e si alzò:

«Va bene, immagino che alle autorizzazioni provvederai tu, e come per magia troverò tutti disponibili a sbottonarsi. Certo che è meraviglioso lavorare con te, accresce l'autostima». Prima di lasciare il locale, si voltò e chiese:

«Chi l'ha ammazzato, Morozzi? Lo sai?».

«No, Pardo. Non lo so. Ma voglio scoprirlo. A tutti i costi.»

XXI

La riunione era una di quelle scadenze burocratiche con all'ordine del giorno i bilanci finanziari, e dunque si preannunciava noiosissima.

A Corrado Lembo pareva che i tempi in cui la sicurezza era la priorità, quando i nemici avevano nomi e cognomi, quando l'attività di intelligence era cruciale e la partita si giocava in pochi decisivi momenti, fossero ormai passati per sempre; e non sarebbero più tornati.

Adesso si discuteva di budget, di *spending review*, di finanziamenti da destinare, di assunzioni e licenziamenti, di preventivi sforati. Gli sembrava di essere diventato un contabile, un manager qualsiasi di un'azienda che sta colando a picco. Come se non ci fosse più bisogno di *loro*; quasi fossero diventati, all'improvviso, gente di cui vergognarsi, da nascondere più che da tenere segreta, da normalizzare e sminuire.

Lembo aveva una sua teoria, e ogni tanto la illustrava ai pochissimi sopravvissuti come lui, quando li incontrava alla pausa caffè, in occasioni come quella o sulle scale antincendio, al freddo, perché nemmeno si poteva fumare più negli uffici e si doveva uscire, maledetti salutisti rispettosi delle regole. E questo non è un mestiere che prevede il rispetto delle regole, cazzo, avrebbe detto se avesse deciso di togliersi quel peso.

La teoria era che fosse tutta colpa dei dannatissimi sondaggi. Da quando esistevano, che Dio li stramaledicesse e facesse bruciare all'inferno chi li aveva inventati, non si poteva più pianificare nulla. Non c'era politico, ministro, sottosegretario o anche capo di Stato Maggiore o generale dell'Arma che non tremasse di fronte alle rilevazioni demoscopiche. Se per un motivo qualsiasi, la gaffe di un presentatore televisivo o uno scoop pruriginoso di natura sessuale, il sondaggio del cacchio indicava un calo nei consensi, allora chi sedeva sulla poltrona di comando cominciava a sentirla traballare e convogliava le energie su temi che fossero di immediata presa popolare: incentivi o condoni, agevolazioni o riduzioni della pressione fiscale. Per ognuna di queste iniziative, servivano i soldi. E indovinate un po', concludeva soddisfatto Lembo, da dove si prendono i soldi?

Certo, si poteva acquistare un cacciabombardiere in meno; certo, bastava disarmare una base missilistica o ritirare un contingente da qualche zona di guerra. Erano quelle le voci di spesa più pesanti, e credevano di poterle tagliare con disinvoltura. Solo che il Paese si indeboliva, perdeva prestigio internazionale, e finiva per contare ancora meno di quanto contasse in passato. Per tacere dei disastri interni che questa caricatura di politica provocava.

Perché a Corrado Lembo il Paese stava a cuore, guarda un po'. Lui che avrebbe dovuto essere insensibile per tutto quello che aveva visto e aveva dovuto fare; lui che passava per un animale a sangue freddo preoccupato prima di restare a galla, poi di acquisire potere rimanendo, in ogni caso, dietro le quinte; lui che in più di una circostanza aveva disposto, senza particolari dissidi interiori, la morte o l'arresto di decine di persone probabilmente innocenti, e per le quali mai, nemmeno un istante, aveva provato un vago rimorso; be', proprio lui aveva un unico obiettivo e un'unica causa: il bene del Paese.

Certo, qualcuno avrebbe potuto controbattere che non toccava a lui stabilire quale fosse il bene del Paese; che ciò competeva a chi era stato eletto dal popolo per rappresentarlo. Si chiama democrazia. Be', avrebbe risposto Corrado, la democrazia è davvero sopravvalutata. Poteva andare bene quando il popolo si esprimeva in libere elezioni, e aveva il tempo di formarsi idee e opinioni e cambiarle in attesa di esercitare il diritto-dovere del voto. Adesso, invece, un ragazzetto ti ferma per strada con un questionario e tu, incazzato perché non hai i soldi per l'ultimo modello di smartphone, lo tratti male; e l'indomani un politico tremebondo taglia i fondi per la difesa.

Per questo, già da un po' Corrado Lembo aveva deciso che, dopo essersi parato il culo, parte anatomica da proteggere sempre e comunque, avrebbe dato il suo piccolo contributo perché il Paese marciasse nella direzione giusta. Anche perché, nella quarantina d'anni in cui aveva navigato in quelle oscure, turbinose acque traditrici, aveva imparato a destreggiarsi.

Proprio mentre assentiva con aria grave, fingendo interesse per la sequenza di cifre elencate in incomprensibili slide che un imberbe, occhialuto deficiente stava illustrando, avvertì una vibrazione nella tasca interna della giacca.

La cosa lo preoccupò non poco ma rimase impassibile, continuando a tamburellare con le dita sul piano del tavolo. Lo preoccupò perché il telefonino era davanti a lui, spento come si conveniva a un alto funzionario nell'esercizio della propria funzione di revisore di spese e tagliatore di teste. A vibrare era un altro cellulare, intestato a un'ignara ottantacinquenne che viveva nella Sardegna centrale, e a scanso di equivoci schermato da ogni possibile monitoraggio o intercettazione secondo i più avanzati sistemi di sicurezza.

Attese ancora qualche minuto che lo sbarbatello commentatore di slide concludesse il suo elenco di fesserie, a cui continuò a non prestare la minima attenzione. Il successivo giro di interventi prevedeva il parere di ogni caposezione, e Lembo fu cerchiobottista come al solito, anche se all'apparenza manifestava una solida competenza e un piglio deciso. Poi si alzò, indicando in direzione del bagno con un gesto accompagnato da un mezzo sorriso di scuse, borbottò un ironico riferimento ai fastidi della prostata e ricevette le educate manifestazioni di solidarietà che si aspettava. Quindi uscì, attento a lasciare il telefono spento sul tavolo, affinché nessuno dubitasse delle sue reali intenzioni.

Appena fuori, si avviò a passo svelto verso l'ufficio, che si trovava sullo stesso piano, alla fine di un intricato labirinto di corridoi. Entrò e chiuse la porta. Da anni aveva bonificato l'ambiente, affinché fosse a prova di ogni tipo di cimice o microspia: preferiva passare per fissato piuttosto che correre il rischio che qualcuno ascoltasse gli incontri che avvenivano lì dentro. Per essere certo della totale impenetrabilità della stanza, si era perfino rivolto a una ditta tedesca che operava in privato e otteneva appalti dai Servizi di tutto il mondo. Se avessero commesso un errore, se le loro protezioni fossero state eluse, non avrebbero più lavorato. Era la migliore delle garanzie, secondo lui.

Prese il telefono dalla tasca, che intanto aveva continuato a vibrare, e premette il tasto verde:

«Dimmi».

Ascoltò, quindi impallidì e con passo malfermo si sedette alla scrivania. Poi parlò:

«Mi pareva di essere stato chiaro sulle modalità di intervento. Non capisco come può essere accaduto, maledizione. Se erano professionisti...».

Qualcuno dall'altra parte lo interruppe, e Lembo si bloccò per un istante con la mano a mezz'aria, la bocca semiaperta, lo sguardo fisso nel vuoto. «E ora come intendete risolvere? Vi rendete conto che...»

Una nuova interruzione, che stavolta durò poco perché Corrado picchiò un pugno sul tavolo con forza, e alcune penne schizzarono in aria. «Che cazzo significa *proveremo*? Qua salta tutto, porca puttana! Tutto!

Quello era uno che... Non era il modo di agire! Bisognava persuaderlo, oppure convincerlo a...»

Ma l'interlocutore doveva avere validi argomenti, dato che Lembo tacque a lungo prima di rispondere:

«No, no, c'è altro. I dati che avete avuto da lui sono solo una parte del problema. Di sicuro la donna gli ha dato un po' di spazio per ingraziarselo, ma è troppo scafata per avergli messo in mano ogni cosa. Ne sono certo e...».

Lembo si fermò per qualche attimo. «Io? E che cazzo ci posso fare, io? Mi sono già spinto troppo in là chiedendo di visionare i rapporti per primo. No, non ne sono sicuro, figuriamoci! Quella è gente come noi, conosce il mestiere!»

Silenzio, poi:

«Sì, è ovvio, posso sempre fingere, sostenere che sto seguendo una pista e che i rapporti mi servono davvero. Pensi che sia un pazzo suicida? La questione è prioritaria, e ogni unità, a vario titolo, è interessata. In particolare noi, che siamo nell'occhio del ciclone. Ma questo non risolve un bel niente!».

Ancora silenzio.

Lembo corrugò la fronte, piegò le labbra sottili e abbassò il tono di voce. Se fosse stata presente, Sara avrebbe riconosciuto gli univoci segni di una rabbia repressa.

«Senti, dannato bastardo, non spiegare a me quello che cazzo posso o non posso fare. Sono stato io a tenere in piedi questa baracca, te lo ricordi o no? Quindi infilati la lingua nel culo e stai zitto.»

Rimase in ascolto, poi riprese:

«Muoversi è un errore. Adesso bisogna stare fermi. Potrebbe trattarsi di tutto: un'amante, debiti di gioco, droga. Oggi un pestaggio così può capitare a chiunque per un motivo qualsiasi. Perciò, fermi. Anche perché c'è altro da appurare».

Tacque, ascoltando la domanda dell'interlocutore; rifletté prima di rispondere:

«Intendo che potrebbe esserci, e sottolineo *potrebbe*, un altro casino. Una persona, o forse più d'una, che sta indagando sul tizio. Non ne sono sicuro, e per certi versi, se fosse così, sarebbe proprio una sorpresa. Niente di serio, per ora. E niente che riguardi voi, per carità».

Dall'altra parte dovettero insistere, perché Lembo si irritò di nuovo:

«Sì, sì, proprio come in questo caso, che dovevate limitarvi a un avvertimento, al massimo a spaventarlo. E invece ci ritroviamo con un cadavere sul groppone. No, grazie, ma finché non sono sicuro, non ti dico altro. Tu, piuttosto, se hai novità, informami al volo».

Senza attendere risposta, riattaccò e con un moto di stizza gettò il telefonino sulla scrivania.

Andò alla finestra, con le mani in tasca.

E come sempre quando aveva paura, cominciò a fischiettare piano.

XXII

Sara ricordò che Viola quella sera aveva un impegno, quindi si mosse in anticipo e arrivò prima di Pardo.

Dopo aver citofonato, salì le scale, e trovò la porta accostata. Era un'abitudine della ragazza per evitare che la madre sentisse il campanello, chiaro avviso che in casa c'era qualcuno su cui avrebbe potuto curiosare.

Stavolta però Viola non l'aspettava nella stanza di Massimiliano. «Accomodati, Sara.» La voce arrivava da lontano. «Sono in bagno, finisco di prepararmi e ti raggiungo subito! Vai da Massi, è là che ti aspetta!»

Un tuffo al cuore. Massi: lo stesso diminutivo che continuava a usare lei, ogni giorno, per rivolgersi al suo compagno, nonostante non ci fosse più.

Amore, sai cosa avrei voluto tanto? Un bambino nostro. Ho sempre creduto che questo lavoro non ti consenta di avere legami, ma da quando ti ho incontrata, da quando posso urlare al mondo tutta la passione che ignoravo di avere nel cuore, non riesco a non pensarci. Addirittura mi è venuta voglia di una famiglia. Alla mia età. Ci sono per-

fino momenti in cui mi sembra di stringerlo tra le braccia, quel bambino. Non è strano?

Sara si sporse sulla culla e sollevò il piccolo. Come al solito era sveglio, e come al solito non piangeva.

Si fissarono, il viso di Massi s'illuminò strappando un sorriso alla donna.

Eccoti qui, disse Sara tra sé. Un altro uomo nella mia vita, e forse il più importante, perché è quello che mi sopravvivrà, finalmente, e di cui non dovrò temere il fantasma nel sonno tempestoso. Uno che di Massimiliano porta il nome e, per magia, il sorriso, e la gioia negli occhi quando mi vede; e che di Giorgio ha il sangue e la carne e, chissà, magari l'intelligenza e il carattere.

E ha anche una parte di me, che per entrambi sono stata oggetto d'amore. E un rifugio accogliente: per un po', almeno. Per troppo poco.

Viola entrò nella stanza e Sara, assorta, nemmeno se ne accorse. Poi ne avvertì la presenza e si voltò a guardare la ragazza, e rimase a bocca aperta.

Era bella, Viola. Non di quelle che ti fanno girare la testa per strada, piuttosto una che ti cattura se ti fermi a osservarla, che ti colpisce per i particolari. Aveva capelli bellissimi, ma li portava quasi sempre legati o raccolti; aveva uno sguardo profondo e acuto, ma di rado fissava qualcuno; aveva lineamenti raffinati, ma non li sottolineava col trucco. E indossava sempre abiti che privilegiavano la comodità all'estetica: maglioni caldi e un po' troppo grandi, jeans, scarpe di tela o anfibi.

Adesso era un'altra persona. La chioma bionda, vaporosa e color del miele, scendeva morbida sulle spalle come un mantello. Il volto solare ospitava un tratto di eyeliner leggero ma molto intenso, che accentuava l'incredibile colore degli occhi tanto simile a quello dei capelli. Il rossetto scuro rendeva le labbra ancora più carnose, e valorizzava il piccolo, grazioso broncio che era la sua espressione più caratteristica.

Indossava una camicetta di seta bianca e una stretta gonna nera che arrivava a metà coscia. Le gambe erano lunghe, affusolate, e le caviglie sottili; calzava un paio di scarpe nere con tacchi a spillo.

Aveva l'aria preoccupata.

«Come sto?» chiese volteggiando in una piroetta.

Sara notò gli orecchini di onice nero, una lunga collana di pietre colorate e due anelli che non le aveva mai visto. «Stai benissimo, tesoro. Ma che succede? Perché tutto questo trucco...»

«Perché esco con uno... è un appuntamento! Ho un appuntamento al buio, combinato da uno di quei siti di incontri. È anche per uscire un po'... Cioè, ti assicuro che io non sento il bisogno di un uomo, sia chiaro, ma nemmeno posso murarmi qui dentro, ti pare? Il bambino, questa casa e quell'inferno di mia madre...» Aveva un'espressione quasi comica, sospesa tra l'imbarazzo e la voglia di tenere il punto con testardaggine. Era come se volesse giustificarsi e al tempo stesso cercare approvazione.

Sara fu invasa da una profonda tenerezza:

«Cara, hai proprio ragione. Esci, svagati. Solo non andrei così alla cieca, avrei preferito un'amica o un amico, chessò...».

Viola si lasciò cadere su una sedia, prendendo tra le dita l'orlo della gonna:

«Lo so, la consideri una mascherata. Secondo te bisognerebbe sempre essere naturali. E hai anche ragione, infatti ho dovuto riesumare questa roba dal fondo dell'armadio, stirare tutto: c'era un odore di canfora che non hai idea. Anche a me mette tristezza. Però sono troppo giovane per essere solo la balia di mio figlio, no?».

Sara pensò che era vero. Ma che forse si poteva anche vivere nel ricordo di un amore. Prima che potesse rispondere, Davide Pardo si affacciò alla porta, che era rimasta socchiusa:

«Permesso? Era aperto, e così...».

Poi vide Viola e la reazione fu spettacolare. La mascella restò pendula sull'ultima vocale, le sopracciglia scattarono all'insù mentre squadrava la giovane da capo a piedi. Alla fine cercò di parlare, ma la voce suonò in falsetto; poi tossì, quasi soffocando, si riprese e disse:

«Che succede? Perché ti sei... ti sei... Perché sei conciata così? È una copertura? Dobbiamo fingere di...? Non capisco».

Viola balzò in piedi, in qualche modo offesa dall'atteggiamento del poliziotto:

«No, sono io che non capisco. Che c'è di strano se per una volta, una sola dannata volta, mi sono vestita da donna? Nessuno credeva che potessi sistemarmi in maniera decente? Sono giovane *io*. Gio-va-ne! Che dovrei fare, la vedova finché campo? Che poi, a essere precisi, nemmeno ero sposata, quindi vedova un corno!». Come folgorata da un'intuizione improvvisa, si voltò verso Sara, arrossendo, e mormorò:

«Non volevo. Scusami. Per te è stato diverso. Ma con Giorgio... è durata così poco, e comunque, quando tu hai perso Massimiliano, eri già grande, no? Insomma, i bisogni sono altri, credo, e una, davanti alla possibilità di rimanere da sola, può anche non reggere».

Còlto alla sprovvista dall'attacco, Pardo avvampò anche lui:

«Io non ho fiatato, eh. Figurati se mi permetto, nemmeno me ne sarei accorto... E non preoccuparti per Massimiliano, ci sono qui io, staremo benissimo».

Per qualche motivo, il riferimento al figlio sembrò offendere ancora di più Viola:

«Ecco, appunto. È evidente per te: se hai un bambino, dovrebbe bastarti, vero? Cioè, perché mai desiderare altro? Per esempio, tornare a lavorare e non dipendere da mia madre come se avessi ancora quindici anni?». S'interruppe, rimase in silenzio qualche secondo, quindi si rivolse a Sara: «E per rispondere a te, credi che sia facile chiamare una che a scuola o all'università a stento conoscevo e dirle: "Scusa, andiamocene un po' in giro e magari mi presenti pure qualcuno? No, perché sai, io ho avuto la grande idea di beccare un ragazzo che mi piaceva, di farci un figlio, e fin qui tutto bene, capita a tanti, solo che lui, con un colpo di genio, si è lasciato ammazzare in un incidente d'auto"?».

La tirata si spense in un imbarazzato silenzio.

Davide si fissava le punte delle scarpe. Poi si scusò:

«Mi dispiace, non volevo. Ero venuto per Massimiliano, e perché con Sara eravamo d'accordo che ci saremmo visti qui. Scusami».

Viola si toccò la guancia arrossata, con una mano tremante:

«Be', almeno non ho pianto. Ci ho messo un'ora a truccarmi, non sono più abituata. E tra poco devo uscire. Almeno credo».

XXIII

Sara adagiò il bambino nella culla e disse:

«Va bene, ci siamo chiariti, adesso dobbiamo capire a che punto stiamo. Viola, hai ricevuto niente da Teresa?».

La ragazza vibrava ancora di tensione, ma annuì raggiungendo il computer:

«E c'è anche altro. Mentre Massimiliano dormiva, mi sono messa a smanettare un po'. Dunque, la faccenda in sintesi è la seguente: Minucci è stato coinvolto da Teresa nella sorveglianza che l'unità ha attivato su questo Salvatore Tarallo. Io che lo conoscevo solo di nome, perché non seguo la politica, sono andata a controllare. Quello che ho trovato è di dominio pubblico, ma ho scartato forzature e imprecisioni, e ho compilato una piccola scheda. Se vi va, la leggo».

Sara la invitò a proseguire con un cenno della mano.

«Dunque, questo Tarallo ha cinquantotto anni ed è in pista praticamente da sempre. Un tipo anonimo, occhiali, capelli brizzolati, mascella squadrata. Né moglie né figli. Era un estremista, poi man mano che il Paese si è spostato a destra, si è trovato in posizioni di potere, e ora si parla di lui per la candidatura alle prossime elezioni regionali, sempre che, come sostengono molti analisti, non arrivi a ricoprire ruoli a livello nazionale.»

Pardo seguiva attento, lottando con intrepida tenacia per non fissare le forme di Viola, esaltate dall'abbigliamento provocante. La voce comunque gli uscì di nuovo stridula, e la mascherò con un colpo di tosse:

«Però, se stiamo parlando della stessa persona, è rimasto radicale. O no?».

La giovane lo guardò storto, e si rivolse a Sara:

«Toni pesanti, istigazione alla violenza, proposte di leggi regionali sempre e comunque legate a un unico argomento: arginare l'immigrazione. Ce l'ha coi clandestini, ma anche coi regolari. L'idea di fondo è che, con l'economia in crisi e in un territorio disastrato come il nostro, non c'è lavoro per tutti e quindi, quando i migranti arrivano, hanno fame e devono pensare alla famiglia, finendo così per ingrossare le fila della criminalità organizzata. Perciò, se si vuole combattere sul serio la mafia, gli immigrati vanno cacciati. Senza se e senza ma».

Davide si strinse nelle spalle:

«Mi pare un ragionamento grossolano».

«Sì, ma ha molta presa, perché il tizio parte con una tirata quotidiana sui social e siccome pesta duro, la gente si diverte un mondo e lo segue. Ha quattrocentomila follower, e sono in aumento. E non solo qui in regione. A quanto ho capito, ma devo approfondire, i neonazisti di tutto il Paese ce lo invidiano. Potrebbe mettersi all'asta.»

Sara socchiuse gli occhi, pensosa:

«Tarallo. Mi ricorda qualcosa... Se non sbaglio, era uno di secondo piano nelle organizzazioni di destra degli anni Ottanta, niente di che. Il livello si è proprio abbassato, anche da quella parte».

Pardo domandò:

«Perché è attenzionato? C'è un motivo particolare?».

La donna rispose:

«Be', quando uno propaganda idee simili, viene comunque controllato. Non ci dev'essere niente di particolare, altrimenti Teresa non avrebbe permesso a Sergio di entrare nell'operazione. Va bene il coinvolgimento sentimentale, ma ci sono dei limiti».

Viola sorrise, furba:

«E qui infatti emerge un elemento molto, molto interessante. Che ho scoperto sulla base di una semplice intuizione, e che magari è sfuggito pure alla tua amica».

Davide sghignazzò:

«Sì, vabbe', è arrivata la scienziata con la pietra filosofale».

La ragazza lo fissò dura:

«Quanto sei cretino, ispettore... Mi chiedo come riesca quel povero Boris a vivere con un essere così poco intelligente. Devono essere serate terribili, quelle con te».

Pardo le puntò un dito contro:

«Senti, se credi che basti mettersi con le cosce di fuori e sciogliersi i capelli per trattare da pari uno più grande di te, allora io...».

Sara intervenne:

«Per favore, veniamo al punto. Mi pare che Viola abbia un impegno e non voglio che ritardi».

L'altra, continuando a guardare male Pardo, riprese:

«Dunque, la novità che ho scoperto è bella grossa. Minucci e Tarallo si conoscevano. E anche bene».

Calò un silenzio profondo, interrotto solo dai versi divertiti di Massimiliano nella culla.

Sara mormorò:

«Sei sicura, Viola? Perché se è vero, cambia tutto. Ma proprio tutto».

La giovane alzò gli occhi dallo schermo e rispose, ferma:

«Non so cosa cambia, ma sì, ne sono sicura».

Pardo si sedette su una poltroncina accanto a Viola e, rivolgendosi a Sara, chiese:

«Scusa, ma la tua amica non ti aveva assicurato che l'attività di Minucci non prevedeva azioni dirette? Io credevo che...».

Viola lo interruppe:

«Infatti il rapporto tra i due risale a tre anni fa. Minucci aveva appena ricevuto la borsa di dottorato, secondo quello che risulta in Rete. Ma entrambi compaiono in tre o quattro convegni, e in alcune foto sono insieme, in occasioni peraltro diverse. Guardate qui, e qui». Mostrò sul monitor tre immagini in cui Sergio, più giovane e con i capelli lunghi, stava seduto vicino a un uomo con la fronte corrugata e un'antiquata montatura nera. In una sembrava mostrare al più anziano alcuni appunti su un blocco. In un'altra l'uomo gli indicava qualcosa. Nella terza, Minucci forse parlava, muovendo le mani, e il viso dell'altro era piegato in una smorfia che assomigliava a un accenno di sorriso.

Davide disse:

«Mi pare siano in confidenza».

Sara annuì con sicurezza:

«È così. Lo confermano i gesti, le posture, e anche le espressioni. Peraltro sembrerebbe un rapporto gerarchico: Sergio riconosce l'autorità di Tarallo, osservate le spalle e le braccia. Certo, sono soltanto fotografie…».

Viola domandò:

«In che senso?».

«Che con un filmato potrei essere più precisa, i movimenti rivelano moltissimo, anche se le immagini non sono nitide. Una foto, invece, ritrae un singolo attimo, e può essere ingannevole. Ma all'ottanta per cento, direi che Minucci cerca di ingraziarsi Tarallo per qualche motivo.»

Tacquero, riflettendo su quelle parole.

Poi Sara chiese a Viola:

«Scusami, come sei risalita a queste? Gli scatti non sono chiarissimi, e i soggetti sono sempre sullo sfondo, perché in primo piano c'è altro. Come li hai trovati?».

«Ah, mi sono limitata a incrociare i nomi nel motore di ricerca. Sono saltati fuori i convegni ai quali hanno partecipato, e allora mi sono andata a studiare le gallerie fotografiche dei vari eventi. Una mezz'ora di lavoro, non di più.»

Sara e Davide erano davvero impressionati.

La donna mormorò, quasi tra sé:

«Teniamo per noi questa scoperta, almeno per adesso. Meglio aspettare, non capisco ancora perché, ma mi pare che intorno a Minucci orbitassero interessi decisamente più grandi di lui. Tu, Davide, hai contattato il medico legale?».

«Certo. Siamo stati anche abbastanza fortunati, perché Nicola è un vecchio amico ed è stato incaricato proprio lui dell'autopsia. Il magistrato gli ha pure messo fretta, perciò ci lavorerà proprio stasera. I risultati arriveranno domani. Però...»

Viola lo fissò:

«Però?».

«Però è stato un po' vago, quasi preoccupato. Ora, con Nicola ne abbiamo passate tantissime, ma l'ho visto strano. Domani, quando ci torno per avere una copia del referto, provo a capire perché.»

Sara si alzò e prese il cappotto.

Viola si alzò e prese il soprabito.

Pardo rimase interdetto:

«Che succede, adesso?».

Sara rispose:

«Devo andare in un posto, a incontrare una persona. A domani».

Viola rispose:

«Devo andare in un posto, a incontrare una persona. Ricordi il mio appuntamento? A più tardi. E grazie». Si avvicinò all'ispettore e, senza che lui se l'aspettasse, gli diede un bacio sulla guancia lasciandogli una macchia di rossetto.

Le donne uscirono insieme, dopo aver entrambe accarezzato Massimiliano.

Rimasto solo, l'ispettore Davide Pardo si alzò sospirando e prese il piccolo in braccio. Con la solita voce da cartone animato cinguettò:

«E allora, campione, ce la spariamo una bella partita in tivù?».

XXIV

Pur confinando col suo quartiere, in quella sera di pioggia il posto in cui Sara doveva recarsi aveva un'identità diversa e sfuggente.

L'edilizia moderna, il panorama di cui si godeva dai piani alti dei palazzi, le strade ampie, e perfino il verde pubblico, indicavano come la zona fosse sorta durante il boom economico, nel periodo di espansione della città.

In origine, il progetto urbanistico prevedeva la realizzazione di un elegante insediamento residenziale. I risultati, però, erano stati differenti dalle aspettative. La distanza dal centro, l'inadeguatezza dei trasporti pubblici, gli effetti della crisi e la conseguente riduzione degli investimenti avevano trasformato il luogo in una grigia appendice del vecchio rione popolare, che se non altro era dotato della funicolare con cui gli impiegati potevano raggiungere gli uffici. Perciò l'area, battezzata con enfasi "quartiere alto" per celebrare il tenore di vita dei suoi abitanti, adesso di alto aveva solo la posizione rispetto al livello del mare: almeno su quella non c'era da discutere.

Sara posteggiò lungo un marciapiede malmesso e, attenta a evitare le numerose buche, giunse nei pressi di una trattoria dai vetri appannati. Controllò l'orologio, chiuse l'ombrello ed entrò.

Il locale era semivuoto, e la donna invisibile scelse un posto nell'angolo della sala, a una certa distanza dal televisore acceso, collocato su un ripiano in alto. Vicino all'apparecchio sedevano due gruppi di clienti.

In uno erano tutti uomini, eccetto un paio di ragazze con al collo delle sciarpe colorate.

Stava per cominciare una partita di calcio, e nell'ambiente serpeggiava l'allegra tensione che precede il fischio d'inizio. Risate nervose si alternavano agli sfottò.

Per qualche motivo, Sara avvertì una punta di inspiegabile nostalgia.

Un cameriere dall'aria svogliata le portò un cestino di pane, dell'acqua e un menu malridotto.

Senza concentrarsi troppo, la donna intuì dalla postura, dalle espressioni e da pochi cenni che una delle ragazze era fidanzata con il giovane al suo fianco, anche se tendeva a incrociare lo sguardo con un bel tipo bruno dagli occhi vivaci. Di certo si piacevano, ed era altrettanto certo che il compagno di lei non sospettava nulla. Era cordiale e divertente, e riscuoteva le simpatie degli amici. Artù, Ginevra e Lancillotto, pensò Sara. Niente di nuovo. Mai niente di nuovo sotto il cielo.

L'altra comitiva era composta da quattro pensionati. Due apparivano euforici ed entusiasti, gli altri manifestavano un evidente distacco: erano là solo per stare in compagnia. Uno di questi lanciava occhiate lascive alle ragazze, che lo ignoravano.

Sara ordinò un piatto di pasta. Sentiva il bisogno di qualcosa di caldo.

Mentre stava cenando, un cieco entrò nel locale. Era anziano, aveva pochi capelli, radi e candidi, un velo di barba bianca, portava delle lenti scure e stringeva un bastone bianco. Il cameriere lo condusse in silenzio verso un tavolo non lontano da quello di Sara, più o meno a metà della sala. L'uomo ringraziò con un sorriso, percorse con le dita lo schienale di una sedia e si accomodò dando le spalle al televisore.

La partita proseguiva, tra incitamenti e urla di disappunto. Gli spettatori cominciarono a interagire, scambiandosi pareri e opinioni.

Sara finì il suo piatto.

Nel frattempo il cieco aveva cominciato a mangiare la spigola che gli era stata servita. Si muoveva con precisione, come se vedesse quello che aveva davanti. Aveva rimosso la pelle e separato la carne bianca dalla lisca. Controllava con la punta della forchetta ogni singolo boccone prima di ingoiarlo. Quindi si puliva le labbra con il tovagliolo e ricominciava, ripetendo la sequenza dei gesti in maniera metodica.

Quando la squadra per la quale tenevano i presenti commise un errore, uno dei ragazzi lanciò un'articolata bestemmia. Dopo una battuta di Lancillotto, ci fu una risata generale. Ginevra rise più forte degli altri, e gli sfiorò un braccio. Sara notò che Artù aveva corrugato per un attimo le sopracciglia, senza che nessuno se ne accorgesse.

Il cieco terminò il pesce, bevve un sorso di vino bianco versandolo dal quartino dopo aver toccato l'orlo del bicchiere per accertarsi della posizione. Poi si alzò e, con relativa sicurezza, percorse la distanza che lo separava da Sara. Spostò la sedia di fronte a lei e senza chiedere permesso prese posto.

«Mora» mormorò, «credevo che non ci saremmo incontrati più.»

«Andrea» rispose lei con gli occhi che ridevano, «quanto tempo.»

Restarono così per un po', mentre i tifosi sottolineavano con coloriti commenti le immagini che scorrevano sul televisore.

Il cieco ruppe il silenzio:

«Quando mi hai trovato?».

«Una sera di qualche mese fa, mentre camminavo. Mi conosci, non riesco a stare ferma. Ricordavo che vivevi da queste parti, e forse avevo bisogno di immergermi nel passato. Tu eri qui fuori.»

L'altro aspettava, rigido, la testa appena piegata di lato, come se ascoltasse una melodia.

Sara continuò:

«Avevi l'andatura sicura, per entrare non hai nemmeno controllato dov'era lo stipite. Ho supposto che tenevi il conto dei passi, quindi questa trattoria doveva essere una meta fissa. Tutto qui».

Andrea accennò un sorriso, e sembrò più giovane:

«E ora cosa supponi? Io mi sono accorto di te, e non ci vedo. Come ci sono riuscito?».

«Mi esamini ancora, Andrea? Dopo tanti anni? Lo sai che siamo l'uno il contrario dell'altra. Io osservo, tu senti. Hai annusato l'aria, hai inclinato il capo, come adesso. Poi per due volte ti sei bloccato, mentre il cameriere sparecchiava. Io ho ringraziato, a bassa voce, e tu hai piegato le labbra in una smorfia. Mi hai *vista*.»

L'uomo annuì, serio:

«L'odore, certo. Non il profumo, quello lo percepiscono tutti, si mette apposta. L'odore della pelle, invece, è unico. Ognuno ha il suo. E anche i rumori, abbiamo mangiato insieme così spesso... Sono come i tratti di un volto, non si dimenticano. E a differenza dei lineamenti, non invecchiano».

Sara non rispose.

Un'esplosione di commenti salaci accompagnò l'ennesimo errore di qualche giocatore.

Andrea riprese, indicando un punto alle sue spalle con un cenno:

«Uno di loro si rivolge alla tipa che siede accanto a un altro. Lei vorrebbe conversare con lui, invece continua a parlare con quello che le sta più vicino, quindi lui è il fidanzato. Secondo te si frequentano di nascosto o non è ancora successo niente? Io ho la mia opinione...».

«Non sei cambiato per niente, eh? Dunque, tengono le gambe accavallate, uno in direzione dell'altra, lui si è massaggiato il bicipite guardandola almeno due volte, lei gioca con l'anello oppure segue la partita, comunque evita in maniera palese di cercarlo con gli occhi. Secondo me qualcosa c'è stato, poi lei si è fermata ma vorrebbe andare avanti.»

Andrea sorrise di nuovo, soddisfatto:

«Sì, è quello che ho ipotizzato ascoltandoli. Succederà ancora. E quando accadrà, lei dovrà decidere. Quindi, se fossero oggetto di indagine...».

Sara lo anticipò:

«Indicheremmo nel rapporto la possibilità di una violenza del fidanzato nei confronti della compagna e non dell'amante, perché in quel caso...».

«... sarebbe umiliante, visto che è un giro di amici. Esatto. Sei sempre stata la migliore, Mora.»

«Ho avuto ottimi maestri.»

All'improvviso Andrea divenne serio:

«Adesso dimmi che vuoi. Perché sono certo che vuoi qualcosa».

La donna dai capelli grigi non si lasciò pregare:

«Tarallo».

«Il politico? Salvatore Tarallo?»

Come a sottolineare il disgusto con cui aveva pronunciato quel nome, gli spettatori ulularono per un gol mancato.

«Sì, lui. L'unità lo sorveglia, suppongo per le sue attuali attività. Io, però, sono interessata al passato. A quello che combinava, alle connessioni che aveva, ai vecchi contatti.»

Il cieco rifletteva:

«Mi servono più elementi, Mora. Convincimi a scavare nella memoria».

Sara si piegò in avanti:

«Tu sei un archivio, Andrea. Massimiliano ripeteva sempre che, se fossero stati davvero furbi, gli americani invece di studiare i computer avrebbero dovuto studiare il tuo cervello».

Sul viso di Andrea affiorò un'espressione triste:

«Il Capo... La sua faccia è una delle ultime immagini che rammento. Veniva ancora a trovarmi, dopo che la malattia era peggiorata e non distinguevo quasi niente. Aveva una forza eccezionale, la sua unica debolezza eri tu. Ma devi essere più esplicita, Mora. Che c'entri con Tarallo? Hai ricominciato a lavorare?».

Sara capì che il vecchio non avrebbe collaborato se non fosse stata del tutto sincera, e allora parlò. Gli raccontò di Teresa, di Sergio Minucci e di Rachele Anzovino, dell'università dove sostenevano che fosse raccomandato, e che probabilmente a sostenerlo doveva essere stato proprio Tarallo. Gli raccontò del ritrovamento del cadavere, e anche di Pardo e di Viola.

Alla notizia della nascita del piccolo Massimiliano, l'uomo si commosse. «Nonna. La piccola Mora è diventata nonna.»

«Perché non puoi vedermi, Andrea. Altrimenti ti accorgeresti che sembro proprio quello: una nonna.»

«Tu lo hai compreso prima di me che gli occhi tradiscono. Ti costringono a indugiare sulle apparenze. Invece contano di più le sfumature della voce, il tono, la prontezza nelle risposte. Nessuno lo sa meglio di te quanto le apparenze ingannino. Sei sempre stata la più in gamba.»

«Ora sono in pensione. Sto solo aiutando Teresa.»

Il cieco tacque per qualche secondo. Poi disse:

«Bionda, Bionda... Anche lei era in gamba, con un'intelligenza notevole, tagliente come un rasoio, ma troppo impulsiva. Ha combinato una cazzata».

Sara esitò per un attimo, perché non poteva stabilire con esattezza dove arrivassero certi tentacoli e chi fosse fedele a chi. Poi trasse un respiro e continuò:

«Senti, Andrea, a questa faccenda è interessato pure Lembo: ha preteso che Teresa passasse prima a lui i rapporti relativi alle questioni legate all'immigrazione, e quindi a Tarallo. Questo ti dice qualcosa?».

L'uomo restò in silenzio, l'espressione impenetrabile, le lenti scure rivolte verso il viso di Sara. Quindi rispose piano:

«Lembo. Dovevo immaginarlo».

«Che significa?»

L'altro si alzò, allungando una mano per verificare la posizione del tavolo più vicino.

«Domani sera, Mora. Ti aspetto qui, domani.»

In quel momento qualcuno segnò un gol e ci fu un'esplosione di gioia.

Il cieco domandò:

«Ha abbracciato prima l'amante?».

La donna gettò un'occhiata veloce. «Prima il fidanzato, ma solo per poco. Poi l'altro.»

Andrea sorrise:

«Esatto. Doveva andare così». E si diresse verso l'uscita, mentre Artù fissava storto Lancillotto sopra la testa di Ginevra.

XXV

Viola era stata prudente.

Ne aveva sentite tante su rischi e pericoli di un appuntamento al buio: quindi aveva infilato lo spray al peperoncino in borsa, preimpostato il cellulare sul numero della polizia ed era determinata a non restare da sola col tizio finché non fosse stata sicura delle sue intenzioni.

E aveva optato per un luogo rigorosamente pubblico, e pure affollato.

La scelta era caduta su un ristorante del centro, abbastanza rinomato da accettare prenotazioni solo con largo anticipo, con tavoli non troppo distanti tra loro e una buona visibilità dall'esterno. Poi, è chiaro, serviva quel pizzico di ottimismo che non le mancava. Perciò aveva puntato su quella *mise*, ed era certa di poter gestire con tranquillità ogni tipo di situazione.

Però c'era un altro elemento da considerare: con la quantità di assatanate in giro, separate, divorziate, mollate e abbandonate, quale maschio appena passabile poteva ricorrere a un appuntamento al buio? Viola non era nata ieri, quindi era pronta anche all'evenienza di una fuga giustificata: «Scusa, ma mi è scoppiato un feroce mal di testa e devo tornare a casa. Peraltro, ho un bimbo che mi aspetta, non te l'ho raccontato? Certo, un figlio piccolo. Quindi come non detto, ciao e a mai più».

Perché anche l'occhio, pensava Viola aggiustandosi per l'ennesima volta la gonna, vuole la sua parte. E uno brutto, brutto davvero, non può essere certo il passaporto per una nuova vita sociale.

Spiò all'interno del locale. C'erano due tavoli vicini occupati da soli uomini. Uno era di spalle, l'altro precipitò Viola nella disperazione, perché, ne era sicura, doveva essere quello che l'attendeva. Era basso, grasso e calvo, portava occhiali neri e assomigliava a un tricheco. Si guardava attorno, miope e cisposo, con una faccia truce, forse provocata dai suoi cinque minuti di ritardo.

Valutò la possibilità di fuggire all'istante, ma poi si convinse che non poteva basare la sua rinascita su una simile scorrettezza. Aveva insistito lei per l'appuntamento, e adesso doveva almeno avere il coraggio di spiegare al tipo che non le interessava.

Col passo di una condannata a morte che raggiunge il patibolo, entrò nel ristorante e percorse la distanza che la separava dal bassograssocalvo. Secondo le informazioni del sito, doveva chiamarsi Ludovico.

Si fermò davanti a lui restando in piedi e disse:

«Perdonami, Ludovico, purtroppo ho una terribile emicrania e devo proprio andare. Sarà per la prossima volta».

L'uomo, che da vicino era ancora più brutto, sbatté

le enormi palpebre sugli occhi resi enormi dalle lenti da ipermetrope e rispose, stridulo:

«Come?».

Viola sospirò, maledicendosi e desiderando con tutto il cuore di essere sul divano di casa a mangiare gelato e a sospirare per un film romantico:

«Mi dispiace, lo so che ho insistito io e che ho anche scelto il posto, ma davvero non sto bene».

Alle sue spalle risuonò una voce; anzi, a essere precisi risuonò all'altezza del suo sedere:

«E mo' questa chi sarebbe, Peppi'?».

Il tricheco ondeggiò e, fissando con le gigantesche pupille un punto imprecisato dietro Viola, balbettò:

«Luci', e chi la conosce!».

Un essere tozzo che ricordava un troll, se i troll si facessero la messa in piega, circumnavigò Viola piazzandosi di fronte a lei. Squadrando la ragazza dal basso in alto, ma dando l'impressione di squadrarla dall'alto in basso, ringhiò minacciosa:

«Signori', adesso mi spieghi da quanto va avanti la tresca con questo stronzo. Ero sicura che tenevi l'amica, e finalmente l'ho scoperto».

Viola rimase a bocca aperta, chiedendosi se non fosse finita in una candid camera. Comprese anche che quella creatura in qualche modo doveva essere una donna, almeno lo si intuiva dai venti centimetri di tacco e dalle calze a rete, fabbricate peraltro su misura perché non erano lunghe più di venti centimetri.

L'insieme della figura era completato dal peggio che

si potesse concepire: i tratti del viso erano accostati a caso, come in un quadro cubista, una peluria nera ricopriva le guance, i denti sporgenti erano grossi e tozzi.

«E lei chi sarebbe?» domandò Viola.

La femmina di troll si mise i pugni sui fianchi e, sputacchiandole sulla gonna, urlò:

«Io, cara mia, sono la moglie. La-mo-glie! Regolarmente coniugata. Guarda». E le mostrò una specie di corto würstel, di quelli da aperitivo, che si distingueva dagli altri quattro perché adornato con un cerchio d'oro.

«Dev'esserci un equivoco. Io suo marito non l'ho mai visto, sono qui per un appuntam...»

La tizia assunse un'espressione che ricordava alla lontana un bulldog con la gastrite e la interruppe:

«Se', immagino. Io non ci casco, bellina. Ora mi raccontate per filo e per segno quello che avete combinato, e da quanto dura».

Nel frattempo, il tizio calvo era sceso dalla sedia, e adesso svettava in tutta la sua altezza, che non raggiungeva il metro e cinquanta. Sudava, in preda al terrore:

«Luci', ti prego, niente scenate. Hai sentito la signorina, sì? Non ci siamo mai visti, poi lo sai che i miei gusti non sono questi».

La donna, per così dire, radiografò Viola e ruggì:

«In effetti sarebbe proprio il colmo se dopo vent'anni che ti piace la carne, andassi con una secca come un chiodo. Ma com'è possibile che torno dal bagno e...».

Una voce calda risuonò di nuovo alle spalle della ragazza, che sospettò di essere vittima di una puntata di *Scherzi a parte*:

«*Pardon*. Lei, signorina, è Viola, per caso?».

La giovane si voltò, ormai pronta a tutto, e vide un volto dai lineamenti perfetti, con due splendidi occhi azzurri e un fluente ciuffo biondo. Abbassò lo sguardo in cerca di prevedibili menomazioni, trovando invece un fisico atletico e armonioso, che la superava in altezza di una ventina di centimetri, nonostante i tacchi alti.

«Sì, sono Viola» rispose con gratitudine. «E lei Ludovico, quindi.»

Un abbagliante sorriso la schiaffeggiò:

«Sì, sono io. E oggi sono anche molto, molto fortunato. Se vuole accomodarsi, il nostro posto è qui. Signori, scusateci per l'equivoco».

La femmina di troll non era ancora completamente persuasa che non fosse una pantomima per coprire il tradimento del marito, perciò emise un breve, diffidente muggito.

Il maschio, invece, brontolò sollevato:

«Niente, niente, però la prossima volta un po' più di attenzione, signori'. Voi così, a un povero cristo, gli fate passare un guaio. Dài, amore, ordino il dolce».

Viola, un po' rigida sulle gambe, si lasciò condurre al tavolo.

Ludovico disse, affabile:

«Be', tutto è bene quel che finisce bene, no? È il suo primo appuntamento del genere, presumo. Le consiglio, se ne dovesse avere altri, e spero proprio di no, di controllare sempre col cameriere la prenotazione. Altrimenti c'è il rischio di incappare in situazioni incresciose come questa».

Viola era in evidente imbarazzo:

«Sì, è il primo. Non credevo che uno come... Cioè, uno così... così...».

L'altro rise, mostrandosi ancora più affascinante:

«Ah, ma io sono ancora più colpito di lei, mia cara. Passiamo al tu? Io detesto la solitudine, ma non ho ancora trovato l'anima gemella, così sono diventato un veterano di questi siti. Il punto è che di persone come te, in genere, se ne incontrano di rado».

Viola cercava di regolarizzare il respiro:

«No, è solo strano che uno come lei, come te, usi Internet per trovare una donna, cioè...».

Ludovico appoggiò il tovagliolo sulle gambe e schioccò le dita per attirare l'attenzione del cameriere:

«Sì, lo so. Ma non trovi che abbia un fascino irresistibile tutto questo? L'adrenalina dell'imprevisto, la bellezza dell'ignoto, il non dover mediare con le circostanze, con amici comuni e conoscenze pregresse. Soprattutto poter essere se stessi, senza maschere o finzioni».

Fu allora che, per la terza volta nel giro di pochi minuti, qualcuno parlò alle spalle di Viola, ma questa fu di sicuro la peggiore, perché quella voce lei la conosceva.

«*Poter essere se stessi, senza maschere o finzioni.* Mmm. Questa me la segno, Ludovi'.»

Viola si voltò, pensando di trovarsi nel peggiore degli incubi. E per l'appunto si trovò davanti Davide Pardo, fradicio, e con gli occhi da invasato come un diavolo sputato fuori dall'inferno.

In braccio a lui, imbozzolato nella sua tutina termica, Massimiliano le sorrideva felice.

XXVI

«Il biberon è nel lavello» gli aveva detto prima di uscire. «L'acqua puoi scaldarla nel pentolino, lo sai che non mi piace usare il microonde per Massi» gli aveva detto. «I pannolini, invece, sono nello stipo con gli asciugamani» gli aveva detto. Il che rientrava nell'assoluta normalità.

Le avrebbe volentieri risposto che conosceva meglio di lei quello che serviva al bambino, incluso dove stavano i vestitini.

Poi gli aveva sorriso ed era uscita, insieme a quella pazza della "parasuocera", la quale chissà chi doveva incontrare e chissà per discutere di cosa. Sarebbe stato naturale informarlo sulle scelte lavorative e sulle questioni personali. Invece neanche a parlarne, perché lui, l'ispettore Pardo Davide, doveva essere sfruttato per i porci comodi loro e non certo considerato un collega, un collaboratore e perfino un amico di famiglia.

«Caro Massimiliano» disse con la voce da pupazzo televisivo, «siamo maschi, noi. Abituati alla schiavitù che deriva da questa inferiorità genetica. Dopo milioni di anni di saggio assoggettamento fisico basato sulle botte, l'unico modo che avevamo per tenerle a bada, purtroppo le due generazioni di uomini che ti precedono hanno perso il bandolo della matassa, ed ecco che le donne hanno conquistato il potere. E adesso siamo perduti per sempre.»

La vista di Viola abbigliata di tutto punto per il suo *tête-à-tête* aveva suscitato in Pardo emozioni contrastanti, sulle quali non aveva nessuna voglia di indagare, e che gli creavano un fortissimo disagio.

Una era il fastidio. Trovava triste e ingiusto che una ragazza tanto bella ritenesse opportuno offrirsi a uno sconosciuto, che magari si sarebbe rivelato incapace di apprezzarla. Durante la loro conoscenza, ragionava il poliziotto mentre Massimiliano ingurgitava il latte con gran gusto, si era abituato a considerare Viola come una specie di appendice di Sara, che non brillava certo per la cura esteriore.

Quella sera, però, aveva scoperto che, se per la più anziana quell'atteggiamento aveva delle basi quasi ideologiche, una lotta contro ogni forma di finzione, per Viola era solo mero disinteresse nei suoi confronti.

«Per noi» continuò il pupazzo rivolto al bambino, «non deve certo mettersi in tiro. Per noi bastano i jeans strappati, le scarpe macchiate e la coda di cavallo, bello mio. Non contiamo niente.»

Quel comportamento lo offendeva moltissimo.

Poi c'era la preoccupazione per il piccolo. Viola non gli sembrava avere i requisiti necessari a crescerlo come avrebbe dovuto. Una madre alla ricerca di un punto di riferimento, di un porto, di un uomo, come poteva proteggere Massi?

La terza e ultima emozione era un'ansia un po' da poliziotto, un timore più intenso. Per un periodo non troppo felice della sua carriera, Davide si era occupato di truffe a sfondo sentimentale: quei crimini perpetrati da figli, fidanzati o amanti che approfittavano dell'affetto o dell'amore altrui per fregare soldi. E c'erano anche i depravati, che cercavano le occasioni giuste per mettere le mani addosso, usare violenza, girare video pornografici.

Nonostante il difficile e duro mestiere che si era scelto, Pardo aveva l'anima del sognatore; e perciò era dotato di una fervida fantasia in grado di costruire nella mente situazioni e immagini di estrema concretezza.

La perversione che poteva celarsi dietro l'apparente futilità di un appuntamento al buio cominciò ad alimentare piano piano nell'ispettore un'angoscia senza fine. Davanti ai suoi occhi iniziarono a scorrere le terribili scene di un film con protagonista Viola, innocente e passiva, vittima di indicibili efferatezze, individuali e di gruppo.

Il pupazzo disse a Massimiliano che loro due, uno troppo giovane e l'altro forse troppo anziano, ancorché piacente e in perfetta forma fisica, a parte un persistente dolorino alla spalla causato dalla trazione di Boris, erano pur sempre gli unici uomini che potevano frapporsi tra Viola e i degenerati.

Insieme alle solite informazioni su pannolini e latte in polvere, la ragazza aveva appuntato su un foglietto, per ogni evenienza, il nome del ristorante dove avrebbe cenato, nel caso in cui nel posto non ci fosse stato campo.

Il pupazzo disse a Massimiliano che in fondo non ci sarebbe stato niente di male a controllare come proseguiva la serata, no? Si sarebbero limitati a dare un'occhiata da lontano e, se tutto andava bene, se il tizio non era un pericoloso energumeno col rigonfiamento di un'arma sotto l'ascella, se ne sarebbero tornati a casa in buon ordine. Peraltro Massimiliano non trovava che quella fosse una bellissima serata, e che valesse la pena fare una passeggiata? Certo, pioveva a dirotto, tirava un forte vento dal Nord e la temperatura era precipitata di almeno una decina di gradi, ma non era mica un problema, no? Non gli aveva lui stesso regalato una tutina termica di ultima generazione?

Il bimbo gli sorrise, e Davide interpretò quella reazione come un segno di assenso. In gran fretta imbacuccò Massimiliano, indossò il cappotto e si avviò verso il locale. Voleva solo assicurarsi che le cose procedessero per il verso giusto, si sarebbe tenuto a debita distanza e sarebbe rientrato nel giro di poco.

Ma accaddero due eventi che mandarono il piano all'aria.

Il primo era che aveva dimenticato di non avere le chiavi di casa, e quindi tornare indietro non era più possibile.

Il secondo si verificò non appena riconobbe chi c'era di fronte a Viola, nell'atto di esibire il suo celebre, radioso sorriso.

La ragazza si voltò e lo fissò come se avesse visto un fantasma terrificante. Poi sibilò:

«Spiegami perché cazzo sei qui».

Con lo sguardo incollato al volto dell'uomo che aveva di fronte, Pardo rispose:

«Oh, buonasera, contessa. Complimenti per il linguaggio».

Viola strinse i pugni, cercando di contenere l'ira, e si alzò:

«Adesso mi dici per quale maledetto motivo ti sei permesso di portare mio figlio fuori con questo tempo, e soprattutto per quale ragione mi segui».

Davide si succhiava pensoso il baffo bagnato, il che, unito agli occhi spiritati, dava l'impressione che fosse sul punto di piangere. Invece continuava a puntare l'affascinante accompagnatore di Viola. Quindi domandò:

«Allora, non mi presenti il signore?».

L'altra si voltò imbarazzata verso Ludovico, che si era alzato con garbo quando lei era scattata in piedi:

«Scusami, è un amico... Almeno, credevo lo fosse, ma in realtà è soltanto uno stronzo».

Davide sorrise, feroce:

«Grazie, tesoro. Ma non importa, ai convenevoli provvedo io. E ti presento il signor Magri Ludovico, che a forza di palestra e lampade dimostra senza dubbio molto meno dei suoi cinquant'anni passati. Devo anche ammettere che quel toupet biondo, Ludovico, ti dona davvero. Complimenti».

Gli occhi di tutti puntarono il ciuffo fiammeggiante sul cranio dell'uomo.

Il troll maschio, al tavolo di fianco, emise un sommesso: «Minchia».

Viola balbettò:

«Come ti permetti di venire qui a...? Perdonami, Ludovico, sono mortificata e... Ma tu come le sai, queste cose?».

Davide continuava a serrare le labbra. La situazione era tanto più surreale perché non aveva mai smesso di cullare il bambino, che sembrava divertirsi un mondo.

«Vuoi raccontarlo tu, Ludovico, perché ci conosciamo e so tutte queste belle cose su di te?»

Il viso dell'altro era diventato viola, producendo un delizioso contrasto cromatico con la capigliatura dorata. Muoveva la bocca come un merluzzo in crisi respiratoria.

Nel locale era calato un silenzio di tomba e chiunque, camerieri inclusi, seguiva la conversazione con il trasporto di un pubblico appassionato davanti alla puntata conclusiva di una soap opera.

«Allora lo racconto io» continuò Pardo, con perversa soddisfazione. «Magri Ludovico, cinquantadue anni, buona famiglia ed educazione impeccabile, un patrimonio dilapidato a causa di una passione inesauribile, e poco innocente, per ogni forma di gioco d'azzardo. Che supporta e finanzia mediante una piacevole attività. Vuoi illustrare quale alla signorina, Ludo? Perché ti piace essere chiamato così, se non ricordo male.»

L'uomo si passava la lingua sulle labbra, come se fosse divorato da una sete inestinguibile. «Ispettore, io credo che non sia giusto venire qui a…»

«Va bene, allora continuo io. Il Magri vanta un numero considerevole di denunce e ben due condanne per circonvenzione d'incapace, abusi psicologici e plagio. Ha anche passato un po' di tempo al fresco, prima che la famiglia, in un rigurgito d'affetto, gli fornisse qualche ottimo legale. Ti va di menzionare in quale occasione ci siamo visti l'ultima volta? Non era per il toupet, mi pare.» Il tono di voce di Pardo suonava quasi cordiale. Gli occhi, invece, come attratti da una forza magnetica erano piantati in quelli dell'uomo, che lanciava pietose occhiate intorno a sé.

Il troll femmina commentò:

«Insomma, noi povere ragazze non possiamo stare tranquille con gente così in giro».

Un paio di risate risuonarono nella sala, subito zittite da Ludovico, che biascicò:

«Ispettore, è storia vecchia. Sono cambiato, e non ho commesso nessun reato accettando un…».

Davide proseguì implacabile, senza smettere di cullare il piccolo Massimiliano:

«Vecchia non tanto, se non sbaglio il nostro ultimo incontro risale a poco tempo fa, in seguito al suicidio di Castaldi Maria, settantacinque anni, che tu avevi appena smesso di frequentare dopo averle prosciugato il conto corrente. È esatto?».

Un brivido d'orrore percorse i presenti.

L'uomo urlò, stridulo:

«È una vile menzogna, Maria era una cara amica e sono stato in cura dallo psicologo dopo la sua morte! E come sa bene, non esistono prove che sia stato io a...».

Pardo distolse lo sguardo, con profondo disgusto, e si rivolse a Viola, allibita:

«Scusa se ho rovinato il tuo appuntamento. Ora, se per cortesia mi presti le chiavi, noi torniamo a casa tua, che qui mi manca un po' l'aria».

E uscì, accompagnato da un incerto applauso del troll maschio, al quale si accodarono molti clienti.

Lo spettacolo era finito.

XXVII

La mattina dopo, Sara telefonò a Pardo e gli comunicò che voleva risentire Rachele Anzovino, la fidanzata del povero Sergio. Stranamente, l'ispettore era apatico e parlava a monosillabi, ma la donna attribuì quel comportamento alla svogliatezza che seguiva il risveglio.

La presenza del poliziotto, in certi casi, era necessaria. Determinate risposte non sarebbero saltate fuori se non in presenza di un rappresentante dell'ordine pubblico. Ma c'era anche dell'altro: restare in disparte e lasciare condurre il gioco a Davide, che per inciso era abbastanza bravo, facilitava la lettura del linguaggio del corpo.

Sara aspettò che lui le confermasse la disponibilità di Rachele a incontrarli, quindi passò a prenderlo dopo la mattutina sessione di sci nautico urbano con Boris. Quando montò in macchina, Pardo aveva l'aria ancora più sgualcita, e la barba accentuava l'impressione che non avesse chiuso occhio.

La donna gli chiese cosa gli fosse mai capitato: sembrava sopravvissuto a un incidente aereo con tanto di naufragio.

L'altro restò a lungo a fissare il paraurti dell'auto che li precedeva, succhiandosi i baffi in maniera irritante e manifestando i segni tipici della rabbia: sopracciglia aggrottate e palpebre spalancate, narici frementi, muscolo guizzante sulla mandibola.

Perciò Sara non fu per niente sorpresa quando lui disse: «Niente, va tutto bene».

Viola, pensò subito. Quella storia cominciava a creare problemi prima di quanto avesse previsto. Sorvolò sulla risposta e gli spiegò quello che voleva sapere dalla ragazza.

In un silenzio quasi totale, giunsero a destinazione. Citofonarono, e dopo qualche istante il portone si aprì. Salirono, trovarono la porta socchiusa e chiesero permesso.

Gli venne incontro una bella cinquantenne dall'aria severa, la cui somiglianza con la compagna di Sergio tradiva una parentela diretta. «Salve» disse tendendo la mano, «sono Anna Anzovino, la madre di Rachele. È di là, comprenderete che è un momento difficile per lei. Sono qui per starle vicina.»

Sara notò con sorpresa che invece della comune diffidenza nei confronti dei tutori della legge, della vaga paura o dell'aggressività, l'emozione più evidente sul viso della donna era l'imbarazzo. Le parve strano, perché non ce n'era motivo. Il dolore sarebbe stato più comprensibile, ma il modo con cui la signora evitava il loro sguardo, le labbra stirate nell'imitazione di un sorriso, la testa bassa e inclinata erano fin troppo eloquenti.

Certo, quell'atteggiamento poteva essere giustificato da molteplici ragioni, che non dovevano c'entrare per forza con Minucci o con la sua morte; ma era un segnale di cui bisognava tener conto.

Anna li precedette nel salotto in penombra. Rachele era sul divano, indossava una tuta di pile e appariva in condizioni ben diverse rispetto alla loro visita precedente. Dai lineamenti traspariva un'immensa sofferenza, gli occhi cerchiati denunciavano l'assenza di riposo, l'espressione era persa nel vuoto, dietro chissà quali ricordi. Stava semisdraiata, in una posizione scomposta. Una mano stringeva un fazzoletto, con l'altra si tormentava una ciocca dei capelli spettinati. Era irriconoscibile.

La madre mormorò:

«Amore, ascolta, ci sono i signori della polizia. Volevi parlarci, ma forse non è il caso di...».

La ragazza la interruppe brusca, con la voce arrochita:

«Te lo ripeto, mamma, se vuoi andartene e lasciarmi sola, non mi dispiace affatto. Anzi».

L'altra trasalì, come se fosse stata schiaffeggiata.

«Lo so, me l'hai detto cento volte, ma preferisco stare con te.» Quindi si rivolse a Pardo: «La mia bambina è molto stanca, non riposa da quando... da quando ha ricevuto la notizia. Se siete venuti per qualche novità sul ritrovamento o su...».

Rachele si drizzò a sedere, come spinta da una molla. Fissò Anna con due occhi fiammeggianti:

«Mamma, ti prego di farti gli affari tuoi. Se proprio vuoi rimanere, almeno taci e non intrometterti. D'accordo?».

La donna boccheggiò, portandosi una mano tremante al collo. Sara provò pena per lei. «Sono tua madre, Rachele, e non posso...»

«D'accordo?» ripeté la giovane, in tono più alto e deciso.

Ci fu un lungo silenzio, poi la Anzovino mosse il capo in un gesto d'assenso e prese posto su una sedia addossata alla parete.

Davide tossicchiò imbarazzato:

«Signorina, anzitutto condoglianze per la sua perdita. Premetto che verranno a trovarla i colleghi incaricati delle indagini, allo stato attuale sappiamo solo che sul corpo di Sergio ci sono segni di traumi. Non si può stabilire niente di certo fino ai risultati dell'autopsia disposta dal magistrato».

Rachele, che si era di nuovo stesa sul divano, annuì. Sembrava essersi rifugiata in un mondo tutto suo.

Pardo continuò:

«Noi, però, stavamo raccogliendo informazioni sulla scomparsa da lei denunciata e abbiamo bisogno di chiudere il fascicolo. Perciò le rivolgeremo qualche domanda piuttosto importante».

Anna si agitò sulla sedia, a disagio. Il movimento non sfuggì a Sara.

Davide chiese:

«Il suo fidanzato le ha mai raccontato dei rapporti che aveva intrattenuto, o che ancora intratteneva, con il consigliere regionale Salvatore Tarallo?».

La ragazza quasi d'istinto si morse l'interno della

guancia, e si rivolse alla madre, che piegò di nuovo la testa.

Per Sara il dialogo muto tra le due suonò chiaro e distinto come se si fossero urlate contro. Rachele provava collera, era aggressiva e incolpava la madre, che si sentiva in difetto. Anche se quello poteva non significare molto, spesso tra genitori e figli sorge una dinamica simile, come se i primi fossero responsabili di ogni infelicità dei secondi: stavolta però a Sara sembrava che ci fosse un motivo più recente, e specifico. E si interrogò su quale potesse essere.

Con calma, Rachele rispose:

«Sì, me ne aveva parlato. In passato Sergio aveva svolto qualche consulenza per lui. Sergio era molto preparato e il dottor Tarallo è un uomo importante. Il loro interesse comune era l'organizzazione degli enti locali… Perché?».

Sara la ignorò:

«Come si erano conosciuti e quanto tempo fa? Rammenta a quando risale il loro ultimo incontro?».

Rachele cambiò discorso:

«Per caso il telefonino di Sergio è stato ritrovato? Ci terrei molto a riaverlo, c'erano le nostre foto dentro…».

Davide scosse il capo:

«Se è stato rinvenuto, è di certo a disposizione del magistrato inquirente. Ora può soddisfare la curiosità della mia collega, per favore?».

Rachele si voltò verso Sara. Aveva inarcato le sopracciglia e teneva le labbra tremanti piegate verso il basso;

le dita, che prima tormentavano i capelli, adesso pizzicavano una guancia. «Lo conosceva più o meno da quando ci siamo messi insieme, quattro anni fa. Non ricordo come fu contattato, credo dalla segretaria, e nemmeno da quanto non lo vedesse. Con me non lo nominava da parecchio. Mi dispiace, non posso aiutarvi di più.»

Come rispondendo a un segnale convenuto, Anna scattò in piedi e a Sara sembrò sollevata. «Adesso, signori, a meno che non abbiate altre esigenze, devo pregarvi di lasciarci. Mia figlia è molto provata e ha subìto uno dei peggiori traumi che si possano immaginare. Scusate.»

Davide cercò con gli occhi la donna dai capelli grigi, che si alzò in silenzio e annuì.

Salutarono mentre la signora Anzovino, silenziosa e composta, li accompagnava alla porta.

XXVIII

Non riusciva a cancellare la rabbia che le era germogliata nel cuore come una rosa a maggio, rossa e greve, carnosa e sfacciata, solitaria e violenta.

La rabbia.

Una furia cieca e vendicatrice, gonfia di sangue e di passione, ma anche fredda e aguzza al pari di una lama ben affilata.

La rabbia.

Teresa Pandolfi era innamorata di Sergio Minucci. Lo aveva osservato dormire, tranquillo e appagato. Aveva sentito il suo giovane seme dentro di sé, come era accaduto mille altre volte con gli occasionali, invisibili amanti, che all'alba le lasciavano solo un'impronta nel letto, una depressione sulle lenzuola così simile a quella che la opprimeva.

Sergio no, non poteva dimenticarlo. Di lui ricordava ogni parola, ogni sguardo. Di lui avrebbe ricordato tutto, per sempre, perché non aveva avuto paura di mettersi a nudo, e aveva corso il rischio. No, non si era sbagliata, non con la sua abilità di leggere i volti e il linguaggio del corpo.

Si alzò dalla scrivania e andò alla finestra. Di proposito lasciavano i vetri sporchi e polverosi, perché all'esterno il posto sembrasse decadente e in stato di abbandono; distinse appena la strada grigia giù in basso e la facciata del palazzo di fronte.

Una vita, pensò. Una vita intera a lottare, per finire seduta in una stanza di merda, con una vista di merda su una città di merda.

Non aveva scordato il complesso groviglio di sensazioni provate quando le avevano comunicato che sarebbe stata lei, Teresa Pandolfi detta Bionda, a ricoprire il ruolo che era stato di Massimiliano Tamburi, il fondatore dell'unità, il creatore di una struttura che da più di trent'anni era ancora in piedi, pur rinnovata nei suoi elementi.

All'epoca, Teresa era consapevole di non essere la migliore. Mora, per esempio, era molto più brava di lei. Aveva un talento straordinario, era capace di cogliere centinaia di minuscoli segnali e di metterli in fila, in un quadro complessivo che si rivelava sempre esatto.

Ma Sara aveva seguito il cuore, anche se erano in pochi a credere che ne avesse uno. Solo lei, Teresa, non era rimasta sorpresa. E in segreto l'aveva invidiata per quell'amore che, quasi fosse una stella polare, aveva orientato l'esistenza dell'amica, mentre lei sfamava il proprio appetito come una lupa nei boschi, in fugaci, rabbiosi incontri. Era da Sara andarsene per rimanere accanto al suo uomo. Mora non sopportava gli artifici, e non avrebbe finto nemmeno per un attimo.

Teresa si era chiesta spesso per quale motivo avessero scelto lei. Credeva che la risposta fosse nella sua capacità di cogliere la natura degli altri, di interpretarne le intenzioni più profonde, senza sbagliare mai. Massimiliano ripeteva ad Andrea, il suo più fidato collaboratore, colpito da una malattia degenerativa agli occhi, che Sara e Teresa non erano due ma una, lo yin e lo yang della sorveglianza segreta, e si completavano a vicenda. Mora vedeva al di là delle maschere e conosceva le emozioni, Bionda intuiva le ragioni delle menzogne.

Se aveva davvero talento nel valutare le persone, pensava Teresa davanti al vetro impolverato, non poteva aver commesso un errore con Sergio. Non era possibile che la passione l'avesse accecata, non dopo i tanti ragazzi che aveva avuto e con la sua esperienza in più dovuta alla differenza di età. Se gli aveva affidato un incarico, era perché non aveva dubbi sulla lealtà e sulle qualità di Sergio. Non poteva essere altrimenti.

E allora, si domandò, cos'era andato storto? Chi lo aveva ucciso? E soprattutto: perché?

La netta consapevolezza della morte le provocò un violento rigurgito di bile. Aveva vomitato molte volte da quando aveva ricevuto la notizia, e non riusciva a smettere. Provò a zittire l'impulso con una caramella balsamica, finendo per provare ancora più disgusto.

Chi era stato?

C'erano degli elementi che non quadravano. Un conto era togliere di mezzo qualcuno, un altro era usare una modalità di quel tipo. Cercò di ragionare a mente fredda, di utilizzare la rabbia come una risorsa e di non considerarla un ostacolo. Yin e yang, nero e bianco, notte e giorno.

Dunque, ragionò sforzandosi di controllare la furia e di orientarla verso il conseguimento dell'obiettivo, applichiamo le tecniche di decodifica di un gesto. Immaginiamo di essere al lavoro, di dover separare le cause dagli effetti, le idee dai movimenti involontari e dalle espressioni.

Sergio è sparito per tre giorni, poi è stato ritrovato cadavere. Perché?

Se avesse scoperto informazioni tanto rilevanti da rappresentare una minaccia, lo avrebbero eliminato simulando un incidente. Funzionava così: un pirata della strada, una rapina a mano armata... Nella peggiore delle ipotesi, avrebbero inscenato un omicidio riconducibile alla malavita: un regolamento di conti o uno dei frequenti scambi di persona. Oppure, usando una raffinatezza, avrebbero organizzato un finto suicidio.

Quell'omicidio, invece, assomigliava a un errore, a un atto involontario. Sembrava che avessero perso il controllo. Un rapimento, forse un interrogatorio, un pestaggio, un colpo più forte degli altri e via. La chiave era l'intervallo temporale tra la sparizione e il ritrovamento.

Certo, quella non era l'unica ipotesi valida. Potevano averlo ucciso subito, e aver abbandonato il cadavere in un secondo momento, quando le acque erano più calme.

Teresa strinse le labbra e scosse la testa, rabbiosa.

No, non tornava. Dopo quasi tre giorni, di solito la

tensione aumentava; la scomparsa era già stata denunciata, e lo stavano cercando… tenersi un cadavere era un rischio inutile. L'autopsia comunque avrebbe sciolto quel dubbio, era questione di poco ormai. Avrebbe presto ricevuto una copia del referto, in fondo c'era di mezzo uno stagista dell'unità e dalla Capitale pretendevano chiarimenti.

Roma la riportò a Lembo. Non aveva valutato con la giusta attenzione la visita inaspettata dell'uomo, anche se aveva sentito l'esigenza di confidarsi con Sara: in fondo, Corrado si occupava degli Esteri, e quindi poteva essere interessato ai flussi migratori e alle condizioni dei migranti.

Adesso, però, dopo la morte di Sergio, Teresa si chiedeva il motivo recondito per cui il suo superiore si era scomodato in prima persona per pretendere, in via ufficiosa e confidenziale, senza neppure salire in ufficio, di ricevere per primo i fascicoli.

Tarallo. La faccenda ruotava intorno a Salvatore Tarallo, il neofascista intenzionato a liberarsi degli immigrati che, secondo lui, fornivano un inesauribile bacino di manovalanza alla criminalità organizzata. I controlli sul politico e la scomparsa di Sergio erano legati. Ed era probabile che quella fosse un'operazione più importante di quanto sembrasse.

Tornò alla scrivania con passo lento, e si collegò alla rete dell'unità. Il sistema rimandò la sequenza decodificata dei documenti riservati: il risultato di una complessa raccolta di dati che provenivano dal monitoraggio di media e social network, da intercettazioni telefoniche e ambientali, da satelliti, microspie e droni. Il software incrociava tutti gli elementi nel flusso di informazioni, fornendo diverse letture degli eventi, delle vere e proprie mappature, ordinate secondo il loro grado di verosimiglianza.

Al più alto livello di accesso al software, quello di Teresa, era consentito visionare anche gli scenari meno probabili, quando i primi non risultavano abbastanza convincenti. Di solito si privilegiava la ricostruzione più attendibile, ed era stato così che avevano sviluppato il dossier di Tarallo. Era emersa un'intensa attività politica, alimentata da toni violenti ma comunque ancora nel sostanziale rispetto delle leggi, per quanto al limite dell'istigazione a delinquere.

Teresa iniziò a picchiettare sui tasti, abbassando il coefficiente di attendibilità e sollecitando il software a esaminare anche i collegamenti più irrealistici.

Il computer cominciò a rilevare una sequenza di nessi tra parole, slogan e argomentazioni che rimandavano a volantini e articoli non firmati, a materiali eversivi che giravano in particolari circuiti, a conversazioni anonime intercettate su numeri altrettanto anonimi, ad allusioni poco comprensibili che erano state eliminate perché non troppo rilevanti.

Sul monitor iniziarono a comparire righe di un altro colore: riempivano buchi, colmavano lacune e collegavano eventi che, nelle prime elaborazioni, rappresentavano vicoli ciechi, mentre ora assomigliavano alle quattro corsie di un'autostrada. Il coefficiente in alto a destra, che indicava la percentuale di attendibilità, scendeva inesorabile, e dal novanta per cento aveva raggiunto quasi il trenta: adesso, però, tutto aveva un senso.

Quando smise di leggere, Teresa Pandolfi aveva il battito accelerato e un peso sul petto. Stampò il file, quindi lo cancellò con un sistema di sovrascrittura avanzato. Poi si alzò e andò alla cassaforte a muro, nascosta dietro una vecchia foto che ritraeva i membri dell'unità molti anni prima. Tirò fuori una SIM ancora sigillata e la inserì in un telefonino. Digitò un numero.

Quello di Sara.

XXIX

Si ritrovarono di nuovo da Viola, dopo un rapido giro di telefonate.

La tensione era palpabile. Pardo se ne stava in piedi vicino alla porta, quasi fosse sul punto di scappare. Viola era seduta rigida sulla poltrona, come se fosse in quella stanza da sola. Le labbra serrate e la fronte corrugata risultavano agli occhi di Sara più chiare di mille parole.

Ma non era il momento di dare sfogo alle recriminazioni personali. C'erano nuovi elementi su cui confrontarsi e, per la verità, non apparivano molto coerenti tra loro.

Uno lo aveva portato Pardo.

«Non è stato facile, però. Nicola ha tergiversato. Pare che abbia ricevuto particolari sollecitazioni per i risultati dell'autopsia. Peraltro ha notato manovre insolite intorno a questo decesso e ha ricevuto parecchie pressioni. Ed è strano che un delitto efferato, con una vittima così giovane, inserita in un ambiente abbastanza in vista, non abbia avuto eco sui mezzi d'informazione. In pratica, non ne ha parlato nessuno.»

Sara annuì, concentrata:

«È vero. Ci ho pensato anch'io, ho cercato qualche servizio televisivo senza trovarne, nemmeno sui canali locali».

Viola si strinse nelle spalle. Sia lei sia Davide si rivolgevano soltanto alla donna dai capelli grigi, ostentando indifferenza l'uno verso l'altra.

«Può capitare quando la dinamica dei fatti è confusa, no? Vedrai che, appena salta fuori una pista, si scatenerà l'inferno» commentò Viola.

«Forse sì. Noi comunque dobbiamo approfittare di questo silenzio dei media prima che le maglie si stringano. Quindi dobbiamo scoprire il più possibile in questa fase.»

Pardo tirò fuori un foglio dalla tasca del cappotto, che aveva ancora indosso. «Ho dovuto prendere appunti al volo, perché di darmi una copia del referto Nicola non ha nemmeno voluto discutere. Spero che non mi sia sfuggito niente, non sono uno stenografo e lui leggeva veloce.»

Viola sibilò livida:

«Figuriamoci se potevi essere un minimo affidabile».

L'ispettore finse di non aver udito, ma le orecchie gli si arrossarono. «Allora: ecchimosi e piccole lacerazioni di forma circolare su polsi e caviglie. Secondo Nicola, provocate da quelle fascette di plastica che si stringono e per rimuoverle bisogna tagliarle. Avete presente?»

Sara annuì piano:

«Dunque, non l'hanno ucciso subito. L'hanno legato, mani e piedi. E lui ha tentato di slegarsi».

Pardo continuò:

«Presenza di numerosi ematomi sul tronco, i più significativi all'altezza degli ipocondri, della zona parasternale destra e clavicolare sinistra, quest'ultima presenta una frattura composta. La diversa colorazione dei bordi delle lesioni suggerisce che siano effetto di differenti traumi contusivi, subiti in un arco temporale che non supera le quarantott'ore».

Viola sbuffò:

«Bella scoperta».

Pardo replicò, brusco:

«È un medico, non un investigatore. Referta quello che vede, che cacchio ne sa di quando è scomparso Minucci?».

Sara sospirò:

«Proseguiamo, per cortesia».

Davide si succhiò adirato i baffi, fissando Viola con occhi di fuoco. La ragazza lo ignorò e il poliziotto riprese, sputando le parole con rabbia:

«Il parenchima del tricipite brachiale destro è infarcito di sangue, con un vasto ematoma intramuscolare. Insomma ha ricevuto un colpo violento sul braccio».

«Ha preso un sacco di botte» sintetizzò Viola, senza distogliere lo sguardo dal divano. «Ma niente torture raffinate, tipo unghie strappate o bruciature di sigaretta.»

Davide la liquidò con sufficienza:

«Mica siamo in un film. Qui si va meno per il sottile, si picchia e basta. Certo, lui deve aver resistito parecchio».

Sara domandò:

«Sì, ma com'è morto?».

Pardo le fece cenno di pazientare e continuò:

«Sul volto, niente di che. Solo piccole ecchimosi perizigomatiche, un paio di lacerazioni nel cavo orale, all'interno delle guance, dovute all'impatto coi denti. Dovrebbe trattarsi di qualche schiaffone, al massimo è stato percosso con oggetti dalla superficie ampia. E questo è piuttosto sorprendente».

Viola chiese al tavolino:

«Perché?».

Sara anticipò Pardo:

«Niente tirapugni o bastoni. Sono stati attenti a non deturpargli il viso, il che significa...».

«... che non intendevano trattenerlo» concluse l'ispettore, con aria assorta. «Intendevano liberarlo, perciò volevano limitare i lividi sulla faccia.»

Viola spalancò gli occhi:

«Ma... come sarebbe? Credevano che Minucci se ne sarebbe stato zitto senza denunciarli? Se sapevano che in qualche maniera era legato ai Servizi, anche solo a un'unità di sorveglianza, dovevano immaginare che si sarebbero tirati dietro chiunque: polizia, esercito, marina».

Sara non replicò e si rivolse a Pardo:

«Allora, com'è morto?».

L'ispettore tornò a leggere dal foglietto:

«La probabile causa del decesso è la rottura della milza. E qui viene la parte interessante: i segni sono quelli soliti, a cominciare dall'abbondante travaso ematico intraddominale. Secondo Nicola è verosimile che, se il pestaggio è durato parecchio, la milza si sia ingrossata per le percosse precedenti e che l'ennesimo trauma abbia provocato l'emorragia e il sopraggiungere della morte. Ma può anche essere che Minucci soffrisse di emocromatosi, una patologia che comporta un eccessivo assorbimento e conseguente deposito di ferro con potenziali danni sistemici: le analisi sembrano confermare questa ipotesi».

Sara era attentissima. Gli occhi chiari erano puntati come due led sulla faccia di Pardo, che avvertiva un estremo disagio.

«Quindi, i picchiatori potevano ignorare che il ragazzo fosse particolarmente vulnerabile in quella zona del corpo? che fosse malato?» chiese Sara.

Davide scosse il capo:

«Con Nicola ho approfondito: quella di Sergio non era proprio una malattia. Più che altro, una specie di debolezza, come la pressione alta che, se tenuta sotto controllo, non ha conseguenze particolari. Si prende una medicina, e lo stile di vita resta normale. Non siamo nemmeno certi che fosse affetto da emocromatosi, servirebbero ulteriori esami per stabilirlo con sicurezza».

Calò il silenzio.

Sara mormorò a se stessa più che agli altri:

«Non volevano ammazzarlo, ma solo che parlasse. E questo cambia tutto».

Viola domandò:

«E perché?».

Sara si rivolse a lei:

«È la risposta alla tua domanda di prima. Perché pensavano di liberarlo? Perché non si sono accaniti sulla faccia, ma poi hanno intensificato il pestaggio un po' alla volta, fino a fratturargli la clavicola? Perché nessuno ha visto mentre lo prelevavano, nonostante Sergio frequentasse l'università, e fosse metodico negli orari e nelle abitudini? E perché lo hanno tenuto prigioniero forse più di due giorni?».

Pardo e Viola rimasero interdetti.

Quindi Sara continuò:

«C'è una sola spiegazione: lavorava per loro, per quelli che l'hanno ucciso. E temevano che avesse cambiato casacca, che facesse il doppio gioco, insomma. Allora lo hanno messo sotto torchio, ma hanno esagerato».

Pardo disse:

«*Loro* chi?»

Sara strinse gli occhi:

«È quello che dobbiamo scoprire».

Fu allora che le squillò il telefono.

XXX

In casa, Andrea si orientava meglio. La relativa incertezza con cui si muoveva in strada o le piccole esitazioni che aveva in trattoria svanivano superata la soglia del suo appartamento. L'ambiente gli era ben noto, con volumi e spazi che aveva imparato a conoscere; perciò camminava svelto, prendeva e spostava oggetti come se avesse avuto dieci decimi, mentre chiunque altro, a luci spente, sarebbe inciampato di continuo.

Andrea si chiedeva spesso se fosse peggio perdere la vista da adulto o non averla mai avuta. Aveva incontrato numerosi rappresentanti di entrambe le categorie, e non era riuscito a rispondersi. Supponeva che avere memoria del mare, del cielo e degli occhi di una donna fosse comunque meglio, anche se a volte la punta acuminata della nostalgia gli scavava nel cuore; tuttavia doveva ammettere che i non vedenti dalla nascita erano molto più abili ad affrontare gli aspetti pratici della vita di quelli che lo erano diventati.

Lui, però, aveva avuto il tempo di prepararsi. La malattia degenerativa lo aveva colpito quando era poco più che un ragazzo, ed era arrivato ai cinquant'anni distinguendo almeno le ombre. Il suo era stato un lungo tirocinio che, da un certo punto in avanti, gli aveva anche dato da campare. Sì, perché Andrea Catapano, di anni settantadue, aveva trasformato il buio in un affare.

Ricordava bene l'incontro con Massimiliano Tamburi. Lo avevano già messo da parte, relegandolo al ruolo di archivista, preludio del trasferimento ai centralini, dove finivano quelli col suo problema. Tamburi stava cercando un dossier in un raccoglitore collocato su uno degli scaffali più in alto, alle sue spalle. Aveva lanciato una frettolosa occhiata ad Andrea, impegnato in una conversazione telefonica, e aveva deciso di provvedere da solo. Si era arrampicato su una scala e aveva estratto un faldone, ma Andrea, senza voltarsi, gli aveva detto:

«No, quello è di due anni fa. Se vuole il più recente, è in basso».

Massimiliano era rimasto di stucco. Poi, continuando a fissare la nuca dell'altro, che nel frattempo si era liberato della chiamata, aveva preso un raccoglitore a caso dallo scaffale indicato.

Allora Catapano, sempre senza girarsi, aveva commentato:

«No, è del primo semestre. Se cerca quello in corso, è di fianco».

A quel punto Tamburi era sceso dalla scaletta, gli si era avvicinato e gli aveva chiesto come diavolo riuscisse a distinguere i dossier senza voltarsi: lui aveva spiegato che localizzava la posizione in base al fruscìo e che, sullo stesso scaffale, era facilissimo individuare il più recente:

«Pesa di meno, quindi fa meno rumore».

In seguito, Massimiliano aveva ammesso di non essere rimasto impressionato tanto dalla raffinatezza del suo udito, quanto dalla capacità deduttiva. E quando era arrivato il momento di formare il nucleo fondativo dell'unità di intercettazione e di ascolto, come si chiamava in origine, gli era tornato in mente quell'archivista ipovedente dall'acume straordinario, e l'aveva reclutato.

Era cominciata così la stagione più bella dell'esistenza di Andrea Catapano. Non era colto, perché il suo handicap non gli consentiva di leggere troppo senza stancarsi, e non aveva mai imparato il braille; andare sul campo, poi, era da escludere per ovvi motivi. Ma non c'era nessuno in grado di decodificare come lui un bisbiglio in una registrazione, parola per parola, neanche se gli avessero urlato nelle orecchie. Ogni impercettibile rumore aveva per lui un senso preciso: Andrea aveva uno speciale, stranissimo talento.

Sorrise nell'oscurità, dirigendosi verso un mobile che ricopriva un'intera parete del soggiorno. Adorava sorprendere tutti quando gli sottoponevano un nastro sul quale sembrava non esserci inciso nulla e lui, invece, ne desumeva interi dialoghi.

Aprì l'anta del mobile, e scorse con la punta dell'indice il dorso di alcuni astucci di plastica che a una persona qualsiasi sarebbero sembrati identici fra loro, ma che a un'osservazione minuziosa avrebbero rivelato minuscole incisioni impresse con la punta di un coltello.

Mora. Addirittura Mora.

Quando l'aveva conosciuta, negli stessi giorni in cui anche Pandolfi Teresa detta Bionda era entrata nell'unità, Catapano aveva condiviso il pregiudizio di quei colleghi che nutrivano diffidenza nei confronti delle due: erano donne giovani, spaesate, e troppo, troppo diverse l'una dall'altra: introversa, timida, sempre in disparte, Morozzi; allegra, irruenta, permalosa, Pandolfi. Era bastato poco, però, per notare le doti speciali di entrambe: la prima, abilissima nell'interpretare espressioni e posture, la seconda nel formulare ipotesi ardite sulle personalità. Davanti a loro, mentire era inutile.

Andrea si era accorto ben presto del coinvolgimento affettivo di Tamburi per la piccola Sara. All'inizio aveva avvertito un profondo fastidio e un'intensa gelosia, provando un amore purtroppo solo platonico per il Capo, sentimento che non aveva mai rivelato. Custodiva la propria omosessualità in fondo al cuore, come un segreto delicato e inconfessabile che si rifletteva in un'ostinata, perfetta solitudine; ma per Massimiliano, se mai gli avesse manifestato un qualche interesse, avrebbe volentieri fatto un'eccezione.

Tuttavia, Andrea non aveva tardato ad affezionarsi a Sara. Bionda lo metteva un po' in soggezione, incline com'era ad aggredire chi non era d'accordo con lei; Mora, invece, era dolcissima quando voleva, sempre pronta ad aiutare e soprattutto in possesso di un dono che aveva del magico, e che affinava studiando con rigore e costanza ogni pubblicazione sul linguaggio non verbale.

Sara e Andrea scherzavano su quanto le loro abilità si fondessero risultando complementari. E spesso restavano soli, fino a tardi, al lavoro: lei a guardare filmati, lui ad ascoltare nastri, finché non cadeva l'ultima barriera e il quadro diventava comprensibile.

Catapano sapeva che Mora era sposata, e che aveva un bambino. In ufficio si parlava poco del privato, c'era una riservatezza difficile da superare, ma l'esistenza della famiglia di Morozzi era nota. Era l'unica tra loro che avesse figli.

Fu perciò con una certa angoscia che Andrea si accorse che la passione tra Massimiliano e Sara andava crescendo e consolidandosi. All'epoca, pensò che non sarebbe stato facile, immaginò che sarebbero diventati amanti; ma non fu così. E si trovò ad assistere alla nascita di uno dei più grandi e profondi amori che avesse mai ascoltato.

Dal mobile pescò, soddisfatto, uno degli astucci, e raggiunse un tavolino sul quale c'era un registratore a nastro con un paio di cuffie di ultima generazione. Prima o poi avrebbe dovuto riversare il contenuto delle centinaia di bobine su un supporto digitale, ma preferiva aspettare; riteneva che la riproduzione dei suoni su nastro avesse una rotondità e una profondità che si sarebbero perse senza dubbio nel passaggio dall'analogico al digitale. E poi la sua mente filtrava in automatico disturbi e fruscii meglio di qualsiasi macchina.

Si sedette su una poltroncina, mise le cuffie e avviò la registrazione.

Dal passato emersero le voci di persone morte da anni e di altre che forse erano ancora vive, ma che Andrea non incontrava più da parecchio. Una era di Massimiliano, che illustrava un filmato, poi c'erano Pandolfi e Lembo. Verso la fine interveniva anche Morozzi.

Corrado Lembo gli aveva sempre trasmesso una vaga inquietudine. Era intelligente e accorto, intuitivo e astuto, sempre educato. Eppure, dietro quell'immagine, c'era una nota stonata, un ronzio di fondo. Ma non era di Lembo che si stava occupando, ora.

Tarallo, rifletté Andrea. Io mi sono dimenticato di te, Tarallo Salvatore. Non eri solo, eravate almeno in due o tre, ai tempi. Le promesse, i pulcini dell'eversione di destra. I duri e puri.

Ascoltò, poi si alzò e cambiò cassetta. Ascoltò ancora e cambiò di nuovo nastro. Ripeté gli stessi movimenti, nella stessa sequenza, per diverse ore. Alla fine aveva un quadro preciso, che però risaliva a molti anni prima.

Quello che serviva a Mora per risolvere la faccenda era un nome. Un semplice nome. Che gli aveva sollecitato la memoria, e che gli era quasi sfuggito, ma che adesso era tornato dal passato come un fantasma.

XXXI

Teresa arrivò alla stazione centrale qualche minuto prima dell'appuntamento. L'atrio era affollato per il rientro dei pendolari, a cui si aggiungevano i viaggiatori in partenza per il weekend.

La bionda si diresse subito verso la grande libreria che dava sul piazzale. Molta gente con le valigie si aggirava tra gli scaffali o sfogliava volumi, i commessi servivano clienti, gruppi di ragazzi passavano veloci urtando anziane signore con i pesanti zaini e attirandosi occhiate velenose.

Trascorsero cinque minuti buoni prima che Teresa riuscisse a individuare chi stava cercando. La capacità di Sara di mimetizzarsi e scomparire nei luoghi affollati era impressionante.

Poi la vide: una donnetta insulsa, con il suo cappotto e le scarpe basse, lo sguardo rivolto su un ripiano, le spalle un po' curve e le mani nelle tasche. Eppure, pensò Teresa in un impeto di inconfessabile affetto, quella era la persona più straordinaria che avesse mai incontrato.

Si piazzò al suo fianco e finse di scorrere i libri sullo stesso scaffale.

Sara mormorò:

«Dobbiamo smetterla di incontrarci così, Bionda. Qualcuno potrebbe sospettare che ci conosciamo. Io me ne frego, ma tu?».

«Fino a qualche giorno fa, mi sarei preoccupata. Ma adesso, come puoi immaginare, sono più propensa a infischiarmene anch'io.»

La donna dai capelli grigi annuì, indicando il dorso di un volume. «*Anna Karenina*. Continuano a pubblicare novità, ma un posto per lei c'è sempre. È inaffondabile.»

Quel confronto davanti ai classici della letteratura russa, in un certo senso, rappresentava un tributo ai vecchi tempi.

Anche Teresa prese un romanzo. «*Delitto e castigo*. Meglio questo, al momento. Vieni, spostiamoci da qui.»

Mentre si avviavano verso i binari, Sara domandò:

«Perché siamo qui, Bionda? C'è qualche nuovo elemento?».

L'altra camminava studiando, da dietro le lenti scure, il flusso di gente che veniva verso di loro. Aveva le labbra strette, le narici frementi. Sara si preoccupò, perché il dolore offusca la mente e la rabbia è una cattiva consigliera.

«Non ho ricevuto ancora il referto dell'Istituto di medicina legale. Lo avevo richiesto espressamente, di solito arriva al volo. Stavolta, invece, mi ignorano. Capisci? Una stronzata di referto, e nemmeno me lo inoltrano.»

«Pardo è amico del medico legale, in effetti pare che ci siano stati strani movimenti intorno all'omicidio di Sergio. Davide comunque l'ha convinto a dirgli qualcosa. Non c'è molto. Lo hanno legato e picchiato, ma non per ucciderlo di botte: secondo me, volevano liberarlo. Poi però devono aver perso il controllo, e la milza gli si è spappolata. È morto per un'emorragia interna.»

Teresa assorbì quelle notizie e giunse all'inevitabile conclusione:

«Credi che lavorasse per loro e che stesse giocando su due tavoli. È così?».

Sara si strinse nelle spalle:

«Chissà. Senza ulteriori riscontri, è impossibile stabilirlo. Magari sì, o forse lo hanno rapito perché speravano di persuaderlo a parlare. Quello che non torna è il livello di accesso alle informazioni. D'accordo, gli avevi consentito di entrare nell'operazione, ma era sempre uno stagista. Perché spingersi fino a quel punto con lui?».

La bionda rimase in silenzio. Quindi guardò l'orologio, e diede un'occhiata intorno.

«Mettiamoci lì.»

Tra due negozi di souvenir per turisti, c'era un angolo un po' in ombra. Teresa si appoggiò al muro e si accese una sigaretta.

Sara chiese:

«Stiamo aspettando qualcuno?».

L'amica ignorò la domanda, sbuffò fuori un po' di fumo e disse:

«Ti ricordi che quando ci siamo riviste ti ho raccontato di quanto è cambiato questo lavoro di merda? Di come sia diventato un semplice gioco di combinazioni, sviluppato dal software e basato sul monitoraggio di media, social network, blog e di tutto l'accidenti che c'è in Rete? Ora, questo cervellone funziona a vari livelli. In genere consideriamo solo lo scenario con la massima attendibilità, e anche così prendiamo colossali cantonate. Gli scenari meno plausibili, quelli che hanno un tasso di probabilità inferiore all'ottanta per cento, collegano fattori secondari, scartati in prima istanza».

Sara la ascoltava, attenta:

«Se sono meno credibili, allora non aiutano. Incasinano e basta».

«In un certo senso, sì. Ma rilevano dettagli o suggeriscono ipotesi che altrimenti tenderemmo a scartare. Insomma, compensano i nostri limiti con un'analisi priva di preconcetti. Tu, per esempio, non confronteresti mai quello che un pregiudicato di mezza tacca ha confidato in carcere al suo avvocato col discorso di un consigliere regionale in un'occasione pubblica. Oppure l'articolo uscito su un organo di partito con quello che si dicono in nigeriano dei ragazzi come quelli.»

Sara seguì lo sguardo di Teresa e si accorse di due giovani magri e atletici che conversavano in testa a un binario. Intuì subito che erano in attesa di qualcuno, e ne colse il nervosismo strisciante: ostentavano una calma apparente che i segni del corpo rivelavano essere una finzione. Peraltro nessuno sembrava badare a loro.

Quando tornò a fissare l'amica, questa si era sfilata gli occhiali da sole e guardava con intensità il treno in arrivo. «Ti presento il Frecciarossa in arrivo da Milano, come sempre in ritardo di una ventina di minuti. Dalla carrozza uno, in coda, scenderà una bella sessantenne. Indossa una pelliccia e ha una Louis Vuitton.»

Sara scrutò la folla frettolosa che sciamava dai vagoni.

Teresa continuò, in tono piatto:

«Ha viaggiato in executive, è ovvio. È la moglie di un industriale, ai vertici della locale confederazione di categoria. Sorvolo sul nome, ma è uno di quelli che creano consenso, che qualsiasi dichiarazione rilasci finisce sulle home page dei più importanti siti d'informazione. Ogni due settimane la signora sale al Nord a salutare i rampolli che studiano alla Bocconi. Eccola là».

Sara vide una donna con una vaporosa capigliatura bionda, che camminava in fretta picchiettando coi tacchi sulla banchina. Trascinava un trolley con la mano guantata, e portava sulla spalla la borsa di marca che Teresa aveva menzionato.

Appena arrivò nei paraggi, i due nigeriani si mossero lenti, uno piazzandosi alla sua destra e l'altro subito dietro di lei, che sembrava cercare qualcuno.

Sara osservò che tra le persone in attesa c'era un uomo in abito scuro con un cappello in mano. Era probabile che fosse un autista. Pochi secondi, e si sarebbero trovati.

I ragazzi agirono prima. Uno urtò con violenza, e all'apparenza per caso, la donna, spingendola contro un anziano che la precedeva; l'altro le strappò la borsa, che aveva sollevato per mantenersi in equilibrio.

Lei gridò e cadde a terra.

I due approfittarono del disorientamento generale e scapparono in direzioni diverse.

Un giovane provò a fermare uno dei borseggiatori, afferrandolo per il giubbotto, ma quello gli assestò una gomitata in piena faccia mentre correva. Il naso del giovane cominciò a sanguinare come una fontana, e questo aumentò l'agitazione.

L'autista scattò in aiuto della signora, che urlava come un'ossessa.

Uno sconosciuto ruggì:

«'Sti negri di merda!».

Sara rimase sorpresa perché, dalla posizione in cui era, il tipo non poteva aver visto i ladri.

Subito una tizia che si trovava alle sue spalle rincarò la dose:

«Sì, sì, negri di merda! Basta! Hanno ragione quelli che dicono che dovremmo cacciarli».

Arrivò la polizia ferroviaria, e si formò un capannello di curiosi interessati all'accaduto. I commenti erano tutti del medesimo tenore, e la notizia veniva riportata nello stesso identico modo: due negri avevano derubato una signora perbene, e ferito un giovane che l'aveva difesa. Due negri di merda.

Teresa disse a Sara, con voce calmissima:

«A un livello di attendibilità di circa il trenta per cento, che in pratica non vale niente e non interesserebbe nemmeno al più fesso dei dipendenti del ministero, il software ha previsto questo reato. L'elaborazione si basa sul collegamento tra le informazioni raccolte intorno all'attività di Tarallo, alcune intercettazioni effettuate nella zona del litorale, un dialogo tra due commercialisti al Centro Direzionale, una conversazione tra un giornalista pieno di debiti di gioco e il suo strozzino, e un'altra mezza dozzina di chiacchiere captate qua e là».

Sara la fissava intensamente:

«Bionda, mi stai raccontando che questo scippo era organizzato e che un computer l'ha previsto?».

«Domani la notizia sarà ovunque. Qualche progressista, attento ai diritti umani e vagamente a disagio per come vengono trattati gli immigrati, cambierà idea perché conosce e stima il marito della signora. Sarà dispiaciuto per lei e firmerà una petizione, per una proposta di legge che limiti i flussi. Quando ho richiesto una ricerca, sai quanti eventi del genere ha rilevato il software, solo nell'ultimo semestre e sempre a un grado irrisorio di attendibilità?»

Sara attese la risposta in silenzio.

«Quattrocentosettantadue. C'è di tutto: furti d'auto, rapine, spaccio, stupri. Davvero di tutto. Una vera industria del crimine, tesa a orientare l'opinione pubblica e a spostare il consenso. Interessante, no?»

«Come hai appena ricordato, però, sono scenari improbabili. Poi è successo davanti a noi e i ragazzi erano davvero due neri. Mica erano in maschera.»

Teresa annuì:

«Certo che sì e, se ti interessa, ho anche le loro generalità. Sono clandestini. Hanno percepito ben cinquanta euro a testa, per l'impresa, oltre la Louis Vuitton, è chiaro. Hanno bisogno di soldi, perché sono tossici. Mano d'opera a buon mercato. E quanto alla plausibilità, figurati: nessuno avrebbe il coraggio di sottoporre una fesseria così esorbitante ai propri superiori».

Sara rifletté. Poi disse:

«Io, però, non sono un superiore. E in tutta franchezza, i livelli di attendibilità non m'interessano».

L'altra sorrise, feroce:

«Certo, ed ecco perché siamo qui. Da ogni collegamento, da ogni incrocio di dati, a un certo punto salta fuori sempre lo stesso nome. È chiaro che di certo non vale come prova. Ma a noi le prove non servono, vero?».

Mora scosse il capo:

«Tarallo. Il soggetto è Tarallo. E il tuo Sergio lo conosceva, forse lavorava per lui, aggiornandolo sulla sorveglianza a cui era sottoposto. Questo, però, non spiega perché lo avrebbero preso, e pestato. Se era un loro uomo e se anche avesse commesso un errore, o si fosse messo di traverso, per quale motivo rischiare tanto? È incomprensibile».

La bionda aveva inforcato di nuovo gli occhiali da sole.

I curiosi si andavano disperdendo, la signora derubata discuteva coi poliziotti. Da qualche minuto, vicino a un'ambulanza, il ragazzo col naso rotto teneva un fazzoletto rosso sul viso e continuava a rispondere alle domande. Sembrava più arrabbiato che dolorante.

«Magari era arrivato all'unità e si era avvicinato a me per spiarmi, ma poi si era pentito e aveva smesso di passare informazioni. Forse aveva iniziato a provare qualcosa che... Non ti pare? Mica possiamo escluderlo.»

Sara ebbe un moto di pena per l'amica, in cerca di un appiglio qualsiasi a cui aggrapparsi per non affogare nell'umiliazione di essere stata manipolata. All'improvviso Teresa, così tonica, sui tacchi, stretta nei suoi abiti eleganti, sembrò alla donna dai capelli grigi più anziana di lei. Il viso scavato esibiva i segni del tempo e del dolore, della solitudine e del rimpianto. «Forse, sì, non possiamo escluderlo. Ascolta, Bionda, come li selezionate adesso gli stagisti? Ve li segnala qualcuno?»

«Perché ti interessa? I nominativi vengono proposti dalle sezioni centrali, lo sai. Procedono con le loro verifiche, li esaminano e li assegnano a noi, in periferia.»

Sara la fissava:

«E da quale sezione vi è stato proposto Sergio?».

Teresa sbiancò:

«Ma... tu stai pensando che...».

La donna invisibile continuava a tenere gli occhi in quelli della bionda, quasi riuscisse a penetrare la barriera delle lenti scure.

La bionda balbettò:

«Gli Esteri. Sergio ci è stato assegnato dagli Esteri, per le sue competenze di diritto regionale in ambito europeo e per la partecipazione ad alcuni convegni».

«E a capo della sezione Esteri c'è sempre lui.» Non era una domanda. Era una constatazione. Teresa annuì, secca, e rispose con voce roca: «Sì. È diretta da Lembo».

XXXII

Se all'improvviso avesse intonato un'aria della Traviata *o si fosse spogliata in mezzo alla stanza, la ragazza bruna avrebbe provocato minore sconcerto.*

La frase, pronunciata in tono neutro, colloquiale, come se stesse scambiando dei convenevoli o chiacchierando del clima, aveva prodotto lo stesso effetto dell'esplosione di una granata.

L'uomo muscoloso restò congelato mentre s'infilava la giacca, una manica sì e una no. Lembo assomigliava a un calco di Pompei, pietrificato nell'atto di porgere la mano a Tamburi per salutarlo. Lo stesso Massimiliano parve stupito, e fissava la donna con un'espressione indecifrabile. Vicino al proiettore, Andrea aveva il capo inclinato e un mezzo sorriso sul volto, come se stesse ascoltando una melodia bellissima.

La prima a ritrovare la parola fu la bionda:

«Esatto. Non conosciamo i dettagli organizzativi, ma immaginiamo che la prova dell'esistenza di questa connessione possa...».

Il tipo robusto, con la giacca che ancora gli pendeva da una spalla, ruggì:

«Ma vi rendete conto o no di quello che sostenete? La mafia? Cosa Nostra a disposizione di un gruppetto di neofascisti esaltati per alimentare una fumosa strategia della tensione? Capo, questi sono pazzi e noi siamo fessi ad ascoltare ancora queste assurdità!». L'agitazione aveva lasciato emergere uno spiccato accento abruzzese.

Lembo, che si era voltato verso la bruna, studiandola con attenzione, disse:

«Calmati. Stiamo conversando, no? E siamo ospiti, quindi per favore non scaldiamoci tanto. Signorina, mi scusi, lei chi è?».

L'altra rispose, pacata:

«Morozzi. Morozzi Sara. Sono un'osservatrice».

Lembo pareva divertito, come un entomologo che all'improvviso viene apostrofato da uno scarabeo:

«Ma davvero? E che cosa osserva lei, di grazia?».

Tamburi si riscosse e intervenne, in lieve imbarazzo:

«Morozzi è la nostra esperta in linguaggio non verbale, decifra i movimenti delle labbra. Ha un talento prodigioso, e...».

Lembo lo ignorò:

«E da quanto tempo, signorina, osserva per conto del mio amico Tamburi?».

«Signora, prego» precisò Sara. «E sono qui da qualche mese.»

«Un'anzianità di tutto rispetto... E suppongo che lei abbia già riscosso un numero considerevole di successi professionali. Quanta gente è finita sotto processo, grazie alle sue valutazioni?»

Massimiliano protestò con forza:

«Oh, smettila, Lembo, non puoi venire qui a…».

Lembo si girò di scatto verso di lui e urlò:

«No, Tamburi, smettila tu, cazzo! Ma dove hai lavorato finora, me lo spieghi? Su Marte? Hai capito cosa dicono queste due… queste due principianti, appena assunte? Nemmeno dovrebbero essere ammesse a una riunione riservata».

Massimiliano rimase impassibile, ma era impallidito.

Lembo continuò, schiumando agli angoli della bocca:

«Cosa Nostra! Incredibile! L'estrema destra, una costellazione di gruppetti e piccoli movimenti, senza sostegni economici né appoggi governativi, che dà ordini a Cosa Nostra! E perché allora non il Mossad, il KGB o il Vaticano? Qual è la prossima connessione? I dischi volanti e i monaci buddisti?».

L'accesso di rabbia di Lembo sorprese perfino l'uomo muscoloso, che incassò la testa nelle spalle quasi dovesse schivare qualche pallottola vagante.

A rispondergli fu la bionda, in tono altrettanto duro:

«Non considerare un differente scenario di fronte all'acquisizione di nuove prove significa essere schiavi dei pregiudizi. Noi siamo certi del contenuto della conversazione in quel bar».

Lembo ribatté con astio:

«Lei, signora, signorina, o chi accidenti è, sta tirando troppo la corda. Se pensa di replicare il disastro combinato poco fa col rappresentante della commissione, è fuori strada. E si qualifichi, per favore».

La donna non si scompose:

«Pandolfi Teresa, signore».

L'ultima parola era stata pronunciata come un insulto. Massimiliano non poté trattenere un sorriso.

Lembo sbuffò:

«Ha parlato di prove. E mi tolga una curiosità: quali sarebbero queste prove? Avete letto il futuro nelle viscere di qualche animale? Vi affidate al volo degli uccelli o alla forma delle nuvole? Quale divinazione praticate, lei e la sua amichetta?».

Teresa aprì la bocca per ribattere, e sarebbe stata una risposta definitiva, quando Sara le appoggiò una mano sul braccio, con delicatezza, e lei si bloccò. Quindi la bruna avanzò di un passo, e fu illuminata dalla lama di luce che filtrava attraverso gli scuri serrati.

Lembo incrociò per la prima volta i suoi occhi. In futuro non avrebbero avuto molte altre occasioni di incontrarsi, perché Sara non avrebbe mai smesso di lavorare lontano dai riflettori e avrebbe sempre rifiutato le proposte di promozione e trasferimento presso le strutture centrali. Lembo, però, non avrebbe mai dimenticato il momento in cui gli occhi di un azzurro profondo e scuro, taglienti e curiosi, gelidi eppure appassionati, di quella ragazza minuta e all'apparenza banale entrarono nella sua mente.

La donna mormorò:

«No, direttore. Non è chiaroveggenza, e nemmeno magia, è semplice osservazione. Quando qualcuno parla, di solito tendiamo ad anticipare il contenuto delle frasi. E sulla base di quello che ci aspettiamo di ascoltare, interpretiamo i mo-

vimenti del corpo, come se fossero in necessaria sintonia. Ma questo non accade sempre, perché la gente mente».

Il nerboruto commentò, ironico:

«La gente mente! È una scoperta davvero rivoluzionaria. Rischiamo di finire tutti disoccupati».

Lembo non lo degnò di uno sguardo, continuando a rivolgersi a Sara:

«E questo intrigante ragionamento, signora, *a quale conclusione ci porta nel caso specifico?».*

Il tono ironico non colpì nel segno, perché Sara, senza spostare gli occhi da quelli di Lembo, si limitò a dire:

«Andrea, per favore, riprendi».

Nel filmato, Borgström interloquì ancora con C, *che si passò le mani tra i capelli biondi, dalla fronte verso la nuca.*

Sara interpretò:

«Questo gesto significa pieno riconoscimento dell'autorità, ed equivale alla carezza di un padre. Il labiale del tedesco si desume con facilità rallentando il video. Dice: "Sono appena stato in Sicilia, a incontrare nostro amico". Abbiamo verificato le registrazioni della stazione di Palermo che, come sa, è sotto controllo. Due giorni prima, hanno ripreso l'arrivo di Borgström. Non abbiamo rilevato come è ripartito, forse ha preso una nave e comunque non ha viaggiato in treno».

L'uomo muscoloso esclamò, stridulo:

«Non significa niente, potrebbe essere uno scambio di persona».

Sara annuì, tranquilla:

«Certo, si può sbagliare. E si può anche fingere che tut-

to questo non sia successo, e che Borgström non sia il collegamento tra Cosa Nostra e la destra eversiva. Non siamo noi, qui, a dover stabilire il perché. Noi ci limitiamo a decodificare. A questo proposito, giusto per concludere...». Mosse la testa in direzione di Andrea che, come se l'avesse vista, riavviò il proiettore.

C si alzò e salutò, rigido, Borgström, senza dargli la mano, e ricevendo in cambio un sorriso. Il tedesco tornò al suo giornale. Il tipo al bancone si congedò dai due camerieri, che non avevano smesso di ridere alle sue battute. Quindi A e C si avvicinarono al tizio col libro seduto vicino all'ingresso del locale. Si fermarono davanti a lui, immerso nella lettura. Evidentemente lo chiamarono, perché l'altro chiuse il volume e li precedette all'uscita.

Dopo la fine del filmato, Sara riprese:

«Siamo in grado di stabilire l'ordine gerarchico dei tre».

Lembo sospirò:

«Be', mi pare chiaro: il capo è quello che ha conferito con Borgström e...».

Tamburi lo interruppe:

«No, non è così, Corrado. Hanno usato il biondo perché il tedesco ricordasse una figura di secondo piano. E il più anziano l'hanno scelto per la capacità di intrattenere e distrarre. Il vero leader, a nostro parere, è B: quello col libro».

Lembo domandò:

«Ma se è stato sempre in disparte? E comunque, perché siete tanto sicuri?».

Rispose Sara:

«Per la postura. Spalle diritte, respiro lento e regolare, nessun segno di tensione. Piena padronanza dello spazio, capacità di simulare la massima concentrazione sull'oggetto che aveva tra le mani. Era lì per sorvegliare che tutto filasse per il verso giusto. E gli altri, quando l'incontro è terminato, si sono avvicinati a lui come per chiedergli il permesso: sono un po' piegati in avanti, tengono le mani lungo i fianchi. E non escono finché B *non si muove per primo».*

L'individuo robusto allargò le braccia:

«Per me sono stronzate».

Lembo tacque per qualche istante. Poi disse:

«Sono impressionato, Tamburi. Molto impressionato. Credo tu sia riuscito a tirar su una squadra notevole. Riferirò a Roma le vostre ipotesi, e chi di dovere deciderà se seguire questa pista. Per curiosità, avete accertato l'identità del giovane considerato il leader?».

Massimiliano alzò le spalle:

«Non abbiamo molti elementi, e le intercettazioni sono confuse, ma riteniamo che il suo nome sia Enrico».

Lembo annuì più volte, come se stesse assumendo un'informazione vitale. «Per me questa connessione con Cosa Nostra non esiste. Magari Borgström, sempre che sia lui, ha voluto prenderli per il culo. I tedeschi hanno uno strano senso dell'umorismo». Sorrise, come colpito da un pensiero divertente: «Un tedesco e tre italiani che parlano di un siciliano per organizzare un attentato a Firenze. Sembra una barzelletta, no?». E se ne andò ridacchiando seguito dal collega.

XXXIII

Quella sera, in tv, il calcio aveva lasciato spazio a un programma di video musicali. All'insistente martellare di un ritmo latino, alcune ragazze procaci, in costume da bagno, si dimenavano intorno a dei tizi con occhiali da sole, tatuaggi e catene d'oro, che cantavano davanti al mare.

Il gruppo di pittoreschi tifosi, compresa la replica contemporanea di Artù, Ginevra e Lancillotto, era stato sostituito da un paio di malinconici anziani e da due coppie che mangiavano in silenzio, gli sguardi persi sugli schermi dei telefonini. Per il resto, la trattoria offriva lo stesso spettacolo del giorno precedente, incluso il cameriere annoiato che trascinava i piedi.

Sara entrò scuotendosi l'umidità di dosso e vide Andrea al solito posto, il capo appena piegato, come sempre quando si predisponeva all'ascolto. Dal lieve sorriso che increspava le labbra dell'ex collega, la donna invisibile comprese che si era accorto della sua presenza. E per l'ennesima volta si chiese in che maniera ci riuscisse. Ma non c'era tempo da perdere e andò a sedersi davanti a lui.

Non parlarono finché il cameriere si accostò al tavolo.

Andrea ordinò per entrambi, indovinando quello che lei avrebbe scelto.

Mentre l'uomo si allontanava, Sara lo seguì con gli occhi:

«Ho capito perché vieni qui: per il suo modo di camminare... È come se portasse un campanello al collo».

Andrea rispose con sufficienza:

«Mi preoccuperei se dovessi dipendere solo dal rumore di un'andatura strascicata. No, no, è per l'odore, un mefitico misto di sudore e polvere. Voi, fanatici della vista, vi perdete il meglio del mondo, te lo assicuro. E credete che noi ci basiamo solo sull'udito, che è il secondo senso al quale vi affidate. Invece l'olfatto è un meraviglioso, infallibile strumento d'indagine. Adesso spiegami a che punto sei».

Sara espose in poche, precise battute quello che le aveva raccontato Teresa in merito allo scenario a bassa attendibilità proposto dal software. Poi lo informò sullo scippo in stazione, incredibilmente previsto dal sistema.

Catapano sembrò quasi divertito, poi sospirò:

«Se avessimo avuto a disposizione un programma del genere ai nostri tempi, saremmo stati tentati di indirizzare gli eventi, invece di osservarli accadere. È un bene che non esistesse ancora...».

Sara assentì:

«Pur ammettendo che esista il progetto di orientare l'opinione pubblica in senso razzista attraverso una strategia criminale che strumentalizza gli immigrati, questo non ci aiuta a far luce sulla morte di Minucci. Però, Andrea, non sopporto di vedere Teresa che soffre così. È come se si fosse spezzata».

«Sì, lo capisco. A Bionda serve la passione per vivere. A te, e a me, invece, bastano i ricordi.»

Amore mio, sentimenti come il nostro riempiono un'esistenza intera anche se la morte sembra cancellarli. Sentimenti come il nostro affondano le radici nel passato trasfigurandolo, nella memoria, in una lunga preparazione all'incontro, e tendono i rami verso il futuro, oltre la fine di questo corpo, quando io vivrò come adesso nei tuoi ricordi, e mi trasformerò in una vibrazione dell'aria intorno a te.

Sara strinse le labbra, trattenendo un antico sapore. Poi proseguì:

«Se anche Minucci giocava su due tavoli, perché ammazzarlo? Potevano comunque servirsene ancora, tanto più che la sorveglianza su Tarallo era in continua evoluzione. Non è quello il motivo».

Il cieco scosse la testa:

«Si tratta di gente che ha sempre agito senza giustificare ciò che faceva, neanche a se stessa. L'hai dimenticato?».

«No, certo, ma erano altri tempi. Adesso è diverso, badano tutti ai propri interessi. A Roma comandavano sempre loro, e guarda cosa hanno messo in piedi...»

Andrea rifletté a lungo, poi replicò:

«Sì, è possibile. Io, però, sono capace di muovermi solo in una direzione, verso il passato. Vuoi che ti racconti quello che ho trovato?».

Sara si sporse in avanti, attenta:

«Dimmi tutto».

Catapano si concentrò e cominciò a parlare:

«Tarallo compare in molte registrazioni dell'unità, e io ho un'ottima memoria. Era uno dei giovani rampanti della destra radicale. Lo controllavamo insieme ad altri cinque soggetti, sparsi qua e là per il Paese. Ma il punto non è questo».

La donna scrutava il volto del cieco, cogliendo i segni di una certa fierezza.

«La questione è che Tarallo era molto, troppo attratto dalla bella vita: donne, soldi, macchine. Aveva talento, ma non era tagliato per il terrorismo e la militanza armata. Per questo motivo, virò verso l'area parlamentare. All'epoca, Massimiliano commentò che, in un certo senso, era un peccato. Sempre ironico lui...»

Sara si lasciò sfuggire un sorriso:

«Sì, Massi era affascinato dal male. Vai avanti».

«Non appena Tarallo lasciò le formazioni eversive per entrare nei partiti istituzionali, uscì anche dai nostri radar. E infatti sparisce dalle registrazioni degli ultimi anni. Da allora lo trovi sui giornali, perché è un abilissimo oratore capace di scalare posizioni fino a raggiungere gli attuali livelli di popolarità. E oggi corriamo il serio rischio di ritrovarcelo in qualche ministero, o addirittura vicepremier. Lo vedi anche tu da che parte va il Paese.»

La donna dai capelli grigi annuì senza parlare, certa che Andrea, pur nel suo buio, avrebbe percepito il gesto d'assenso.

Infatti lui riprese:

«Ho ragionato su questo ieri sera, ricostruendo il gran rifiuto e l'ascesa di Salvatore Tarallo, che non si è mai sporcato le mani. Però sono vecchio, e i vecchi dormono poco...».

«E che hai trovato?»

Andrea sorrise, ironico:

«Ho continuato a scavare, fino alle sei di mattina, ascoltando nastri su nastri e trovando anche qualche perla inaspettata. E indovina dov'era nascosta la traccia giusta?».

«Dove?»

«Massimiliano aveva voluto che registrassimo tutto quello che accadeva nella sua stanza, ricordi? Era così trasparente e sicuro che non agiva come gli altri capisezione, ossessionati dalla riservatezza assoluta. Così sono risalito all'inizio degli anni Novanta, tu e Bionda eravate con noi da qualche mese. E ho scovato la registrazione di un incontro in cui era presente anche il nostro carissimo Lembo.»

«Certo, ho presente. Fu quando cercammo di dimostrare che esistevano connessioni tra i neofascisti tedeschi, quelli italiani e Cosa Nostra. Ma nessuno ci ascoltò e a Firenze scoppiò la bomba. E allora?»

Il cieco sembrava un maestro orgoglioso di fronte a un'allieva brillante:

«Esatto, mi riferisco proprio a quella riunione. Ma

non conta ciò di cui discutemmo. L'importante è chi c'era nel filmato».

Sara sbatté le palpebre:

«Tarallo non c'era, ne sono sicura».

Andrea assentì tradendo un po' di impazienza. «Lo so bene. Le immagini ritraevano un paio di giovani insieme a un tipo più vecchio, un picchiatore di infimo livello che poi morì in un incidente d'auto. Devi concentrarti sui due. Il capo della delegazione che andò a incontrare Borgström era Enrico Vigilante. Lo conosci, no?»

Sara scosse la testa, e ancora una volta Andrea interpretò il suo gesto:

«Mora, Mora... in che mondo vivi? Niente giornali e televisione? Enrico Vigilante è un pezzo grosso dell'industria delle comunicazioni con interessi po' ovunque, una specie di re Mida che manovra grossi capitali di dubbia provenienza. Sempre sotto la luce dei riflettori, ma un intoccabile».

«Ed era il capo della delegazione che andò a incontrare Borgström?»

«Sì. Del gruppo faceva parte anche Tarallo, che in quell'occasione si defilò. Vigilante era il suo braccio destro, anche se da allora non risulta abbiano avuto più rapporti. Però il meglio deve ancora venire. Hai capito chi era il biondino che parlava con il tedesco?»

La donna si agitò sulla sedia:

«Dài, Andrea, ti prego. Non tenermi sulle spine».

L'uomo continuò, spietato:

«Quelli come me ascoltano, Mora. E nella testa hanno più spazio per le parole, perché è libera dai lineamenti dei volti, dai paesaggi, dai giochi di luce. Per noi ogni parola è unica. E distinguiamo i colori delle espressioni senza vederle. I colori dello spirito. Tu, Mora, hai la tinta della malinconia, ma anche una lieve sfumatura di speranza. Massimiliano è la malinconia, chi è la speranza?».

Davanti agli occhi di Sara apparve un minuscolo sorriso, e sentì le dita di una manina tra le sue. «Lo stesso nome, Andrea, è anche la speranza.»

Il cieco annuì grave, quasi l'informazione fosse di vitale importanza. Quindi con voce ferma proseguì:

«Ieri, mentre mi illustravi la situazione, hai pronunciato un cognome che mi ha dato da riflettere. Non ci arrivi?».

Tra i due, adesso era Sara che brancolava nel buio:

«Accidenti, Andrea, di chi stai parlando?».

L'uomo sembrava felice, come per uno scherzo andato a buon fine:

«La fidanzata di Minucci si chiama Rachele, Rachele Anzovino. Se la mia ipotesi è corretta, suo padre, Dario Anzovino, era quello seduto che conversava con Borgström».

XXXIV

Sara non disse molto a Pardo.

Gli accennò che c'era una verifica importante in sospeso. Certi atteggiamenti che aveva còlto durante l'ultima visita alla fidanzata di Minucci, soprattutto da parte della madre di lei, le avevano suggerito un collegamento che forse, ma solo forse, poteva fornire un'ulteriore pista. Perciò voleva guardare in faccia il padre della ragazza, visto che, secondo Rachele, Sergio era in rapporti affettuosi con lui.

Davide non sembrava ancora tornato quello di prima. Continuava ad avere l'aria sgualcita e triste di chi non ha dormito per un pensiero ricorrente o una preoccupazione. Gli occhi arrossati e la barba di giorni acuivano quell'impressione.

Sara valutò se chiedergli il motivo di quel malessere e fornirgli così l'opportunità di confidarsi, ma considerò che, se avesse voluto, sarebbe stato lui stesso a parlare. Così decise di soprassedere.

Fu quindi in silenzio che si avviarono a casa Anzovino. Era domenica, e nel quartiere non molti si erano arrischiati ad affrontare la pioggia gelida. Attesero un po', e furono fortunati.

Anna, la madre di Rachele, uscì in fretta. Indossava un soprabito col cappuccio per ripararsi la testa, si infilò in auto e partì. Era probabile che andasse a fornire supporto alla figlia. Se Dario era in casa, era da solo.

Aspettarono pochi minuti, quindi scesero dalla macchina e raggiunsero il citofono. Suonarono e dopo qualche attimo una voce rispose. Sara colse la lunga esitazione dell'uomo quando Pardo si qualificò, poi il portone si aprì.

L'appartamento della famiglia Anzovino era ampio e lussuoso, dalle finestre si godeva il bellissimo panorama di un grigio mare in burrasca.

Dario era un uomo segnato. Rughe profonde gli solcavano il volto, aveva capelli radi e chiari che pendevano smorti dalla nuca, il collo era magro e raggrinzito. Per una curiosa circostanza, la sua espressione era simile a quella di Pardo: entrambi sembravano in forte credito col sonno e con la serenità.

Al poliziotto non erano ben chiare le ragioni di quell'incontro, quindi fu piuttosto generico:

«Ci siamo occupati della scomparsa di Minucci Sergio, prima del ritrovamento del cadavere. Ora dobbiamo redigere il rapporto conclusivo, e abbiamo bisogno di sentire tutti quelli che hanno avuto, o possono aver avuto, contatti con lui. Sua figlia Rachele ci ha informato che andavate molto d'accordo. Si ricorda di che umore era Sergio, l'ultima volta che l'ha visto?».

L'uomo si grattò appena la testa con una mano, distogliendo lo sguardo come se stesse inseguendo un pensiero lontano:

«Guardi, ispettore, dire che andavamo molto d'accordo mi pare esagerato. Amo infinitamente Rachele, quindi sono sempre felice di manifestarle la mia approvazione, ma non avevo particolari legami con Sergio. Certo, un bravissimo ragazzo e un valido professionista, a quanto mi risulta, ma non è che ci frequentassimo tanto».

Sara chiese:

«Lei di che si occupa, signor Anzovino?».

Dario si passò la lingua sulle labbra. Con quella mano che indugiava sulla testa e gli occhi che saettavano in giro per la stanza, in pratica era un prontuario dell'ansia.

«Io... Ma che c'entra, scusi?»

Pardo lo incalzò, ruvido:

«Per favore, risponda alla collega. A meno che non abbia motivi per non farlo, e allora dovremo riferire al magistrato competente».

L'altro sussultò:

«No, no, figuriamoci, nessun problema. È che non coglievo il senso della domanda, tutto qui. Io mi occupo di prodotti agricoli e ittici, di alimentari, insomma. Acquistiamo le materie prime da piccole e medie imprese per immetterle nella grande distribuzione».

Pardo insistette:

«Allora, quando ha visto Minucci l'ultima volta?».

Anzovino si strinse nelle spalle:

«Ma', non ricordo bene, forse una decina di giorni

fa, dev'essere passato di qui con Rachele. Sa, io lavoro molto e sono spesso fuori, quindi non ho una cognizione precisa del tempo».

Sara s'intromise:

«E interviene anche nella gestione di queste aziende?».

La domanda colse Pardo e Anzovino di sorpresa. Entrambi si voltarono verso la donna attoniti, e ancora una volta esibirono un'espressione simile.

«No... io non seguo la gestione e non seguo neanche lei, signora. Vuole spiegarmi per favore per quale motivo si interessa così tanto alla mia attività?»

Sara lo ignorò:

«Per esempio, conosce le modalità di reclutamento della mano d'opera di queste ditte? Chi ci lavora, chi gestisce il personale, chi...».

L'uomo ebbe un sussulto e serrò i pugni:

«Ma lei crede di poter venire in casa mia, senza un mandato o quello che cavolo serve, sostenendo di voler chiudere un fascicolo su una persona scomparsa, e ahimè deceduta, e invece mi interroga sul mio lavoro, sulle imprese che visito o che...».

Pardo lo interruppe, brusco:

«Ascolti, Anzovino, qui è stato ucciso un ragazzo in gamba, un professionista valido: lo dice lei stesso. Non è uno scherzo. Non sta a lei stabilire quali domande possiamo rivolgerle e perché. Se è interessata a queste informazioni, la mia collega avrà le sue ragioni. Sta a lei solo decidere se rispondere o meno. Se rifiuta, noi ce ne andiamo. Allora?».

Dario, che con lo sguardo aveva cercato aiuto proprio in Pardo, si sentì con le spalle al muro, e non se lo aspettava. «Cerchi di capire, ispettore, la mia unica figlia ha subìto un lutto terribile. Sono giorni che mia moglie è da lei in pianta stabile, per assisterla e confortarla. Potete immaginarlo, siamo i primi a soffrire per quello che è successo, ma davvero non vedo cosa c'entri qui la mia attività.»

Pardo era rimasto impassibile:

«Ripeto: intende rispondere alla collega o no?».

Anzovino tornò a rivolgersi a Sara:

«Non ho la minima idea di come e dove si procurino il personale. In molte di queste ditte, peraltro, non ci sono mai stato. Io mi limito a controllare la qualità del prodotto, a ordinarne un certo quantitativo e a collocarlo sul mercato. Fornisco solo un servizio di mediazione».

Sara non aveva mosso un muscolo, quasi conoscesse a memoria il contenuto della risposta. «E offre davvero *solo* quel servizio?»

Anzovino trasecolò:

«Certo che sì! Io non...».

Sara insistette, gelida:

«E giacché ne ha parlato, perché ci va sua moglie e basta a confortare Rachele? Perché non si unisce anche lei?».

Davide la fissò, sconcertato.

Dario aprì e chiuse la bocca un paio di volte, senza parlare. Le orecchie gli erano diventate di fuoco. «Perché... perché... Io sono sconvolto davanti a questa immotivata e indebita intromissione nella mia privacy. E comunque, cerco solo di essere discreto nei confronti del dolore di Rachele, ma se mia figlia dovesse avere davvero bisogno di me, ci sono, eccome! Ora però devo pregarvi di andarvene, perché ho degli impegni urgenti.»

Pardo replicò, a muso duro:

«Insomma, lei ha deciso di non collaborare. Bene, dovremo informare il magistr...».

Sara lo spiazzò ancora, interrompendolo:

«Collega, non preoccuparti, va bene così. Abbiamo gli elementi che ci servivano. Buona giornata, signor Anzovino. Sincere condoglianze per la vostra perdita». E si avviò verso l'uscita.

Quando furono in macchina, Pardo sbottò:

«Ma che accidenti ti è preso? Tutte quelle domande personali... Se volevi lasciargli capire che non ci interessa solo la scomparsa di Minucci, ci sei riuscita in pieno. Che ti è saltato in mente?».

Sara alzò le spalle:

«Be', è l'istinto. Adesso, per favore, accompagnami da Viola. Cominciamo a fare sul serio».

XXXV

La segretaria entrò timorosa nella stanza mentre Tuta, adesso vestito con un abito elegante di sartoria e un'esclusiva cravatta artigianale, stava firmando un lungo atto di offerta per un acquisto immobiliare.

Le clausole erano complesse, redatte in termini criptici, e forse sarebbe stato meglio affidarsi a un professionista; peraltro ne aveva una decina a libro paga, e altrettanti ne retribuiva in nero, perché ricoprivano funzioni incompatibili con l'attività privata, ma da sempre si era attenuto a un principio: veditela da solo. E infatti lui se la vedeva da solo.

Molti anni prima, quand'era un bambino di strada in un quartiere povero e difficile, quella semplice regola lo aveva preservato da tanti errori: soprattutto dal dipendere dagli altri, chc di solito ti accorciava la vita. Lui invece aveva idee diverse, per un futuro diverso. Lui voleva durare. Durare il più possibile.

La segretaria disse:

«Dottore, posso disturbarla un attimo?».

Dottore. A lui, che aveva la terza media. A lui, che

non aveva mai aperto un libro, almeno per leggerlo. Dio, quanto gli piaceva essere chiamato "dottore"...

Alzò gli occhi, la penna a mezz'aria, il volto impassibile. La ragazza era bella e stupida. L'aveva selezionata proprio per quei due requisiti: la bellezza, perché anche l'occhio vuole la sua parte; la stupidità, perché non doveva capire niente di quello che le passava tra le mani.

«Dottore, ha chiamato il signor Verde. Chiede se questo fine settimana volete andare a pesca.»

Suo malgrado, e senza lasciar trasparire la minima emozione, sentì un vuoto allo stomaco.

A questo punto, pensò. Siamo arrivati a questo punto.

Mezz'ora dopo, era al volante di un SUV dai vetri oscurati e si addentrava nei sobborghi a nord della città. Procedeva piano e senza dare troppo gas, concedendo la precedenza a chi se la prendeva con aggressività. Non era il momento di dimostrare chi ce l'aveva più lungo, oltretutto in quella zona. L'autista e gli uomini che di solito lo accompagnavano nella discreta macchina scura erano rimasti interdetti quando li aveva congedati.

«Ragazzi, prendetevi la serata libera» aveva ordinato. «Ho voglia di guidare.»

Succedeva di rado. Non aveva particolari appetiti da soddisfare in segreto e, quando capitava, non aveva remore a farsi scortare in bordelli esclusivi; quelli erano dipendenti pagati profumatamente, professionisti seri e discreti. Servivano a questo. Adesso, però, no. Verde aveva telefonato, e stava andando a pesca.

Incontrarsi era una mossa davvero avventata e, tra i due, lui era quello che rischiava di meno. Erano stati attenti in tutti quegli anni a coprire i loro legami, all'apparenza marciavano ognuno per la propria strada. Avevano occultato le comunicazioni con livelli di sicurezza che avrebbero suscitato l'invidia della CIA; eppure in ogni gesto dell'uno c'era la mano dell'altro, in nome di un patto stretto da ragazzini nella cantina di un casermone di periferia che da operaia stava diventando criminale.

Quella cantina la chiamavano "la pescheria", immaginando di essere squali famelici che nuotavano sotto il pelo dell'acqua. Affamati di potere, di soldi, di donne; all'epoca i loro desideri erano quelli.

Poi le cose erano cambiate.

"Andare a pesca" indicava un appuntamento alla vecchia cantina. "Questo fine settimana" significava subito, che non c'era un minuto da perdere. E se Verde affrontava a cuor leggero il rischio che qualcuno potesse incrociarli, riconoscerli e seguirli, allora la situazione stava precipitando in fretta.

Sapeva bene come ragionava il vecchio amico. Erano troppo uniti, intrecciati al pari dei rami di due piante diverse ma cresciute in un unico vaso. Gli stessi processi mentali, le stesse deduzioni. La minaccia minore, di fronte a una molto più grande, cessava di essere un azzardo e diventava una necessità. Perciò "andare a pesca". Subito.

Quando il grosso SUV cominciò a stonare col contesto urbano, l'uomo parcheggiò e proseguì a piedi. Meglio mettere in conto di non trovarlo al ritorno piuttosto che presentarsi all'appuntamento con un'auto ancora più appariscente dei mezzi che sopraggiungevano a sirene spiegate. E da quelle parti non mancavano di certo ambulanze e pantere della polizia.

Durante il tragitto, notò il nuovo degrado in cui stava sprofondando il quartiere. Non provò dolore né malinconia. Lo odiava, era un luogo infame e, se fosse bruciato assieme ai suoi abitanti, non ne avrebbe sentito la minima mancanza. Intercettò un paio di sguardi che indugiavano sul suo completo costoso. Non ebbe dubbi che gli stessi occhi esperti avessero individuato anche il rigonfiamento sul fianco, sotto la morbida curva della giacca, elevandolo all'istante da possibile preda a predatore.

Infatti lo lasciarono in pace.

La "pescheria" era il sottoscala di un edificio abbandonato perché pericolante. Di sera, un lampione irradiava dall'esterno una luce malata, sufficiente ad assicurarsi che fuori non ci fosse qualche tossico a bucarsi in mezzo ai rifiuti. Il rione, d'altronde, offriva molteplici anfratti ben più facili da raggiungere. Inoltre, il muretto e la ringhiera da scavalcare, insieme all'arrugginito cancello che si apriva dal lato dei cardini mancanti, e non da quello su cui campeggiava un inutile catenaccio, costituivano una sufficiente barriera a garanzia della riservatezza.

Tuta arrivò spolverandosi i calzoni.

Dal buio risuonò una voce:

«Povero Enrico, ti sei sporcato! Oh, quanto mi dispiace...».

Il tono di sfottò gli strappò una smorfia che non assomigliava a un sorriso:

«Stare qui è pericoloso. Allora, perché mi hai cercato?».

Un individuo emerse dall'ombra. Anche se erano coetanei, uno si manteneva in forma pur cedendo di tanto in tanto ai piaceri della tavola, mentre l'altro non era stato risparmiato dai segni del tempo. Portava occhiali da vista. Aveva i capelli radi, un viso solcato da rughe, e l'aria sciupata di uno che dormiva male da giorni. «È successo questo casino...»

Enrico mise le mani in tasca:

«Ed è un gran bel casino, in effetti. Però forse possiamo gestirlo se restiamo calmi, ne abbiamo passate di peggiori. Ti ricordi dieci anni fa, quando...».

L'altro scattò:

«Ma che cazzo vai blaterando? Dieci anni fa? Quello era uno scherzo, a confronto! Non capisci come siamo combinati? Oggi è diverso!».

«Be', insomma, rimasero a terra in sei, non mi pare sia stata proprio una passeggiata. E dopo il bordello successe una crisi nera... Chi se la scorda la tua faccia.»

L'uomo che si faceva chiamare Verde sbottò:

«Enri', quelli erano solo sei negri di merda! Chi se ne fotte dei negri, non sono manco persone!».

«Apri le orecchie, io non mi ficco in questo cesso di posto, dove possiamo pure beccarci una coltellata, per discutere della superiorità della razza. Parla, e leviamoci di qui.»

L'altro estrasse un fazzoletto, se lo passò sulla bocca e sulla fronte. Il suo nervosismo era palpabile. «Questa faccenda è più seria. Il ragazzo lavorava all'università ed era integrato in un certo ambiente. La madre soffre di una brutta depressione, poi c'è... Insomma, conosci il mio problema, ma non dovrebbe causare complicazioni ulteriori, almeno spero. Io, però, voglio che mi spieghi come cazzo è successo.»

Enrico strinse gli occhi:

«Non hai letto? Che ne sapevamo che era malato? Non intendevamo mica... Bastava che cantasse. Quello era capace di innescare una reazione a catena e distruggere in un solo colpo quello che abbiamo costruito con tanta fatica, chiaro?».

Verde sembrava disperato:

«Stavolta il rimedio può essere peggio del malanno! Questa storia può provocare delle conseguenze pesantissime. Gli stessi che lo mandavano...».

Enrico agitò una mano:

«Non ti preoccupare, ho parlato col mio amico lì dentro, ha abbaiato un po', ma risolverà lui, come sempre. Al solito è una questione di soldi. Ci costerà un po' di più...».

«Niente. Proprio non ti entra in testa, o non t'importa... Sono venuti da me, ti rendi conto?! Da me! E mi hanno rivolto domande strane, sulle aziende, sulla mano d'opera... Hanno capito, o stanno per capire il funzionamento di tutta la faccenda! Questa sarà la nostra fine, vedrai.»

Enrico cambiò di colpo atteggiamento. Con un sordo ruggito afferrò per il bavero Verde, che squittì sorpreso. «Te lo ripeto, stronzo, non doveva finire così: volevamo soltanto scoprire che informazioni aveva. Ma io sono contento. Primo: perché con la morte di quel giovane coglione non ci sono più collegamenti. E secondo: perché se lo meritava. Uno che in nome di chissà quale minchiata decide di sputare nel piatto dove ha sempre mangiato, si merita di crepare. Sono stato abbastanza esplicito? Qualsiasi infame come lui va eliminato. Quindi, stai attento: i vecchi tempi non sono una rendita a vita.» Lo spinse via, e Verde cadde a terra nel sudiciume. Enrico lo fissò a lungo, poi se ne andò.

Dopo qualche minuto, anche l'altro uscì dalla "pescheria", inciampando nel buio.

Da una ventina di metri qualcuno lo fotografò con una macchina a infrarossi.

Questo qualcuno era una ragazza bionda.

XXXVI

Rachele Anzovino uscì dal portone della palazzina nella via riservata e panoramica dove viveva. La pioggia aveva smesso di cadere, il sole obliquo del tardo pomeriggio si faceva largo tra le pesanti nuvole senza dare calore.

La ragazza indossava un paio di jeans, scarpe basse e un cappotto scuro. Aveva le mani sprofondate nelle tasche. Lanciò un rapido sguardo attorno ma non vide nessuno: aveva la spiacevole sensazione di essere sorvegliata, benché non potesse esserne certa. Tuttavia, non sarebbe stata una sorpresa.

Erano passate ormai tre settimane dal ritrovamento del cadavere di Sergio, il suo fidanzato, l'amore della sua vita, l'unico uomo che le avesse mai fatto pulsare il cuore; rifiutava l'idea di non sentirne più la voce, di non incontrarne più lo sguardo. Era stata felice, con lui. Non credeva di poterlo essere ancora.

Percorse a passo lento la strada alberata, tenendosi rasente al muro. I suoi passi risuonavano sul marciapiede bagnato, e non c'era nessun altro rumore.

Le sembrava che l'indagine sulla morte di Sergio si fosse arenata; anzi, a essere precisi, aveva la netta impressione che non ci fosse mai stata alcuna indagine. Gli agenti che si occupavano dell'omicidio erano stati sbrigativi e superficiali: in tutto una mezz'ora di domande vaghe, senza annotarsi le risposte. Un atto formale, poi non c'erano più state novità nonostante le rassicurazioni di tenerla informata. A un certo punto, Rachele aveva anche chiamato in questura, ma non era riuscita a sapere altro.

Erano stati più solerti i due che indagavano sulla scomparsa. A Rachele era parso assai strano.

Poi aveva capito che probabilmente era in corso un insabbiamento. Responsabilità di ignoti. Le avevano perfino paventato l'ipotesi di una storia torbida a sfondo sessuale: come se, ad andare troppo a fondo, la reputazione e la memoria del suo compagno potessero essere infangate. Meglio lasciar perdere; non crede, signorina? Meglio lasciar perdere.

Superò l'angolo e s'incamminò sulla strada principale. Era stata anche a trovare la pazza, la madre di Sergio. Un atto dovuto e non sincero: si erano sempre odiate. La donna era distrutta, a letto con gli occhi sbarrati, e a stento aveva mostrato di riconoscerla. Ben presto, aveva pensato Rachele con dolorosa lucidità, ci sarebbe stato un altro funerale.

Lei invece era riuscita a liberarsi di sua madre che, con la scusa di assisterla nel dolore, in realtà la controllava. Un giorno era uscita col pretesto di voler prendere una boccata d'aria ed era rincasata dopo più di quattro ore. Aveva trovato Anna nel pieno di una crisi isterica, che urlava al telefono col padre. Le aveva detto chiaro e tondo che, se non se ne fosse andata, e se non l'avesse avvertita prima di tornare a infestarle l'appartamento, sarebbe sparita senza lasciare traccia. Non l'aveva più vista e non aveva più risposto alle sue insistenti chiamate.

Era stato da allora che aveva avuto la percezione di essere seguita. Una macchina partiva appena lei varcava il portone, un movimento che coglieva con la coda dell'occhio, un passante che le stava incollato come un'ombra. Sensazioni, certo. Niente di sicuro, nessuna prova: ma la percezione c'era, eccome.

Era questo il motivo per il quale, secondo quanto stabilito con la persona che l'aveva cercata, stava compiendo un lungo, articolato tragitto per raggiungere la meta, l'unico bar sul piazzale panoramico, non lontano da casa sua.

Arrivò dopo una quindicina di minuti, entrò senza salutare il barista e la cassiera, e salì la rampa di scale che portava alla sala interna. Lasciò che la vista si abituasse alla penombra. Una vecchia canzone diffusa da due polverosi altoparlanti raccontava di una maglietta fina e di un'aria da bambina.

Degli otto tavolini nell'ambiente, solo due erano occupati. Al primo c'era una coppia di giovani tedeschi che studiavano una mappa della città. A un altro, più in fondo, stava seduta una donna dai capelli grigi.

Rachele si accomodò davanti a Sara. La fissò a lungo, poi disse:

«Lei mi è sembrata strana fin dalla prima volta, a differenza del suo collega. È anche vero che ero sconvolta, in quel momento».

L'altra ricambiò lo sguardo. Il bel viso di Rachele era pietrificato da una sofferenza che, da acuta e tempestosa, si era trasformata in un cupo rumore di sottofondo. Lo aveva visto accadere spesso, in passato. Una perdita, quando si traduce in consapevolezza, diventa un tratto essenziale della personalità e se ne scorgono chiari i segni, anche se il pensiero è altrove. Quella ragazza era cambiata per sempre, e quello che ora Sara osservava era il suo nuovo volto. Ancora incantevole, eppure venato da una sorda, impenetrabile durezza che non sarebbe mai più andata via.

Rachele continuò:

«Magari il suo amico è un poliziotto, lei però non lo è, vero?».

La donna invisibile rimase in silenzio, gli occhi azzurri riflessi in quelli di Rachele. Pensò che la ragazza fosse molto stanca; e ormai privata della felicità.

«Lei sta con loro, è così? Fa parte dell'unità dove Sergio… Hanno mandato lei?»

«Hai ragione, Rachele, non sono un poliziotto, almeno non più. E nemmeno appartengo più a quell'unità. Mi sto occupando di questa faccenda perché me l'ha chiesto una persona che mi è molto cara, alla quale non ho potuto dire di no. Tutto qui.»

La giovane sembrò assimilare piano piano quelle informazioni. Poi rispose:

«Le credo. D'altra parte, se non l'avessi fatto, non sarei venuta. E invece ho bisogno di parlare».

Sara gettò un'occhiata oltre la vetrata: il vento freddo stava ricacciando indietro le nuvole cariche di pioggia.

«Lo so che ha bisogno. L'ho avvertito con chiarezza quando siamo venuti da lei, l'ultima volta. Gli occhi, il volto, le mani dicono più e meglio delle parole.»

Rachele replicò con sufficienza:

«Davvero? E cosa avrebbe detto il mio corpo? Sentiamo».

«Che lei manifestava risentimento, rabbia nei confronti di sua madre, ma in realtà ce l'aveva con qualcun altro. Che dietro questo sincero, immenso dolore c'è del rimorso, più che del rimpianto. Lei, Rachele, ha causato, o crede di aver causato, la morte del suo compagno. E in questo c'entra di sicuro suo padre. Al quale, con ogni probabilità, ha rivelato una confidenza di Sergio a proposito della sorveglianza che stava svolgendo per conto di un'unità dei Servizi presso la quale era stagista: l'operazione che interessa Salvatore Tarallo, il consigliere regionale» sussurrò, un mormorio a stento distinguibile mentre dagli altoparlanti una nuova canzone ora diceva: "E tu, e noi, e lei, fra noi".

Rachele aveva spalancato la bocca, irrigidendosi sullo schienale e fissando la donna che aveva davanti con un misto di meraviglia e orrore. «Chi cazzo è lei? Come l'ha scoperto? Siete voi a sorvegliarmi, avete piazzato delle microspie… vi siete intrufolati in casa mia e…» La voce le si era incrinata e gli occhi si erano riempiti di lacrime.

Sara colse l'insicurezza, la paura e l'indignazione dell'altra. Per qualche motivo pensò a Viola, ed ebbe un moto di pena. «No, stia tranquilla. I sentimenti sono decifrabili alla perfezione da chi sa osservare, ed erano quelle le passioni che il suo corpo mostrava, mi creda. Il resto è semplice deduzione. Ha nominato l'unità, quindi Sergio l'aveva messa al corrente del ruolo che ricopriva e del compito che gli era stato assegnato. Quanto a suo padre, saprà che lo abbiamo interrogato: di sicuro ha avuto una parte nella vicenda, anche se al momento non possiamo stabilire in che misura. Non le mentirò, siamo a conoscenza del passato di Dario Anzovino, e dei suoi rapporti con Tarallo. Sono davvero troppe le coincidenze.»

La ragazza aveva ascoltato impietrita, quasi si trovasse davanti a un animale sconosciuto. Tacque, poi annuì. Sul viso le si dipinse un'espressione amara, ma negli occhi divampava il fuoco di una collera inestinguibile. «Sono figlia unica e il legame con mio padre è forte, per una figlia. Sospetto di essere stata da sempre innamorata di lui e di averlo idealizzato. Ora, però, vorrei che morisse di una morte lenta. Magari dopo una lunga agonia, con la milza spappolata, proprio com'è successo a Sergio.»

Sara attese.

Rachele ordinò una birra, che bevve in lunghi sorsi. Poi ne ordinò un'altra, e cominciò a parlare.

XXXVII

Zio Enrico. Nella vita della mia famiglia, da quando riesco a ricordare, tutto gravita intorno a lui.

Una figura che emergeva dal passato di papà, del quale non bisognava mai parlare, ma che rappresentava un cardine del nostro presente. L'ho visto di rado, anche se erano amici da sempre. Anzi, più che amici. Erano fratelli. Me lo raccontò una volta, commosso, proprio papà.

Avevo una quindicina d'anni, lui si era cacciato in un guaio, doveva un sacco di soldi a qualcuno e aveva paura. Ci aveva raccomandato, a me e a mamma, di non uscire. Per qualche giorno, disse, finché non sistemo le cose. Ma le cose non si sistemavano, e la macchina di papà andò a fuoco. E una sera rientrò con gli occhiali rotti e la faccia rossa, la bocca che gli tremava dallo spavento.

Poi all'improvviso comparve zio Enrico, e allora le cose si sistemarono. Siamo fratelli, disse papà. Mi ha salvato perché siamo fratelli. E anch'io l'avrei fatto per lui.

Della loro amicizia però bisognava tacere. Nessuno

doveva scoprire che si conoscevano. Finché nessuno lo saprà, ripeteva mio padre, tutto andrà bene.

Io non mi preoccupavo di quali fossero i loro affari. Per me l'importante era che non avessimo più problemi, e che fossimo felici. Dopo anni di difficoltà potevamo permetterci una macchina nuova, bei vestiti e scuole esclusive: non sarei stata io a lamentarmi.

È incredibile quanto una ragazza possa farsi ingannare da ciò che brilla. In questi terribili giorni da vedova, perché anche se sono giovane e non eravamo sposati, io mi sento una vedova, me lo sono chiesta mille volte come posso essere stata così cieca.

Mia madre non sorrideva. Era sempre tesa, nervosa, preoccupata. Lui no, papà era tornato a ridere, era un uomo nuovo. Io mi sentivo privilegiata, e fiera di esserlo.

Poi incontrai Sergio.

Lei non lo sa com'era, il mio Sergio. Era spensierato e solare, e al tempo stesso intelligente e profondo. Dolce e appassionato, ma sempre lucido e razionale. Il mio Sergio era speciale. Unico.

Ci siamo sempre detti tutto, io e lui. Era una sorta di patto, un giuramento. Non c'erano ombre tra noi. Quello che vi ho raccontato nel nostro primo incontro è vero. Quando lo contattarono per quello stage, me lo confidò subito. Condividevamo ogni decisione, e anche se gli avevano imposto assoluta riservatezza, con me ne parlò. Eravamo parte l'uno dell'altra.

Fu Tarallo a raccomandarlo, tramite uno che conosceva a Roma di cui ignoro il nome. Sergio mi disse che lui gli doveva un favore, e che, per saldare il debito, aveva deciso di accettare. Per Sergio era una grande opportunità, un'esperienza unica, che gli avrebbe consentito di capire certi meccanismi dall'interno. E avrebbe anche conservato il lavoro all'università. Anzi, sarebbe diventata la sua copertura.

I primi tempi era deluso, non trovava niente d'interessante, aveva solo il compito di monitorare i dati di un computer. Poi successe qualcosa, e ritrovò l'entusiasmo. Non vedeva l'ora di andare in ufficio, cominciò a sparire, anche per giorni interi.

Anche per notti intere.

Non era mai accaduto, non era mai sparito senza dare notizie. Mi disse che aveva ottenuto una specie di avanzamento, ed era stato inserito in un programma speciale per il quale doveva operare sul campo. *Sul campo*. Usò proprio quest'espressione.

Poi, una notte accadde un fatto terribile.

Mi telefonarono delle vecchie compagne del liceo. Avevano organizzato una rimpatriata e mi invitarono senza troppo preavviso. Io provai subito ad avvertire Sergio: se fosse tornato a casa senza trovarmi, si sarebbe preoccupato. Aveva il cellulare staccato, perciò prima di uscire gli mandai un messaggio.

Il bar dell'appuntamento era un posto nuovo, nella zona residenziale. Bevemmo, ci divertimmo e bevemmo ancora. Quando l'ambiente cominciò a riscaldarsi troppo, e tre tizi iniziarono a provarci, salii in macchina e me ne andai. Il quartiere non era tra quelli che frequento di solito. Era tardi ed ero un po' brilla, così sbagliai strada. Nel tornare indietro, intravidi la macchina di Sergio. Non avrebbe dovuto trovarsi là. Mi fermai e mi misi ad aspettare. In una storia la fiducia è tutto, e mi vergogno di quel comportamento. Ma dovevo scoprire perché quell'auto era parcheggiata in una via della zona residenziale, quando invece avrebbe dovuto essere in periferia, dove lui lavorava.

Alla fine lo scorsi uscire da una palazzina. Dall'unica finestra illuminata dell'edificio si affacciò una donna bionda, nuda, che stava fumando. Mi sembrava impossibile che lui fosse stato con quella, con una che poteva essere sua madre. L'idea mi ossessionava.

Dio, era sconvolto quando mi vide.

Litigammo ferocemente, e fu la prima volta da quando stavamo insieme. Mi chiese il motivo di quello che aveva considerato un pedinamento. Gli spiegai che era stato un caso, delle compagne del liceo e della strada sbagliata, ma che adesso volevo sapere perché si trovava in quel luogo. Lo minacciai, e credo che lo avrei costretto a citofonare a tutti gli inquilini della palazzina, a quell'ora di notte, finché lui o la troia non avessero confessato.

Alla fine mi spiegò che stava lavorando. Che in realtà Salvatore Tarallo, raccomandandolo per quello stage, non voleva aiutarlo, come aveva creduto o lasciato credere a me. La vera ragione era che l'unità stava indagando su di lui, e Sergio avrebbe dovuto accertare quali informazioni avevano raccolto. Nonostante la sua posizione di stagista non gli concedesse troppo margine, era fondamentale che visionasse i rapporti su Salvatore. Da quello dipendeva il futuro di Sergio, e anche il nostro.

Ce ne andammo, la notte diventò aurora e poi alba e poi giorno. Discutemmo per ore. Era stato Tarallo a piazzarlo all'università, con le sue amicizie e le sue entrature. Avrebbe potuto rovinarlo. Per questo era stato costretto a corteggiare e a portarsi a letto la vecchia. Mi spiegò che provava ribrezzo, che ogni volta doveva pensare a me per riuscire a soddisfarla un minimo. Io l'avevo vista alla finestra, e mi convinsi che non mentiva, non poteva certo piacergli.

Era stato in quel modo che aveva avuto accesso ai fascicoli della sorveglianza in corso su Tarallo. Erano dossier di poco conto, perché Salvatore era sempre stato prudente. L'unico vero elemento che lo preoccupava erano i rapporti tra lui e l'imprenditore Vigilante.

Zio Enrico.

Non avevo mai parlato di lui a Sergio, per rispetto nei confronti di mio padre, per onorare lo strano giuramento della nostra famiglia. E non gliene parlai nemmeno quella volta. Ma gli chiesi chi fosse quell'uomo d'affari, e perché lo preoccupasse tanto.

Voleva distrarmi dal pensiero della vecchia, così rispondere alla mia domanda gli sembrò un ottimo modo di svicolare, e mi raccontò tutto: che le attività di Tarallo e Vigilante erano traffici sporchi; che l'inasprimento delle politiche sull'immigrazione regolare, la riduzione dei permessi di soggiorno e il depotenziamento delle strutture di accoglienza erano funzionali a speculare sui clandestini, che continuavano ad arrivare. Che Vigilante sfruttava questa mano d'opera a basso costo collocandola presso la malavita organizzata e costringendola a lavorare in nero nella produzione agricola del Sud. L'imprenditore operava attraverso un soggetto che Sergio non era ancora riuscito a individuare. Mi assicurò che, una volta accertata la sua identità, avrebbe mandato a monte il piano di Tarallo e dei suoi complici, prima ancora dell'intervento dei Servizi.

Fu allora che capii, io lo sapevo chi era l'uomo attraverso il quale Vigilante, il mio caro zio Enrico, collocava i clandestini presso le aziende agricole della criminalità organizzata. Sapevo chi, in cambio, otteneva prodotti a prezzi stracciati, che poi piazzava nei supermercati guadagnando un sacco di soldi.

Lo sapevo perché, quel denaro, in gran parte, lo spendevo io.

Finsi di calmarmi, e di perdonare il tradimento di Sergio. Finsi di crederci e di riconoscere che aveva agito a fin di bene. Finsi che le cose fossero tornate come prima.

Poi andai da mio padre, e gli riferii tutto. Volevo che risolvesse la situazione, che la smettesse con i suoi crimini prima che lo portassero alla rovina. E immagino di essermi anche voluta vendicare della vecchia, togliendo a Sergio l'opportunità di vantarsi davanti a lei.

Lo stesso giorno della mia chiacchierata con papà, però, Sergio scomparve.

Sono tornata da mio padre altre due volte. La prima

mi garantì che lui non c'entrava, che le mie erano tutte fantasie. La seconda è stata il giorno dopo, quando hanno trovato il cadavere: volevo guardarlo negli occhi e ammazzarlo con le mie mani. Ma non lo trovai.

Ora le chiedo, per favore, di assicurarmi che il mio Sergio non è morto per questo. Che è incappato in altro. Che magari è stata una disgrazia, che mio padre non è coinvolto.

La prego, può dirmi che non è stata colpa mia?

La prego.

XXXVIII

Le due donne sedevano ai lati opposti del tavolo, sul quale erano sparse decine di fotografie. Sullo schermo di un computer portatile si vedevano altre immagini, e sul display di una macchina fotografica accesa un'altra ancora.

Viola si teneva la testa tra le mani, e continuava a scuoterla, come se non riuscisse a rassegnarsi. Di fronte a lei, Sara fissava le istantanee, senza parlare.

In disparte sul divano, con Massimiliano in braccio, un perplesso Davide Pardo si succhiava i baffi con lo sguardo perso nel vuoto.

Viola disse:

«Io non ci credo. Sappiamo nomi, cognomi, riferimenti, luoghi e date. Conosciamo alla perfezione le modalità operative, tutto ciò che è successo. E siamo impotenti».

Pardo sospirò e rispose, quasi rivolto a se stesso:

«Capita. Eccome, se capita. Uno elabora una solida teoria, arriva perfino a prevedere gli sviluppi, ma poi il collegamento tra l'idea e la realtà manca. E gli eventi si compiono senza che tu possa intervenire».

Ignorandolo, Viola si rivolse a Sara e ribatté, velenosa:

«C'è chi si rassegna, io no. Ti prego, Sara, continuiamo a indagare. Magari uno di loro si tradisce, commette una fesseria e noi allora...».

Davide ridacchiò, parlando al piccolo Massimiliano con la voce da pupazzo:

«E certo, hai sentito, Massi? Come se non agissero impunemente da vent'anni... Come se non fossero capaci di portare avanti i loro traffici pagando chi devono pagare, e incassando quello che devono incassare».

Prima che la ragazza esplodesse, Sara mormorò:

«È così, Viola. Purtroppo siamo davanti a un'organizzazione perfettamente consolidata. Tarallo mantiene i contatti solo con Vigilante, e Vigilante con Anzovino. Tarallo propone il suo programma politico, atroce ma lecito. Vigilante lo finanzia, anche se in maniera indiretta attraverso società e aziende gestite da prestanome, che con buone probabilità foraggia in nero. L'industriale, con l'appoggio di Anzovino, colloca i clandestini presso le varie ditte, che hanno dieci dipendenti in regola ma centinaia che lavorano in condizioni terribili. Non risparmiano neanche i bambini. Persone che crepano senza lasciare traccia, sotterrate nelle campagne dove si sono spezzate la schiena».

Pardo continuò con una voce disperata, fissando il bambino che si era assopito:

«E le ragazze, spesso minorenni, a prostituirsi sulle strade o in case fatiscenti, oppure a girare filmini in cui subiscono abusi e sevizie. Bambini strappati alle madri, forse perfino vittime del traffico di organi. Esseri umani ridotti a merce, o peggio, che scappano da chissà quale orrore per piombare in un incubo ancora più terrificante».

A Viola scendevano le lacrime lungo le guance:

«E secondo voi io dovrei crescere mio figlio in questo mondo di merda rimanendo in silenzio? Lasciando che un politico vigliacco alimenti odio, e che un industriale senza coscienza e un faccendiere senza scrupoli guadagnino sulla pelle dei disperati?».

Sara sospirò:

«E hanno anche ucciso un ragazzo perché aveva intuito questi collegamenti. Un giovane che credevano di tenere in pugno, di gestire come un burattino, e che invece aveva una coscienza».

Pardo si alzò, adagiò Massimiliano addormentato nella culla, lo coprì con tenerezza e disse:

«Io vado, c'è Boris che mi aspetta. Se ci sono novità, chiamatemi subito. Tutto questo mi fa troppo schifo. Non reggo».

Sara gli rivolse uno stanco sorriso.

Viola nemmeno si voltò.

Lui fissò la nuca della ragazza con amarezza e uscì.

Quando i suoi passi sulle scale non si sentirono più, Sara domandò:

«Non credi di averlo punito abbastanza? Ragiona da maschio, ma in fondo non è cattivo».

Viola replicò con gli occhi rossi per la rabbia:

«Per me sì, invece. È uno che vuole controllare la

vita altrui. Si crede il depositario del giusto, colui che ha sempre ragione! E se una volesse sbagliare in santa pace, combinare qualche cazzata?».

Sara rimase in silenzio.

La ragazza allora si alzò, buttando indietro la sedia, e cominciò a camminare, nervosa, per la stanza:

«Nessuno gli aveva dato il permesso di venire al ristorante! Nessuno! Io gli avevo chiesto soltanto di badare a Massi, poteva rifiutare, e io mi sarei organizzata diversamente. Ma tenere il bambino non lo autorizza a gestire la mia vita, a impicciarsi degli affari miei, a sindacare su chi incontro. E se il tizio, per esempio, fosse stato là perché era davvero cambiato? E se ne fosse valsa la pena?».

«Ma non era un po' troppo anziano, per te? Pardo mi ha raccontato che aveva almeno il doppio della tua età, e...»

Viola scattò, gesticolando:

«Che c'entra, dannazione? A me piacciono gli uomini parecchio più grandi, Giorgio è stato un'eccezione!».

Come se stesse facendo un riferimento casuale, Sara disse:

«Davide è ben più giovane di quell'uomo, eppure ripeti sempre che è vecchio».

Viola si irrigidì:

«Il punto è che lui è vecchio dentro! Un retrogrado maschilista! Se avesse il potere di decidere, le donne non dovrebbero guidare, votare, mostrarsi in pubblico da sole e fumare. Lo ascolti quando parla?».

Sara annuì:

«Ammetto che non è un modello di progressismo, ma è legato a Massimiliano da un affetto sincero, e si preoccupa per te. È una brava persona, e sai che non lo penso di tutti».

La ragazza sbuffò, le braccia conserte e la mascella serrata:

«Io invece credo che una brava persona, che ha a cuore il benessere di qualcuno, ne rispetti anche le scelte. Non ho intenzione di tollerare intromissioni, tanto più da uno come lui».

Sara assunse una posizione più comoda. Dopo un po', disse in tono secco:

«Forse hai proprio ragione. È un egocentrico maschilista, che non si rende conto dei suoi atteggiamenti. Un fesso paranoico, pieno di fobie e fissazioni, da evitare a ogni costo».

Viola sbatté le palpebre, disorientata:

«Be', magari proprio un fesso non lo definirei...».

Sara si alzò, lisciandosi il maglione:

«Sì, invece. È un cretino saccente, che non dovrebbe permettersi di dare lezioni a nessuno, soprattutto alla luce della sua fallimentare esistenza. Nessuna che l'abbia voluto, povero stronzo».

«Dài, non è proprio così. Ha avuto parecchia sfortuna...»

«Macché, è solo un fallito che accampa scuse per nascondere i propri errori. Te lo posso garantire.»

Viola era allibita da tanta ferocia.

«Se vuoi che sia sincera, ritengo che dovresti proibirgli di venire qui. Anzi, perfino impedirgli di vedere Massimiliano. Non si può mai sapere… magari il bambino potrebbe restare contagiato da quel modo di ragionare.»

Viola rispose, esitante:

«Addirittura, Sara? Ma lui è così tenero con Massi, il piccolo è tanto felice con lui…».

La donna dai capelli grigi prese il cappotto e indicò con un gesto le fotografie sparse sul tavolo:

«Vedi, Viola? A volte bisogna decidere se fidarsi della mente o dell'istinto. I ragionamenti non indicano sempre la strada giusta da prendere. Il cuore, invece, sì. Le parole più sagge, alla fine, le dice proprio il cuore». E uscì, lasciando la ragazza a interrogarsi sul significato di quello che aveva appena sentito.

XXXIX

Boris, Bovaro del Bernese fuori taglia, affrontò la fredda aria invernale come se fosse l'atmosfera perfetta per il suo personale gran premio; così si proiettò a una velocità di oltre sessanta all'ora lungo la strada che portava da casa ai giardinetti.

Erano circa duecento metri, e il record che il quadrupede cercava di battere era di quindici secondi. Impresa non semplice, bisognava ammetterlo, soprattutto se si correva trascinando una zavorra di un centinaio di chili di ispettore. Peraltro l'ingombrante fardello umano ostacolava anche psicologicamente la prestazione del Bovaro, emettendo suoni che avrebbero voluto essere decisi richiami alla disciplina, e che invece risultavano un indistinto lamento, misto a implorazioni di scuse ai passanti, impegnati a scansarsi con delicati passi di danza e annesse bestemmie.

La trazione dell'aspirante campione provocava vari stiramenti ai muscoli e ai legamenti, concentrandosi sulla spalla destra di Davide Pardo, che in teoria avrebbe dovuto essere il proprietario dell'animale e che invece figurava nei panni dell'assistente di gara. Il tracciato, oltre al trascurabile intralcio della folla in fuga, prevedeva un rettilineo, una curva a gomito e un altro rettilineo. Se il Bovaro, al momento della svolta, fosse riuscito a mantenere l'equilibrio resistendo alla forza centrifuga, ci sarebbe stata una possibilità.

Come sempre in simili circostanze, l'ispettore ripercorreva la sua intera esistenza, cercando il bivio in cui aveva imboccato la direzione sbagliata. Ma quel giorno Boris era soltanto la causa minore dell'insoddisfazione che avrebbe patito durante una qualsiasi passeggiata, perché ad angustiarlo, in maniera ben più rilevante, era il persistente malanimo di Viola nei suoi confronti.

Il punto morto al quale erano arrivati nell'indagine su Minucci avrebbe portato a un diradarsi delle frequentazioni con la ragazza, e di conseguenza lui avrebbe visto meno Massimiliano, che era diventato piano piano una delle poche cose belle e importanti nella sua triste vita.

La prospettiva delle lunghe giornate invernali in compagnia della dispotica bestia, e senza il conforto di quell'incantevole bambino, lo opprimeva. Se non fosse stato sopraffatto dalla fatica di mulinare le gambe, attaccato al robusto guinzaglio, che ogni mese era costretto a cambiare sostenendo una spesa gravosa, probabilmente si sarebbe commosso.

Erano arrivati, Bovaro e zavorra, in prossimità della curva che come al solito il mastodonte affrontò col massimo entusiasmo. Davide si augurò che dietro l'angolo non ci fosse qualche vecchietta col girello o qualche pensionato con le stampelle, che sarebbero di sicuro rimasti uccisi dall'irruenza della belva. Finire in galera per responsabilità indiretta sarebbe stata forse la degna conclusione di quel grigio periodo.

Boris sgommò col retrotreno e, mantenendo la traiettoria con un magistrale controsterzo da consumatissimo pilota, sparì dietro lo spigolo del palazzo.

Pardo giocoforza lo seguì, sperando di sopravvivere all'impatto e che il numero delle vittime fosse contenuto.

Si sentì l'urlo di una donna, e l'ispettore pensò: ci siamo, è la fine.

Quando il guinzaglio lo catapultò al di là del muro, Davide si trovò di fronte a uno spettacolo che non avrebbe mai immaginato. Rinunciando con nobiltà d'animo a una prestazione che gli sarebbe valsa un posto nell'Olimpo delle corse canine, Boris se ne stava accovacciato beatamente sulle zampe posteriori, la bocca aperta che sembrava sorridere, la coda enorme che spazzolava il marciapiede a mo' di tergicristallo. In ginocchio davanti a lui vide l'autrice dell'urlo, che non era stato di dolore né di paura, ma di felicità per l'incontro: imbacuccata nel suo soprabito sgualcito, con tanto di guanti e di berretto calcato fin quasi sugli occhi, c'era una Viola in visibilio che abbracciava Boris.

Davide, ansimante e con la spalla quasi lussata, pensò che chi si applicava per rovinargli la vita trovava in qualche modo una magica intesa. Boris adorava Viola e rispettava Sara al limite della venerazione, riservando a lui, e solo a lui, ogni intemperanza. Annotò mentalmente di non riservare mai e poi mai l'otto per mille a qualche associazione contro la vivisezione.

Viola ostentò indifferenza nei suoi confronti, ma era troppo lontana da casa sua e troppo vicina a quella di Pardo per fingere che l'incontro fosse casuale.

Dopo aver ripreso fiato e riguadagnata la facoltà della parola, con un filo di voce Davide domandò:

«E tu che ci fai qua? Massi sta bene?».

La ragazza non distolse lo sguardo dall'animale, che aveva preso a spalmarle sulla faccia otto etti di lingua, e mormorò:

«Sta bene, per quanto possa stare bene un bambino che viene lasciato per un po' con una nonna come mia madre».

«E perché lo hai lasciato a lei? Se me lo avessi chiesto, io...»

Viola si alzò in piedi, e Davide rifletté sulla capacità che aveva di squadrarlo dall'alto in basso nonostante avesse almeno venti centimetri in meno. «Non potevo lasciarlo a te, perché ero venuta a cercarti per parlare. Le due cose non sono compatibili, ti pare? Pensaci. Ci puoi arrivare pure tu.»

Il poliziotto avvertì la solita furia montargli dentro:

«Ascolta, bella, non c'era bisogno di fare tutta questa strada per venirmi a insultare. Bastava una telefonata o una mail».

«Già, perché io ti insulto a vanvera? Non te lo meriti, vero? Tu sei la vittima e io la pazza, giusto? Quella col carattere di merda, che se la prende con gli amici, no?»

Pardo si rese conto che intorno a loro si era raccolto un piccolo capannello di curiosi composto da una coppia di anziani, due ragazzi con gli zaini in spalla, un uomo con un cappello e un Bovaro del Bernese. Si rivolse al pubblico:

«Ecco qua, vedete? Aggredisce quando non ha argomenti. Ma io, io mi sono rotto le palle di essere umiliato da...».

Viola sibilò, a denti stretti, in maniera appena udibile:

«S...».

Davide sbatté le palpebre:

«Prego?».

La ragazza rispose, senza spostare gli occhi da Boris, che continuava a sorriderle come un attore da pubblicità:

«Hai sentito benissimo».

Pardo, che non aveva compreso affatto, riattaccò con la sua arringa:

«Certo, è facile prendersela con chi cerca solo di aiutarti, e...».

«Ho s...» alitò Viola verso il basso.

Davide era un po' duro d'orecchio, e le parole della ragazza non erano facilmente comprensibili, perciò l'ispettore la studiò con diffidenza.

La signora anziana lo apostrofò, dura:

«Giovino', ma non l'avete sentita, la signorina?».

Lui rispose con sincerità:

«No, signo'. Non l'ho sentita».

Anche la ragazza con lo zaino intervenne, velenosa:

«Già, perché voi uomini, quando c'è da mortificare o umiliare una donna, non perdete l'occasione. Mai».

Il giovane, che le stava accanto e a cui lei un attimo prima teneva la mano, sbottò:

«Ecco, la solita generalizzazione. Siccome questo è uno stronzo, dobbiamo essere stronzi tutti».

Davide lo fissò basito:

«Scusa, e per quale motivo io sarei stronzo?».

Il signore anziano, quasi del tutto sordo, che assisteva allo scambio senza capire niente, chiese allora alla moglie:

«Che? Che dice?».

Pardo colse l'occasione al volo, e sorridendo sollevato rispose:

«Ecco, vedete che nemmeno lui ci sente?».

La donna replicò:

«Giovino', non ci provate: mio marito ha perso l'udito ormai da dieci anni, anche se secondo me fa finta per non dovermi rispondere. Voi, invece, siete giovane, e non avete nessuna scusa per ignorare le parole di questa graziosa signorina».

Il tipo col cappello chiosò:

«Abbiamo sentito tutti, e adesso dovreste proprio dire la vostra, giovino'».

Pardo ringhiò esasperato:

«Oh, ma nessuno tiene niente da fare, oggi? Insomma, io non ho capito, se per favore puoi ripetere bene, altrimenti, col vostro permesso, continuo a passeggiare col mio cane».

L'uomo col cappello scoppiò a ridere:

«'Azzo, *lui* porta a passeggio il cane! Quello era sci nautico di terra, altroché».

Davide era sul punto di rispondere, ma Viola, fissandosi la punta delle scarpe, mormorò:

«Ho detto: scusa. Ho sbagliato».

L'ispettore non credette alle proprie orecchie, e rimase con la mascella pendula e l'occhio vacuo a guardare il berretto della ragazza, l'unica cosa di lei che riusciva a mettere a fuoco.

La donna anziana chiese:

«Giovino', manco stavolta avete sentito?».

La tizia con lo zaino, che dava ostentatamente le spalle al ragazzo, sentenziò, disgustata:

«Magari non capisce l'italiano, signori'. Osservate l'espressione: pare l'Uomo del Similaun, lo abbiamo visto con la scuola. È una mummia, però di sicuro da vivo era più intelligente di questo».

Pardo, ancora incredulo, parlò:

«Scusa? Mi hai proprio chiesto scusa? Se è davvero così, mi scuso per non aver inteso le scuse».

Il giovane allargò le braccia e si rivolse alla ragazza:

«Amore, ti prego, andiamo via. Spettacoli come questo mi fanno perdere la fiducia nel futuro del genere umano».

Con gli occhi pieni di lacrime Viola cercò quelli di Davide:

«Lo so che volevi il mio bene. E mi dispiace di averti aggredito, ma io mi sento molto sola».

Pardo avvertì un'ondata di tenerezza:

«È che... io vorrei difenderti, non mi sognavo minimamente di... Anzi, sono stato invadente, impiccione e rompipalle».

Viola corrugò le sopracciglia:

«No, sono io che ho avuto una reazione assurda, perché non volevo accettare che quel tizio era un mascalzone».

Pardo indurì la mandibola:

«No, no: ho sbagliato io. Magari quel Magri si era redento, e l'appuntamento sarebbe andato benissimo. Ho esagerato...».

«Ti ripeto che mi dispiace. Non avrei mai dovuto...»

L'uomo col cappello si rivolse a Boris:

«Ma tu sei l'unico normale, in casa?».

Tutti risero, e loro malgrado anche Viola e Pardo sentirono sciogliersi la tensione.

L'ispettore prese il guinzaglio e guardò storto la piccola folla, che si disperse con commenti salaci; poi mise il braccio sano sotto quello di Viola e la trascinò via, insieme alla belva.

La ragazza gli disse, minacciosa:

«Non credere di passarla liscia. È una questione che dobbiamo ancora risolvere».

«Potremmo discuterne in campo neutro, magari cenando insieme in un locale meno pretenzioso del ristorante di quella sera. Solo per chiarirci, eh...»

Viola rispose, guardinga:

«Devo chiedere a Sara, non mi va di lasciare Massi con mia madre per più di mezz'ora, e...».

Pardo si fermò di botto ed esclamò:

«Neanche per idea, Massi viene con noi! Non mi fido di Sara, tende a distrarsi».

Viola riprese a camminare, e sotto il berretto sorrise.

XL

Gonfiate dal vento, le onde s'infrangevano sui pali del lungo pontile di legno. A sinistra si stagliava l'incantevole isolotto che ospitava un istituto di pena per minori. Colonne di spuma si sollevavano, rilasciando nell'aria bianchi arabeschi e accompagnando le folate con gelidi spruzzi.

In giro non c'era nessuno. Niente biciclette, ragazzi coi pattini, o studenti seduti a terra a ripassare per qualche esame. E nemmeno gli innamorati, che pure bruciando di passione, avrebbero potuto sfidare qualsiasi intemperia.

Non c'era *quasi* nessuno, a dire la verità, perché sull'ultima panchina, appena fuori dalla portata degli schizzi che bagnavano la passerella, c'era qualcuno.

Un'altra figura affrontò il vento contrario, gli angoli del cappotto che frullavano come lenzuola stese, le spalle incassate e le mani in tasca, fino a raggiungere la panchina e a prendervi posto. Le due assomigliavano a degli uccelli scuri appollaiati sullo stesso filo, gli occhi fissi sull'orizzonte in burrasca, sull'isola del dolore e sulla sua bellezza che si ergeva verde a escludere la vista della città.

Rimasero in silenzio, quasi ad ascoltare la lingua del vento. Ma le raffiche urlavano senza dire niente, e allora parlò la donna dai capelli grigi, arrivata per ultima:

«Niente, Bionda. Non abbiamo niente. Stanno attenti, quei bastardi, così attenti da risultare maniacali. Vigilante e Tarallo non hanno contatti, Tarallo e Anzovino nemmeno, Vigilante e Anzovino applicano dei rigidissimi protocolli di sicurezza. Sono settimane che li sorvegliamo, e non abbiamo niente».

L'altra non distolse gli occhi dall'acqua. Dall'inizio di quella storia si era andata trasformando, e adesso sembrava diversa. Il viso era segnato, le labbra si erano assottigliate, profonde rughe attraversavano la fronte. Il colorito era andato ingrigendosi, gli stessi capelli sembravano aver perso vita e ora pendevano giallastri sulle orecchie. Era dimagrita, si era curvata.

Era invecchiata.

«Anzovino non conta un cazzo» sibilò. «E nemmeno Tarallo, tutto sommato. Certo, Lembo lo copre, ma credo che alla fine sia solo per denaro. In realtà, tutto passa da Vigilante. È lui il capo, quello che decide.»

Sara annuì, lo sguardo incollato all'isola ammantata di schiuma:

«Sì, è sempre stato così. Noi pensavamo a Tarallo, invece a prendere le decisioni era Vigilante. Come adesso».

Il volto della bionda si piegò in una smorfia:

«Chi se ne fotte, Mora. Il passato è passato. Il problema è qui, e ora. Ed è un problema da risolvere».

Sara tacque per qualche attimo.

Nessuna delle due sembrava soffrire il vento gelido che si infilava sotto i vestiti e penetrava nelle ossa.

Alla fine la donna invisibile disse:

«Non è che si parlasse molto, no? Né allora né adesso. Noi osserviamo. Guardiamo al di là delle parole, noi. Captiamo i sentimenti, le emozioni, le passioni. Cosa vuoi ancora, Bionda? Perché io non lo capisco».

Teresa rise. Una risata profonda, amara, dura e terribile, che veniva dal petto e non dalla gola, e lasciava spenti gli occhi. «Le parole. Le tue parole, Mora. Le parole di Sara. Niente da dire, mai, e i sentimenti nascosti. Le parole di Sara, la donna che non si maschera, che se ne andò da casa per seguire un uomo, che voltò le spalle al lavoro per amore. Vuoi sapere cosa voglio, Mora? Come posso dirtelo, se sono morta? I morti non parlano.»

Sara rimase di nuovo in silenzio, stavolta più a lungo. Quindi mormorò, e l'altra dovette sforzarsi per cogliere quei sussurri nella furia degli elementi:

«Il piccolo Massimiliano, il figlio di Giorgio. È per lui, sai, Bionda? Perché è l'unico che davvero subirà questo mondo di merda, quando io, te e tutti gli altri avremo finalmente tolto il disturbo. Ti ripeto: cosa vuoi da me? Perché non abbiamo niente in mano. Proprio niente».

La bionda rispose:

«Credevi che dopo decenni di oculata gestione del malaffare, dopo le migliaia di morti che hanno sulla coscienza, comprese le anime che annegano in fondo al mare, si sarebbero lasciati prendere in castagna da te? Maddai, Mora...».

«E allora, se già eri sicura che non si sarebbero traditi, che ti aspettavi?»

La bionda si alzò di scatto, avanzò di qualche metro verso la banchina. E si arrestò, un passo prima di mettere il piede nel vuoto. Quindi si voltò:

«La verità, Mora. Chi era in realtà Sergio Minucci? Tu l'hai capito. Tu che sei sempre stata la più brava, quella che coglieva la verità dietro la menzogna. E nel nostro ambiente, dietro le bugie, spesso non c'è che il resto di niente. Dimmi chi era, perché tu lo sai».

Sara si alzò a sua volta, e si avvicinò all'amica. Nonostante i capelli grigi, sembrava avere la metà degli anni di Teresa. Nella sua mente risuonò la voce di Rachele Anzovino, che ricordava come lei e Sergio avessero riso di quella donna che voleva essere ancora giovane, e invece era solo una vecchia. Quel ragazzino presuntuoso aveva approfittato delle debolezze di Bionda, insieme alla compagna aveva raggirato, illuso e mortificato una lupa che avrebbe dovuto essere astuta più del diavolo.

Una vita a combattere la finzione, pensò Sara. Un'intera esistenza a rinunciare a ogni maschera, prendendo sul proprio corpo tanti di quei colpi da non tenere più il conto delle cicatrici. E adesso vieni da me e mi chiedi chi era davvero quel piccolo, inutile moccioso che ha pagato con il sangue l'incoscienza di averti voluto manovrare.

Con gli occhi azzurri fissi in quelli di Teresa, con la voce ferma e senza nessuna espressione a tradire la volontà di ingannare, rispose:

«Ti amava molto, Bionda. Lo aveva confessato alla fidanzata che aveva perso la testa per te. Che non poteva più toccarla o parlarle, perché c'eri solo tu nel suo cuore. Perciò lei è andata dal padre, per un impeto di vendetta. Comprensibile. È una ragazza, è stata tradita e umiliata. Non ha colpe».

Il viso di Teresa sembrò trasformarsi. Come su un palcoscenico calcato da attori diversi, sul volto di Teresa si alternarono la sorpresa e la felicità, la tenerezza e la nostalgia. Alla fine la bionda disse:

«Ti ho cercata, Mora, perché avevi dimostrato di fare quello che credevi giusto. Senza passare per tribunali, carte bollate, avvocati e leggi che cambiano colore a seconda di quelli a cui si applicano. Ero stanca di dover assistere a violenze terribili senza poter alzare un dito. Quindi adesso non puoi chiedere a me come agire, visto che non hai niente in mano. Lo sai quello che devi fare». Si voltò e senza salutare si avviò verso la strada in fondo al pontile.

La donna dai capelli grigi ne accompagnò il cammino con lo sguardo. Le parve di nuovo che l'amica avesse il passo elastico e determinato di un tempo.

Si chiese se sapeva davvero quello che doveva fare.

Amore, un tempo credevo di poterlo cambiare io, il mondo, usando gli strumenti che mi davano la legge, la logica e la filosofia. Ero un ragazzo ed ero pieno di ardore, per me contava solo il futuro, il futuro, il futuro. Non capivo che l'avvenire non esiste, amore mio. Esiste solo questo dannato, infinito presente, la gente muore e noi stiamo qui a parlare, parlare, parlare.

Allora ho deciso di non sottrarmi più, amore mio. Di smettere di guardare al domani per combattere il male che c'è qui, adesso. Perché se mai avrai un motivo per migliorare il futuro, be', amore, devi intervenire sul presente. Solo sul presente.

Sì, disse al mare e all'isola, con voce ferma.

Sì, lo so quello che devo fare.

XLI

Dopo aver concluso la perlustrazione, i due uomini si diedero conferma attraverso gli auricolari. Avevano fatto in fretta, perché non c'era nessuno. Il tracciato della corsa del capo non si snodava proprio in posti in cui la gente era solita passeggiare, e comunque a quell'ora del mattino nemmeno nei prati con i chioschi c'era un particolare viavai.

Certo, adesso che si andava affacciando la primavera, che il freddo era limitato alle prime ore del giorno e un sole pallido e incerto cominciava a illuminare un po' prima lo spazio tra il fitto degli alberi, qualche passante lo si trovava: ma erano individui innocui, che stazionavano a una congrua distanza dal percorso che l'uomo in tuta avrebbe affrontato nella sua oretta di corsa.

Quel giorno, per esempio, che si avvicinava la metà di marzo e l'aria già recava profumi dimenticati nel resto della città, le due guardie del corpo videro da lontano, nei pressi della piazzola del belvedere, solo tre persone immerse in una timida luce. Erano palesemente inoffensive, e d'altra parte nemmeno si poteva pretendere di sgomberare del tutto un parco pubblico, come se ci fosse da proteggere il presidente degli Stati Uniti impegnato nel suo patetico *footing* a beneficio delle telecamere.

Via libera, disse alla radio il più anziano dei due scrutando le tre figure: un vecchio appoggiato a un bastone che fissava l'orizzonte, una nonna con un passeggino che leggeva un libro e un turista che fotografava l'alba con un teleobbiettivo.

Ricevuta la comunicazione, l'autista diede via libera al passeggero, che si avviò, prima con qualche rapido passo, poi cominciando a mulinare le gambe in maniera più sostenuta. Alla fine del percorso, i due uomini come al solito si avviarono per tornare alla macchina scegliendo la via più rapida e indolore: uno scalone che aveva visto tempi migliori ma che conservava ancora la sua antica bellezza.

Erano movimenti collaudati, tutto avveniva con metodica precisione, tre volte la settimana. Avrebbero atteso vicino alla macchina, insieme all'autista, il ritorno dell'uomo in tuta per riaccompagnarlo in sede, tonificato e pronto ad affrontare l'intensa e molto, molto redditizia attività lavorativa. Il mondo, insomma, girava nel verso giusto. I due addetti alla sicurezza attaccarono, come sempre, a parlare di calcio.

L'uomo in tuta, invece, rifletteva, correndo. Era quello il momento in cui elaborava le strategie, prendeva le decisioni, pianificava le sue mosse. C'era chi ragionava di questo seduto alla scrivania, chi se ne andava in un bar o in un ristorante, chi si chiudeva in bagno: ma lui era certo che ogni grande imprenditore avesse bisogno di solitudine per mettere a punto i suoi piani.

Dopo aver già percorso un chilometro e mezzo di tortuoso e accidentato tragitto nel bosco, la nonna col passeggino alzò il naso dal libro e sbatté le palpebre dietro gli occhiali da presbite. Quindi si mosse con lentezza, chiudendo il volume e guardandosi attorno.

L'uomo in tuta riservava le riflessioni sul suo impero e su come espanderlo all'attacco della prima salita. Non era ripida ma abbastanza lunga, fatta apposta per spezzare il fiato e dare il ritmo al respiro. La salita era uno dei motivi per i quali aveva scelto quel luogo, dopo diverse ricerche. Era perfetto per correre.

La nonna sembrò individuare una zona migliore per proseguire la lettura. Incrociò lo sguardo dell'anziano con il bastone, che le sorrise comprensivo. Lei ricambiò il sorriso, e si sporse all'interno del passeggino per controllare che il nipotino, o la nipotina, stesse bene. Sistemò la coperta, rovistando un po' all'interno.

L'uomo in tuta, nel frattempo, rimuginava sulla sua esistenza. Enrico Vigilante era il capo occulto di un'organizzazione enorme, destinata a crescere a dismisura. Ma maggiore era la crescita, maggiore era il numero di soggetti coinvolti. E questo rendeva tutto molto più pericoloso. Troppe possibili falle nella rete, troppi gli angoli oscuri che sfuggivano al controllo.

La salita finì e la strada propose un rettilineo avvolto dall'ombra degli alberi.

La nonna si avviò, lenta, verso una radura a una certa

distanza dal belvedere. L'anziano, che avrebbe dimenticato quell'incontro dopo pochi minuti, attribuì lo spostamento della donna al sopraggiungere dei raggi del sole, che in effetti, nel punto in cui si trovavano, non consentivano un'agevole lettura. Poi tornò a concentrarsi sul panorama, e sul ricordo della moglie morta dieci anni prima.

L'uomo in tuta concluse il rettilineo e si abbandonò alla discesa.

Troppi rischi, continuava a pensare. Ma erano anni che predisponeva con attenzione tempi e modi della sua uscita di scena. Non aveva eredi per i quali valesse la pena che il suo impero sopravvivesse. Avrebbe chiuso tutto, e se ne sarebbe andato in qualche paradiso all'estero.

La nonna accentuò l'andatura strascicata, i capelli grigi raccolti in una crocchia che spuntavano dall'antiquato copricapo. Aveva poggiato il libro nel passeggino, che essendo vuoto aveva un sacco di spazio, e ora portava a tracolla una borsetta di pelle nera. Un attimo dopo sparì alla vista del pensionato e a quella del turista fotografo, che non badava a chi passava da quel belvedere, incantato com'era da uno dei paesaggi più belli del mondo in quella luce speciale.

L'uomo in tuta correva di nuovo in piano.

Ma sì, pensava. Perché no? Potrei cominciare oggi stesso, sfilarmi da un'azienda dopo l'altra, monetizzando al meglio o anche perdendoci qualcosa, chissà. In fondo la sua vita era stata perfettamente in linea con quella che immaginava da ragazzo, quando voleva cambiare il mondo con la politica. Si era sempre ispirato al principio del superuomo, al sacrificio degli inferiori per il bene di una stirpe di eletti. Anche se, col passare del tempo, si era accorto che di fessi ce n'erano anche nella razza bianca.

La nonna, che in fondo nonna lo era davvero e quindi non doveva fingere più di tanto, si sedette su una panchina malmessa, appena dietro una curva. Sospirò, e l'aria umida uscì dalla sua bocca in uno sbuffo di vapore che subito si dissolse nell'aria. Non prese il libro dal passeggino, ma si strinse la borsetta di pelle nera in grembo.

L'uomo in tuta affrontò l'ultima salita del tragitto. Dopo la curva avrebbe eseguito qualche esercizio sul posto, quindi si sarebbe voltato per tornare indietro. Considerò che i tanti soci in affari che aveva all'estero, in Colombia, a Cuba, a Dubai, sarebbero stati ben felici di fornirgli un elenco di luoghi tra i quali scegliere il suo *buen retiro*. Sarebbe sparito nel nulla, *puf*, quasi un gioco di prestigio, la sera prima c'era e l'indomani non c'era più. Era così facile, per lui. Era stato tutto molto facile.

Nessun problema.

La nonna aprì la lampo della borsetta con un sommesso fruscìo, e un raggio di sole sbarazzino e curioso, filtrando tra le foglie, riverberò sul suo contenuto in un lieve, metallico bagliore.

L'uomo in tuta imboccò l'ultima curva.

Dopo un attimo, gli uccelli si levarono in volo.

Fine

Sara che aspetta

Rannicchiata nella macchina, ascoltando le folate improvvise di vento gelido che si infrangono sulle poche auto in transito lungo la strada, Sara aspetta.

È quello che le riesce meglio. È stato il suo lavoro per tanti anni, aspettare con pazienza, non lasciarsi sommergere dall'onda lunga della fretta, non anticipare gli eventi per non smarrire l'obiettività dell'analisi. Freddezza, imperturbabilità, distacco. Serenità.

No, stavolta quella non c'è, pensa Sara. Niente serenità.

Le foglie cadute dagli alberi che turbinano. Le finestre che si vanno spegnendo, una a una. Passanti ormai non ce ne sono più, da almeno un'ora. E Sara aspetta.

Se non sarà stanotte, sarà la prossima. O quella dopo. Qual è il problema? C'è solo da attendere.

Ha imparato che proprio a forza di attendere le cose succedono, prima o poi. Basta essere pronti.

Sara ha imparato anche come ingannare l'attesa. Da fuori sembra quasi addormentata, le palpebre socchiuse, i lineamenti distesi; le mani appoggiate lungo le cosce, coi guanti per evitare che le dita si intirizziscano, senza metterle in tasca per non ritardare i movimenti e allungare i tempi di reazione. Ogni muscolo immobile, nessuna contrazione sul volto impassibile. La visione periferica è più che sufficiente per controllare lo spazio che le interessa. L'aiuta la corporatura minuta. La sagoma avvolta dal sedile e riparata dal poggiatesta è invisibile dal lato posteriore. Il SUV posteggiato davanti le risparmia le sciabolate dei fari delle rare macchine che procedono in senso opposto.

Chi attende sparisce. Chi attende deve sparire.

Sara sa che la posizione del corpo è la premessa, ma per riempire il tempo va ordinata la mente. Come un salotto per ricevere gli ospiti. È indispensabile che non ci sia nulla di estraneo, nessuna distrazione: non bisogna pensare ad altro, pericolosissimo lasciare che la testa vaghi altrove; la frazione di secondo necessaria per tornare al qui e ora dell'attesa può risultare fatale. E non si può nemmeno pretendere di restare concentrati in continuazione su quello che si aspetta, sarebbe come fissare per ore il particolare di un oggetto perdendo i contorni dell'insieme.

Sara lo sa che bisogna ricostruire senza sosta il quadro generale, ripercorrere la sequenza degli eventi. Tirare ancora le linee che uniscono i punti, come quei disegni da bambini, una giraffa o un elefante, che piano piano prendono forma collegando una serie di numeretti sparsi sulla pagina.

E allora, per l'ennesima volta, Sara ricomincia dall'inizio.

Il telefono aveva squillato alle quattro del mattino.

Le capitava spesso nei momenti topici del suo servizio, quando la situazione precipitava all'improvviso e non c'era orario o turno che tenesse: chi aveva seguito una determinata pista doveva mettersi subito al lavoro, e basta. Allora come adesso la sensazione era orribile, con la coscienza che annaspava cercando di riguadagnare la superficie dall'abisso del sonno profondo, a cui sempre più di rado cedeva, nel petto il rombo di un tamburo, un attimo prima dell'emergere dei peggiori pensieri, finché, dopo, tutto si rivelava irrilevante e innocente.

In certi casi, però, i peggiori pensieri trovavano conferma.

Sara si era vestita in fretta, continuando a ripetere: «No, no, è impossibile, non è lui».

Non aveva trovato le chiavi dell'auto, aveva chiamato un taxi, la voce e il cuore spezzati in mille aguzzi frammenti, ognuno dei quali rifletteva una diversa immagine del passato. «No, è un errore. Non può essere.»

Era lui, invece. Proprio lui.

Restò ferma a guardarlo sul tavolo. Era coperto a metà dal lenzuolo, grigio, i lividi e le fratture evidenti. Rotto. Spezzato in più punti. Restò ferma, ascoltando la tempesta di silenzio che le montava dentro, cercando di tenere a bada i ricordi remoti, il dolore del ventre, poi il pianto e il latte e la carne, il sangue dal naso e le ginocchia sbucciate, la fata dei dentini e «Cambiati il costumino ché quello è bagnato», e gli occhi pieni di lacrime quando se n'era andata.

Giorgio. Giorgetto, Giogiò. Giorgino, il mio Giorgino.

La mente per non esplodere le ripropose l'odio del figlio, il fiume incontenibile di durezza dell'adolescente che le urlava:

«Chi sei tu? Chi cazzo sei? Io non ho una madre». E lo rivide scappare via senza girarsi, l'ultima volta, tanti anni prima.

Mio figlio, pensò Sara. Ora che è troppo tardi.

A telefonarle era stato un collega anziano, confinato nel presidio di polizia dell'ospedale a consumare gli ultimi mesi prima della pensione. Uno che si ricordava di lei, ed erano rimasti in pochi. «Ciao, Morozzi… scusa l'ora, ma credo che tu debba venire qui. Adesso, sì. Si tratta di Alberti Giorgio… È tuo figlio, giusto? Allora devi proprio venire. Morozzi… mi dispiace. Tanto.»

Erano anni che Sara non si sentiva chiamare per cognome, da quando aveva firmato per il congedo. Alla fine, grazie all'anzianità e a un gioco di contributi, aveva chiuso con l'unità prima di quanto avrebbe dovuto. Da tempo non si trovava più bene, e non per stanchezza o pigrizia: perché quel lavoro era cambiato e non le assomigliava più. Troppe macchine. Troppa magistratura. Troppa elettronica, troppo DNA. E anche gli altri erano cambiati, parlavano in modo diverso, e Sara aveva cominciato a considerarsi superflua.

Eppure era stata l'indiscussa, leggendaria maestra

delle intercettazioni. Come interpretava lei quei bisbigli, quei sussurri che a stento si percepivano, nessuno mai. Una sensibilità speciale, una capacità naturale affinata con l'esercizio e l'applicazione. Tutto vanificato dai nuovi strumenti di pulizia e amplificazione del suono: all'improvviso si era sentita "normale". Ed essere guardata con sufficienza da ragazzine presuntuose che avevano vinto un concorso facendosi il culo sui libri non era per lei.

Poi Massimiliano si era ammalato e Sara non aveva avuto dubbi: meglio, molto meglio restare a casa.

Cercando lacrime che non trovava, continuò a fissare il volto del figlio morto: uno sconosciuto.

Aveva visto tanti cadaveri. Era stata di pattuglia e di scorta, aveva assistito ad almeno quattro guerre tra clan. Ma quello era suo figlio.

Almeno, lo era stato.

Due vite, rifletté. Una per strada, inseguendo il sogno di diventare poliziotta, e nel contempo assecondando l'educazione che le avevano dato i suoi: essere moglie e madre. Così aveva sposato il fidanzato del liceo, il bravo ragazzo un po' grigio col bel sorriso, il padre di Giorgio. Un buon padre, perché alla fine l'aveva tirato su lui quando se n'era andata.

Poi l'altra vita. Dopo che aveva deciso di essere se stessa, sbagliando tutto quello che si poteva sbagliare.

Si voltò e uscì dall'obitorio.

Il tecnico, medico o quello che era, la osservò un po' perplesso, quindi distolse lo sguardo davanti a quella faccia di marmo. Era ancora giovane, forse si aspettava lacrime e urla.

Nel corridoio la donna sentì l'equilibrio mancarle, e per un attimo si appoggiò al muro. Adesso avrebbe avuto quel volto tumefatto, senza espressione, conficcato nella memoria al posto delle ginocchia sbucciate e del ghiacciolo che colava sulla maglietta rossa. Quel pensiero le spezzò il cuore. Considerò che tutto sommato il padre di Giorgio, morto dieci anni prima, aveva ricevuto un bel regalo dal cancro.

Il vecchio collega l'aspettava sulla porta dell'obitorio. Gli fu grata per il suo silenzio, per quegli occhi che teneva bassi, e per non aver provato a toccarle il braccio.

Gli chiese:

«Come e dove è successo, De Blasio?».

L'uomo si grattò la nuca e agitò la mano in modo vago indicando l'interno:

«Ci sta il tizio di là, non riesce a smettere di piangere. Sostiene che lui è spuntato all'improvviso, mentre stava scrivendo un messaggio al cellulare. Nell'altra mano stringeva il guinzaglio del cane. Ci stanno pure quelli della stradale. Gliel'ho spiegato che… che sei dei nostri».

Sara scosse appena il capo:

«Non più. Comunque portami da loro, dài».

De Blasio la studiò coi suoi occhi acquosi da vecchio cane da caccia:

«Moro', se uno è un poliziotto, lo è per sempre. Mica è un lavoro che si va in pensione e si dimentica, questo».

Gli agenti della stradale erano due, uno giovane dall'aria ribalda e uno più o meno dell'età di De Blasio. L'insegnante e l'allievo, pensò Sara.

L'anziano le venne incontro, il cappello in mano:

«Ciao, Morozzi, mi chiamo Silvani. Mi... mi dispiace assai per la tua perdita».

Sara annuì, rigida. Continuava a cercare le lacrime dentro di sé, senza trovarle. Dolore sì, ma niente lacrime. «Vorrei sapere dove e come è successo.»

Silvani sospirò. Per qualche motivo sembrava più addolorato lui di Sara. «Proprio vicino casa sua, l'illuminazione là è scadente, c'è un lampione rotto e un altro è coperto dai rami di un albero. In pratica ci stanno venti metri di oscurità completa e...»

Sara chiese a bassa voce:

«In quale strada?».

Il ragazzo spalancò gli occhi:

«Ma non è tuo figlio, scusa? Nemmeno sai dove abita?».

Silvani si voltò verso il collega e rispose, velenoso:

«Zitto, Banti. Parli a sproposito. Morozzi...».

Sara agitò la mano:

«Tranquillo, Silvani. No, lui e io... non ci sentivamo da molto tempo. Tutto qui».

Il giovane si strinse nelle spalle, e iniziò a fissarsi le unghie.

Sara incalzò:

«Allora, com'è andata?».

«Era mezzanotte, più o meno. Tuo f... Giorgio era uscito per portare fuori il cane, almeno così ci ha riferito la... Sapevi che viveva con una ragazza, sì?»

Sara scosse il capo.

Banti fece uno sbuffo che poteva essere una risatina.

Silvani gli scoccò un'occhiataccia e quello distolse lo sguardo. Il poliziotto anziano continuò:

«Lei non se l'è sentita, è... in stato interessante. Era con la madre, che è arrivata di corsa e non si calmava... vive al piano di sopra. Una signora in gamba, mi pare, e...».

Sara sibilò:

«Silvani, com'è successo?».

L'uomo trasse un lungo sospiro:

«Sì, scusami. Ha attraversato la strada nel punto più buio, lontano dalle strisce, vicino a una curva. Il povero cristo andava a nemmeno cinquanta all'ora, l'ha preso in pieno e se non era per la botta neanche se ne accorgeva. È pure un medico. Ha provato a rianimarlo, poi ha chiamato il 118 ma prima ancora che arrivasse l'ambulanza l'ha caricato in macchina e l'ha portato lui. È disperato, non smette di piangere, ha voluto pure essere presente all'operazione».

Sara cercò di ricordare le deformazioni del corpo sotto il lenzuolo:

«I segni della frenata, sull'auto...».

Silvani la anticipò:

«Tutto normale, sia quelli a terra sia gli altri su paraurti, cofano e parabrezza. Tutto compatibile. Nessun testimone, a quell'ora non c'è anima viva, è una zona residenziale, la gente dorme. Il cane vagava per strada trascinando il guinzaglio, l'abbiamo riportato noi a casa».

«Magari alla signora interessa più del cane» commentò Banti con freddezza.

Sara incassò, in silenzio.

Silvani ringhiò:

«Sei un cazzone, Banti. Hai perso un'altra occasione per tacere».

Lei disse, piatta:

«Portami dal tizio, Silvani. Grazie».

Il tizio. Non "quello che ha combinato questo casino" tantomeno "l'assassino". Soltanto *il tizio.*

L'uomo stava seduto su una panca scrostata vicino alla porta del pronto soccorso. Teneva una sigaretta tra le dita tremanti e piangeva. Piangeva in maniera strana, inquietante: lacrime copiose gli scorrevano dagli occhi spalancati, le labbra si muovevano quasi stesse recitando chissà quale preghiera, scuoteva il capo senza sosta come a convincersi che non era vero, che non stava capitando proprio a lui.

Era un ometto tarchiato, di mezz'età, i capelli radi, tinti con cura, un paio di baffi folti, e indossava un vestito elegante.

Silvani restò in piedi, indicandolo con la mano a Sara neanche fosse un'istallazione provvisoria.

La donna gli si sedette accanto, gli occhi puntati verso l'oscurità che avvolgeva il parcheggio delle ambulanze. Svuotata di emozioni, e in attesa della probabile ondata d'immenso dolore, si sentiva come una spiaggia nel momento di quella terribile, innaturale risacca che precede uno tsunami.

«Pensavo... pensavo si fermasse» mormorò l'uomo. «Andavo piano, ascoltavo la musica, me ne stavo tornando a casa dal teatro. Mia mo... mia moglie aveva mal di testa e non è venuta. Ha sempre mal di testa, lei.»

Silvani, con una punta di perfidia, spiegò:

«La signora è la madre. Una mia collega».

L'altro sussultò, come colpito da una freccia al costato. Rivolse uno sguardo terrorizzato a Sara, ritraendosi d'istinto. «Mi creda, sono disperato. Sono un medico, un oncologo, io le vite le salvo, non ammaz... Andavo pianissimo, le assicuro che non ho bevuto niente e...»

Silvani interloquì, mantenendo il ruolo di coro greco:

«È vero, abbiamo controllato».

Sara domandò:

«Il collega mi ha riferito che Giorgio... che mio figlio stava utilizzando il cellulare, immagino gliel'abbia raccontato lei. Ne è sicuro?».

L'uomo fece di sì con la testa, gli occhi ancora spalancati. Era sotto shock, a Sara fu chiaro che doveva in qualche modo scuoterlo. «Come si chiama, dottor...?».

«Terzani. Ludovico Terzani. Sono un medico onc... Scusi, mi sto ripetendo. Io... È una tragedia, signora. Una vera tragedia.»

Sara lo osservava, concentrata. La sua mente così lucida, malgrado il dolore, riconosceva i segni di un assoluto sconvolgimento. Quell'uomo era distrutto. Per paradosso provò più pena per lui, condannato a una specie di inferno, che per il corpo senza vita sul tavolo dell'obitorio. «Mi racconti tutto, per favore. Tutto.»

Terzani rispose con estrema lentezza. «Stavo tornando a... Insomma, ero stato a teatro, il *Lohengrin*, potete verificare, andavo piano... Quello è un punto in cui non si vede niente, ma ho i fari buoni. Solo che c'è una curva e... Con la coda dell'occhio ho notato la luce del telefonino, perciò lo so che... Il ragazzo teneva il cellulare in mano. Io ho pure suonato, ma lui è avanzato di un passo... Poi si è fermato, e...» Guardò la sigaretta ormai spenta tra le dita, come se non l'avesse mai vista. Piegò le labbra in un sorriso incerto, sembrava si stesse scusando: «È una delle principali cause del cancro, il primo fattore di rischio. E io lo curo, il cancro. Che fesso, eh? Che fesso».

«Dottore, ha detto che prima si è fermato. Che significa?»

L'uomo la fissò, pareva non comprendere la lingua. «Sì, lui... lui si è fermato, come per lasciarmi passare. L'ho visto bene. Aveva il telefonino in mano... Non vicino all'orecchio, in mano, forse per scrivere o ricevere un messaggio. E, all'improvviso, quando io ormai stavo andando, è venuto avanti di corsa, quasi...»

«Secondo lei...»

Da lontano si sentì l'urlo di un'ambulanza in arrivo. Terzani ricominciò a piangere:

«Era come se... come se avesse voluto buttarsi sotto la mia macchina».

Un colpo di vento sullo sportello, e Sara sobbalza quasi fosse stata svegliata di soprassalto. Invece è presente a se stessa, al massimo della concentrazione. Sta tracciando le linee tra i punti, per disegnare il suo elefante. Per verificare se per caso non ha sbagliato, e qualche linea non doveva invece unire altri punti.

«Come se avesse voluto buttarsi» aveva mormorato tra i singhiozzi l'ometto coi capelli tinti. *Come se.*

Allora, pensa, dovevo andare a vedere. E ci sono andata.

In deroga alle procedure, Silvani accompagnò Sara sul luogo dell'incidente. Il poliziotto lasciò il giovane collega in ospedale con Terzani. Il medico si era rifiutato di tornare a casa dalla moglie che, alle prese col mal di testa, evidentemente non doveva essere troppo in pena.

A Sara sembrava di essere immersa in una specie di nebbia, i movimenti e i pensieri erano rallentati, i sensi intorpiditi, come se l'avessero privata della capacità di leggere gli altri e interpretarne i segni. E la notte iniziata con lo squillo del telefono si dilatava, inghiottendo parole e immagini senza finire mai.

Una volante col lampeggiante acceso impediva il passaggio delle poche auto che transitavano a quell'ora in zona. Un agente sonnacchioso con una paletta in mano se ne stava appoggiato alla fiancata della macchina, mentre il compagno era seduto all'interno.

Quando Silvani e Sara giunsero sul posto, quello fuori bussò al finestrino, e l'altro uscì in fretta stringendo il nodo allentato della cravatta. Silvani presentò la donna come una collega, senza specificare il grado di parentela con la vittima.

Lei finse di non cogliere la smorfia interrogativa dell'agente con la paletta e si avvicinò.

L'uomo disse:

«Il magistrato è appena andato via, abbiamo effettuato i rilievi. È tutto a posto. La collega perché è qua?».

Silvani lo trapassò con lo sguardo:

«Perché ci deve stare, tu mettiti a disposizione».

Sara domandò a bassa voce:

«Il punto preciso?».

Il poliziotto indicò con la paletta all'interno dell'area in cui era impedito il passaggio. C'era una macchia a terra, un disegno col gesso.

Lei aspettò invano lo tsunami. «Il cellulare?» chiese.

L'uomo la fissò con un'espressione interrogativa.

«Secondo l'investitore aveva un cellulare in mano. Dov'è?»

«Ah, sì. *Quel* cellulare. È distrutto, ci è passata la ruota sopra. Sta in macchina, lo piglio subito.» Si sporse all'interno dell'abitacolo e tirò fuori una busta trasparente che allungò a Sara.

I resti del telefono per qualche strano motivo la impressionarono quanto il corpo sul tavolo dell'obitorio, e anche di più. Il display era frantumato, la cover colorata, con sopra lo stemma della squadra di calcio della città, spaccata. Giorgio era un tifoso, quindi. Non lo aveva mai immaginato. L'informazione rientrava nel miliardo di cose che ignorava del figlio. Il modello era di quelli nuovi, uno smartphone. A stento sarebbe stata capace di accenderlo. Una vita ad ascoltare telefonate, e ora con quel coso avrebbe avuto difficoltà perfino a chiamare qualcuno. L'apparecchio era stato schiacciato dalla ruota. E la pressione aveva aperto il vano della minuscola scheda, altrimenti accessibile solo con qualche strumento appuntito.

Approfittando dell'oscurità che regnava fuori dalla portata del lampeggiante e del breve scambio di chiacchiere tra Silvani e il collega di guardia, Sara intascò con un gesto rapido la SIM. Poteva sempre essere andata perduta, no? In fondo, era solo un incidente.

Solo un incidente.

Restituì ciò che rimaneva del cellulare, e senza voltarsi verso la macchia a terra chiese:

«Dove abitava… la vittima?».

La vittima.

Silvani le lanciò un'occhiata carica di perplessità.

L'agente indicò il portone di un'elegante palazzina dall'altra parte della strada.

Stava portando il cane fuori per un giro, ricordò Sara. Quindi si avviò decisa, controllando che non arrivassero auto. La visuale era abbastanza ampia, nonostante la curva. Era buio, d'accordo, ed era possibile che Terzani non l'avesse visto; ma lui, Giorgio, non poteva non essersi accorto dell'arrivo della macchina. «Come se si fosse buttato» aveva detto il medico.

Silvani salutò in fretta il collega e seguì Sara, che si era fermata davanti ai citofoni. Il poliziotto indicò la targhetta con la scritta: ALBERTI – VISCO.

La donna però era occupata a leggere gli altri nomi.

Quindi annuì, e premette il pulsante. Le aprirono senza fare domande.

Giorgio aveva abitato al secondo piano. La porta sul pianerottolo era socchiusa, dall'interno proveniva un gemito sommesso. Li accolse una donna in divisa sulla cinquantina, il viso un po' indurito ma dai bei lineamenti.

Silvani disse:

«La collega De Marco, della questura. Le chiediamo di intervenire, in questi casi, per... per i parenti, insomma. Lei è Sara Morozzi. Primo dirigente, in congedo. È la madre della vittima».

L'espressione della De Marco non si ammorbidì. Forse aveva appreso la storia della famiglia mentre assisteva la ragazza di Giorgio.

Sara percepì il solito fastidio a metà tra lo scrupolo di coscienza e l'indisponibilità a essere giudicata. Roba vecchia.

L'agente domandò:

«E in quale veste è qui, il primo dirigente in congedo?».

Lei si sentì investire da una fredda ira. Bene. Significava che era ancora viva. «In veste dei cazzi miei, colle'. Ora levati dai coglioni e portami dalla compagna di mio figlio.»

L'altra sbatté le palpebre, come se avesse preso uno schiaffo improvviso.

Silvani tenne gli occhi bassi, concentrandosi sulle punte dei piedi.

Dopo un tentativo fallito di reggere lo sguardo di Sara, la De Marco li precedette all'interno. La casa era piccola ma molto graziosa, piena di fotografie, libri e soprammobili. Un posto vissuto. Un posto felice.

Il pianto proveniva dalla cucina, in fondo al corridoio. Nei pressi della porta la poliziotta fece cenno a Sara di attendere ed entrò. Si udì bisbigliare, poi una voce di donna parlò con durezza:

«E con che faccia viene qui, proprio adesso? Viola non ci vuole parlare, glielo riferisca pure».

Allora Sara, decisa, varcò l'uscio.

Oltre alla De Marco, nella stanza c'erano due donne. Una giovane incinta, i lineamenti sconvolti dal dolore, gli occhi fissi davanti a sé, e una cinquantenne dall'espressione determinata, in piedi con una mano sulla spalla della ragazza. Si somigliavano molto.

Con una certa sorpresa Sara capì che a gemere era una cagnetta meticcia di taglia media, ferma vicino alla soglia del terrazzino. Ignorò lo sguardo soddisfatto della De Marco e parlò alla giovane seduta:

«Me ne vado subito. Ho solo bisogno di qualche…».

La più anziana sibilò:

«Mia figlia dev'essere lasciata in pace. È incinta, e ha appena perso il suo compagno. Non ci si presenta a casa delle persone così, in piena notte a…».

Sara la fissò con freddezza. «Mi scusi, io non sono qui per lei. Mi servono alcune informazioni. Non volete capire meglio cos'è successo?»

La De Marco intervenne, acida:

«La signora Rosaria Visco, madre di Viola, è la proprietaria di questo appartamento e di quello di sopra, dove abita. E ha il pieno diritto di non gradire visite». Quindi si rivolse direttamente alla padrona di casa: «Devo accompagnarla fuori, signora? Basta che me lo dice e provvedo».

Provaci, pensò Sara. Provaci, e paghi tu per tutti.

Prima che la madre rispondesse, Viola parlò con una voce calda e bassa, increspata da un tremito lontano:

«Mamma, per favore. Sentiamo che vuole».

Rosaria aprì la bocca, ma la richiuse subito. Restò impettita al fianco della figlia, la mano ferma sulla spalla come ad affermarne la proprietà.

Sara si rese conto della precarietà della situazione e chiese, rapida:

«Era normale che uscisse col cane a quell'ora?».

Viola confermò:

«Sì. Giorgio è... era uno scienziato, si comportava in maniera metodica. Io lo sfottevo per questo, sono una fotografa, e sono anche disordinata. Tutto il contrario di lui».

«Ti ha per caso riferito di qualche discussione o litigio sul lavoro negli ultimi tempi? Anche un dettaglio, un particolare.»

Fissando la De Marco, Rosaria intervenne, disorientata:

«Ma... mi scusi, ci sono evidenze che... Non è stato un incidente, allora? Di che parla questa donna?».

La poliziotta si rivolse a Sara:

«Non capisco a che gioco stai giocando, ma di certo so che non ti è consentito presentarti qui a...».

Viola la interruppe:

«No, niente di niente. A Giorgio volevano tutti molto bene. Aveva un carattere dolcissimo, sono due anni che ci conosciamo e non l'ho mai visto litigare con nessuno».

La De Marco riprese:

«Adesso basta, ti accompagno fuori. Non me ne starò qua ad assistere a...».

Sara scrollò brusca la mano che l'altra le aveva appoggiato sull'avambraccio. Non aveva mai spostato gli occhi dal viso di Viola. La bastardina continuava a guaire. «E dove lavorava?».

La ragazza mormorò:

«All'università, dipartimento di Chimica organica. Era ancora un ricercatore, aspettava il concorso. Ma era bravissimo, davvero bravissimo».

Rosaria s'intromise, velenosa:

«Scusi, risponda lei a una domanda: ma come si può abbandonare un figlio piccolo, me lo vuole spiegare? Giorgio non la nominava mai, e ogni volta che qualcuno gli chiedeva, sorrideva triste e cambiava discorso. Dov'era lei, quando ha avuto bisogno di una madre?».

Sara la ignorò, rimanendo concentrata su Viola. La cagnetta gemette e la giovane spiegò:

«Lo sta aspettando. Era sua, l'aveva già da prima. Piange, quando lo aspetta. Adesso come farò? Piangerà sempre».

Sara le disse:

«Tornerò. Te lo prometto».

Poi si rivolse alla madre:

«Mi ero innamorata. Giorgio non ha voluto incontrarmi più».

Quindi si girò e se ne andò.

Le linee e i punti. Mentre tiene gli occhi fissi sulle foglie che si alzano volteggiando come in una specie di girotondo, per poi ricadere al calare improvviso del vento, Sara continua a ripercorrere ogni singola azione che ha compiuto, il tragitto tra una tappa e l'altra, momento dopo momento.

E anche a prescindere dalle conclusioni alle quali è giunta, non può non interrogarsi ancora sul motivo che l'ha spinta ad agire in quel modo.

Massimiliano sosteneva che era testarda. Che quella, alla fine, era la caratteristica fondamentale della sua esistenza. Magari poteva metterci un po' a decidere, ma se imboccava una strada, la percorreva fino in fondo, senza esitazioni. Glielo ripeteva sorridendo, con quel suo modo strano di piegare la testa:

«Anche con me è stato così, quando hai compreso che ero il grande amore della tua vita. Io l'avevo capito appena ti ho vista entrare nel mio ufficio, il giorno in cui hai preso servizio. E da allora non è esistito altro futuro al di là di noi due, figli o non figli, matrimonio o meno. Solo noi due».

Derogando al percorso tra linee e punti, Sara rifletté che non si era mai pentita di aver rinunciato a tutto per

Massimiliano. Mai. Nemmeno quando aveva dovuto assisterlo durante la malattia. Solo loro due.

Giusto così, no? Giusto così.

Allora, perché sei qui adesso?, si chiede. Ognuno prende la sua strada. Mica sei un giudice, tu. Sei soltanto una poliziotta in pensione. Che è rimasta sola.

«Testarda» diceva Massimiliano. «Una dannata, meravigliosa testarda.»

Sara ricomincia a seguire la linea, fino al punto successivo.

E il punto successivo è Teresa.

Davanti al portone, un po' defilato sulla sinistra, c'era un bar.

Un tempo il locale aveva avuto ambizioni di caffetteria, perciò con un certo sforzo finanziario si era dotato di finiture in legno scuro, tavolini dal piano in cristallo e poltroncine coi braccioli. Il banco era stato sostituito da un affare alto e cromatissimo, con ben due vetrine separate, una per la pasticceria, l'altra per la rosticceria, e una spettacolare macchina per il caffè, su cui spiccavano delle lunghe leve e uno sfiatatoio del vapore che ricordava una locomotiva di inizio secolo. Ma quella non era zona dove sorbire tè col mignolo alzato, assaggiando biscottini al burro, così ben presto si era tornati agli espressi veloci con cornetto al banco e al panino per gli impiegati all'ora di pranzo, insieme al conseguente, progressivo degrado degli arredi.

Tavoli e poltroncine però erano sopravvissuti, e Sara

si accomodò al solito posto, in un angolino appartato dal quale si vedeva chi entrava e usciva dal palazzo.

L'ufficio, ovviamente, non aveva alcun contrassegno. Non c'erano nomi sul citofono né targhe sulla porta. L'attività svolta là dentro da una dozzina di donne e uomini era forse la più riservata che ci fosse. Accadeva di rado che qualcuno chiedesse cosa diavolo facessero in quel palazzo grigio e anonimo; la prima regola del luogo era pensare agli affari propri. Se capitava, allora rispondevano che si occupavano di importazioni ed esportazioni come indicava la vecchia insegna sull'edificio.

E in un certo senso era vero.

Il proprietario del bar le aveva rivolto un brusco cenno della testa. Si erano incontrati tre volte al giorno per più di vent'anni, senza parlarsi mai. Niente di più intimo di quel gesto. E le aveva portato anche il doppio caffè ristretto e lo zucchero, come ai vecchi tempi. Come se non fosse passato un solo giorno da quando se n'era andata.

Sara non aveva bisogno di guardare l'orologio. All'ora esatta in cui l'aspettava, la bionda uscì dal portone e attraversò la strada con ampie falcate delle lunghe gambe, lanciando un'occhiata a destra e una a sinistra. È una tipa attenta, considerò Sara. E per chissà quale motivo, il pensiero la rassicurò.

Appena entrata nel locale, Teresa la vide. Regola numero uno: controllare l'ambiente. Quindi si avvicinò e sedette sulla poltroncina accanto alla sua, fissando Sara con evidente curiosità.

Teresa era stata stupenda, ed esercitava ancora un incredibile fascino: aveva i capelli dorati, gli occhi azzurri segnati da qualche ruga, gli zigomi alti, le labbra piene, la figura snella. In passato, fianco a fianco negli uffici dell'unità ad ascoltare e trascrivere, avevano scherzato spesso sul fatto che avrebbe potuto diventare un'attrice, guadagnando un sacco di soldi e divertendosi molto di più. «Più di così?» rispondeva sempre Teresa indicando le cuffie e i blocchi di appunti. E poi ridevano insieme.

Se mai poteva esserci amicizia in quel posto, in cui si scavava senza interruzione nella melma, dove si svolgeva un'attività delatoria e vile, si mandavano padri di famiglia in galera per decenni, quella era stata l'unica amica che Sara aveva avuto. Una coppia strana, la bella bionda alta e la piccola bruna coi capelli precocemente striati di grigio, dal corpo morbido e dagli occhi profondi; entrambe affascinanti, entrambe silenziose e riservate. Se mai poteva esserci amicizia in quel posto, loro due erano amiche.

Teresa restò a fissarla, compunta. Poi disse:

«Madonna, quanto sei vecchia».

Sara piegò le labbra in una smorfia:

«E ho giusto un anno e mezzo più di te».

Sorrisero, guardando fuori come se ci fosse qualcosa da vedere. Poi Teresa mormorò:

«Ho saputo. Mi dispiace».

L'altra non fu sorpresa. Se c'era un luogo dove le notizie prima o poi arrivavano sempre era quel triste, malmesso stabile dal lato opposto della strada. Si strinse nelle spalle. «Un incidente. Capita, no? E poi, era uno sconosciuto per me. Vent'anni non sono uno scherzo».

La bionda era ammutolita. Dopo un po' disse:

«Capita, sì. Tu come stai? Davvero, intendo».

Sara cercò dentro di sé. La risacca aveva lasciato sabbia asciutta. Dello tsunami ancora nessuna traccia. «Per ora non provo niente. Arriverà dopo, immagino. Aveva una compagna, è incinta.»

Teresa annuì, come se fosse un'informazione fondamentale.

Sara le chiese:

«E tu? Come te la passi?».

L'amica allargò le braccia:

«Penso spesso a te. A Massimiliano, a noi. Io, te e Marco eravamo così giovani, ci sembrava di combattere chissà quale guerra. Di essere fondamentali. Esisteva solo quel maledetto palazzo. Piano piano era normale mollare il resto. Poi loro sono morti, tu te ne sei andata. E io mi chiedo perché sono ancora là. Solo che non ho nient'altro, e ho paura di quello che c'è fuori. Ecco come me la passo».

L'altra tacque ricordando Marco, l'uomo di Teresa, un collega allegro e brillante, impulsivo e intelligente. A un certo punto aveva deciso che era inaccettabile starsene a guardare e aveva chiesto di tornare operativo. Sei mesi dopo, era stato ucciso in un conflitto a fuoco. Erano tempi così.

Teresa la fissò:

«Che vuoi? Perché sei qui?».

Senza rispondere, Sara tirò fuori dalla borsa il portafogli. Aprì la zip, prese un oggetto minuscolo e lo allungò sul cristallo del tavolino.

L'amica studiò la scheda dello smartphone di Giorgio e scosse il capo, come di fronte a un'assurdità. «Conosci le regole, in buona parte le hai scritte tu. Non dovrei salutarti né mostrare di conoscerti. Sei sparita dal giorno in cui ti sei dimessa, e adesso…»

«E adesso sì. E anche in fretta. Per il tempo che è trascorso, Tere'. Per ognuno di quegli anni insieme. Ti prego.»

Senza distogliere gli occhi dal viso di Sara, la bionda allungò la mano e prese la scheda. Poi domandò:

«Che vuoi sapere?».

«Tutto: i messaggi, le chiamate. Immagino che i testi non ci siano, Giorgio non rientrava nei controlli, ma i tabulati sì».

«Figurati, sei rimasta ancora ai tabulati… ora è tutto digitale. Vedo come posso aiutarti. Non tornare, però: ti chiamo io.» Quindi Teresa si alzò e uscì dal locale a passo svelto, senza guardarsi indietro. Attraversò la strada e s'infilò nel passato.

Adesso Sara pensa all'amica dai capelli biondi, e a come ha imparato l'arte dell'attesa.

Le volte che sono rimaste insieme, sere e notti e albe e mattine, e di nuovo sere, senza un diversivo o una distrazione, aspettando un movimento, un segnale o una parola, pronunciata spesso in dialetti così stretti da risultare quasi incomprensibili a quelli che non possiedono il loro speciale talento.

Pensa alle poche volte che si sono trovati in quattro, con Marco e Massimiliano. Strane vigilie di Natale, un po' rubate alla sorte e al lavoro, qualche silenzio, nessun imbarazzo. Altri mondi, mariti e mogli e figli, lasciati alle normali esistenze della gente normale. Loro no. Loro ascoltavano in cuffia le vite degli altri, ne trascrivevano i sentimenti e le preoccupazioni, scavavano nella banalità alla ricerca delle perle rare del tradimento.

Forse è stata Teresa, ragiona Sara unendo i punti con le linee mentre il vento gioca con qualche cartaccia; rivederne il volto, ascoltarne la voce dopo tanto tempo, le ha fatto venire in mente le carte di Massimiliano.

O forse sarebbe successo in ogni caso.

Quando lo aveva incontrato, era il capo dell'unità. Un uomo mite, dolcissimo e silenzioso, che l'aveva incantata con un unico luminoso sguardo; eppure aveva imparato presto cosa si nascondeva dietro quei silenzi, anche se mai era riuscita a toccarne il fondo pieno di ombre e segreti. Al contrario di lei, un'operativa che stava in trincea, Massimiliano aveva alle spalle trent'anni di strategie e di decisioni terribili. Uomini e donne censiti con rigore, classificati e catalogati al fine di seguirne le esistenze anche nei minimi dettagli o cambiamenti, l'intero Paese scandagliato negli anni in cui erano in atto decine di guerre sotto traccia, invisibili ai più ma non per questo meno cruente e mortali. Certo, era roba da scrivania. Per lui, però, la distinzione tra lavoro e vita non esisteva.

Sara ricordava le notti insonni, il secondo ufficio allestito nella cantina dell'appartamento comprato proprio per quel motivo, i dossier con le facce e i trascorsi della gente, gli indirizzi e i precedenti, le realtà visibili e quelle sommerse. Non era passato troppo tempo, in fondo. In quell'ambiente senza aperture, tenuto al fresco dal ronzante aeratore, era custodito l'archivio più completo dei delitti nascosti di un'intera nazione nel periodo più buio. La porta dello scantinato era sbarrata dal giorno in cui Massimiliano le aveva chiesto di non aggiornare più gli incartamenti, ma Sara non aveva dimenticato quel fiume vorticoso di dati, di informazioni, di volti.

Con l'università era stata fortunata, in un certo senso.

Magari la stessa fortuna l'avrebbe avuta anche in altri ambienti; o avrebbe comunque trovato una pista, qualcuno da ascoltare c'era sempre.

Per due giorni era rimasta su una panchina, davanti al dipartimento di Chimica, memorizzando gesti e lineamenti. Perlopiù si trattava di giovani, indaffarati e occhialuti studenti in camice, coi libri in mano, le cuffiette nelle orecchie e i panini consumati in fretta. Poi però aveva individuato un viso, e le era tornata in mente qualcosa che anni prima aveva archiviato nei fascicoli.

Sapeva aspettare. Quindi aspettò.

Finché non vide un uomo con un camice sedersi a fumare fuori dalla porta col maniglione antipanico, insieme a un altro tizio e a una donna.

Sara si avvicinò e gli rivolse un cenno:

«Chiedo scusa, permette una parola?».

Quello corrugò la fronte, cercando di capire se la conoscesse. Decise di no, scrollò le spalle e si rimise a chiacchierare con gli altri due. Allora Sara mormorò in tono sommesso ma perfettamente udibile:

«6 ottobre '78».

L'uomo riuscì a mantenere il controllo. Non sbiancò, non sobbalzò. Continuò a sorridere mentre tirava un'ultima boccata. Quindi spense il mozzicone e disse:

«Scusatemi. Ci vediamo dentro».

Dopo si girò e prese con delicatezza il braccio di Sara, come se fosse una vecchia conoscenza di cui aveva tardato a ricordarsi:

«Ehi, tutto bene? Vieni, che mi racconti».

Si allontanarono di qualche passo, sotto lo sguardo appena velato di curiosità dei due colleghi. Quando furono a distanza di sicurezza, l'uomo ringhiò:

«Lei chi è? E che cazzo significa quella data?».

Sara rispose, calma:

«È solo una data. Poi ci sarebbe anche un posto, piazza Sannazaro. E tutta la storia, davvero interessante, di un tizio che si fingeva amico di qualcuno e invece non lo era. Che aiutò a organizzare un certo incontro, e andò a finire piuttosto male».

L'uomo sbatté le palpebre e lei notò che dimostrava anche più dell'età che aveva.

«Mi confonde con qualcun altro, e non capisco di cosa sta...»

Sara lo interruppe, quasi stesse recitando una preghiera:

«Lucio Mascolo, nato a Casoria il 3 novembre del '59. Militante nei gruppi comunisti rivoluzionari, in realtà un agente dei Servizi e un fiancheggiatore di Terza Posizione».

«Io non...»

«Certo, adesso sei Luigi Mastrangelo, tecnico di laboratorio, con moglie e due figli: uno studente fuori corso e l'altra insegnante elementare. Chissà se sei sempre fascista. Di nascosto. Se qualche notte ti svegli per i morsi della coscienza, e se vedi ancora il sangue sul selciato di piazza Sannazaro.»

Gli occhi dell'altro cambiarono colore, velandosi di angoscia. «Io ho pagato, cazzo! Non ho mai smesso di pagare, e ho chiuso con quella faccenda! Tu da quale fogna sei saltata fuori, maledizione? Chi cazzo sei?»

Sara lo fissò inespressiva:

«Togliti quei cazzi dalla bocca, quando ti rivolgi a me. E tra noi due basta che io sappia tutto di te, non serve altro. Stai tranquillo, me ne fotto della tua coscienza e pure del tuo passato. Mi servono informazioni, e se sarai esauriente, sparirò come sono comparsa. Altrimenti, diventerò il peggiore degli incubi».

Sia Lucio sia Luigi restarono a bocca aperta. «Quali informazioni? Non frequento nessuno di quelli da almeno vent'anni!»

Sara fece una smorfia:

«Non è vero, non prendermi per il culo, continui a

sentirti con almeno tre di loro. Ma non me ne fotte niente, adesso. Ho bisogno di altro».

Mascolo si guardò attorno, poi domandò:

«Di cosa?».

E la donna parlò.

Alla fine Lucio, con un sorriso che si andava allargando sul volto, disse, sorpreso:

«Solo questo? Le interessano i pettegolezzi del dipartimento? E perché?».

La donna indurì il tono:

«Mascolo, alla prossima frase che non è una risposta me ne andrò e la tua vita com'è adesso sarà finita. Ti verranno a prendere, e non vedrai mai più il cielo».

Un uccello cantò a poca distanza, facendo sobbalzare l'uomo, che rispose in fretta:

«Alberti? Un ottimo ragazzo, tra i migliori. L'incidente ha sconvolto tutti. In particolare la Pratella, la direttrice. Loro due erano molto, molto legati. L'ha voluto lei, qui. Gli aveva dato il posto, e un paio di progetti di ricerca importanti».

«Raccontami di lei, della direttrice.»

Lucio si passò una mano tremante sulla faccia. «Questo dipartimento è tranquillo, fuori dalla calca e da certi interessi. Lavoriamo con serenità, gli studenti girano, arrivano e se ne vanno, molti però chiedono di restare anche senza essere pagati. Silvia, la Pratella, è brava ed è piuttosto giovane per il ruolo che ricopre: è sulla cinquantina. Ha un marito e un paio di figli grandi. Quartieri alti. Un buon capo.»

Sara sogghignò, beffarda. «Sono informazioni che ho già. Stupiscimi, Mascolo. Altrimenti decido che non mi servi, e allora ti accartoccio e ti butto nell'organica.»

Lucio quasi strillò, la voce vagamente in falsetto:

«Senta, io non m'impiccio degli affari degli altri, non attiro l'attenzione su di me. Questo è un ambiente piccolo, si chiacchiera. Posso raccontarle qualche voce, ma non mi metto certo a cercare le prove dei pettegolezzi».

«E allora raccontameli, 'sti pettegolezzi. Non ho tempo da perdere.»

Mascolo si passò la lingua sulle labbra:

«Il dottor Alberti, glielo ripeto, era un bravo ragazzo, sempre gentile e allegro. Anche un bel ragazzo. La Pratella, be', si cura molto. Si mormorava che… Cioè, io non li ho mai visti in atteggiamenti ambigui, intendiamoci, ma lui era un po' il preferito, e lei l'ha infilato in un progetto che curava in prima persona. Restavano in ufficio fino a tardi».

«Insomma, avevano una relazione?»

L'uomo fece spallucce:

«Così si diceva in giro. Ma forse era solo invidia. Lui ha una compagna, che adesso è pure incinta, poveretta. E il marito di lei è un pezzo grosso, un industriale farmaceutico, di certo non si mette a rischio un matrimonio così per un ragazzo carino. Poi lei è stata male, è mancata per qualche mese, e al suo ritorno sono sembrati più distanti».

«In che senso "è stata male"?»

«Nessuno l'ha capito, di preciso. Doveva essere un problema serio, però. Quando è tornata, era la metà. Comunque si è ripresa presto e ora è di nuovo come prima.»

Sara valutò l'informazione:

«E dopo l'assenza com'era con lui?».

Lucio scosse il capo:

«Io li avrò incrociati un paio di volte. Mi parevano più freddi, più... professionali. Ma è solo un'impressione».

«E Alberti che umore aveva negli ultimi tempi? Era triste, depresso?»

Mascolo sembrò riflettere per qualche istante:

«No, non mi è sembrato. Certo, uno che aspetta il primo figlio e ha un carattere estroverso come il suo avrebbe dovuto sorridere di più, secondo me; ma depresso no».

Prima che Sara potesse formulare altre domande, le arrivò un messaggio. Sul display del cellulare il numero era anonimo.

Teresa.

Senza salutarlo, diede le spalle a Mascolo e se ne andò.

Tracciando la linea che unisce il punto di Mascolo, diventato Mastrangelo, a quello di Teresa, Sara riflette sulla strana costante di quelli che, dovendo cambiare nome, finiscono sempre per conservare le stesse iniziali. Per le camicie, magari: anche se tende a escludere che un soggetto come Lucio possegga camicie con un ricamo personalizzato.

Chiusa nell'abitacolo, in attesa, Sara medita sugli snodi. Perché è vero, i punti e le linee sono tutti uguali: ma è anche vero che certi incroci sono rivelatori.

Molto rivelatori.

Prima di rivedere Teresa per le informazioni che l'amica aveva trovato, Sara decise di passare da un'altra parte.

Ricostruire con più particolari il passato di Giorgio le avrebbe consentito di dare il giusto peso alle notizie, abbreviando il tempo che le serviva per collegare gli ultimi punti. Ma non era per quello che Sara voleva incontrare di nuovo la compagna del figlio.

Si sistemò più o meno all'altezza del luogo dove era avvenuto l'incidente. Il traffico era stato riaperto quasi subito, aveva piovuto un po', ed erano bastati pochi giorni per cancellare ogni traccia dell'accaduto. Niente macchia a terra, niente frammenti di parabrezza, niente di niente. Solo un mazzo di fiori appoggiato all'albero su un lato della strada, col cellophane inzaccherato di fanghiglia. Pochi giorni, e nulla più.

Sara sapeva attendere, e attese. Passò un'ora, ne passò un'altra. Certo, c'era la possibilità che a uscire non fosse la giovane, ma la madre; eppure era convinta che sarebbe stata proprio Viola, e lei avrebbe avuto la sua occasione.

Ebbe ragione.

La ragazza varcò il portone all'ora di pranzo, quando il transito di veicoli era scemato sensibilmente. La cagnetta la precedeva trotterellando, la coda alta, il naso in cerca di novità. Viola indossava un cappotto col bavero rialzato e portava un cappello di lana. Teneva in mano la paletta per raccogliere le feci dell'animale insieme a un mazzo di chiavi.

Riconobbe quasi subito Sara e senza esitare la raggiunse attraversando la strada, controllando con attenzione a destra e sinistra se venivano automobili. Gli occhi, tra il bavero e il copricapo, erano arrossati, cerchiati dal sonno e dal pianto.

Rimase in silenzio e, dopo un lungo momento, si incamminò piano dietro alla bastardina, che procedeva annusando il muro di fianco al marciapiede.

Sara si mosse a sua volta, seguendo la giovane a qualche centimetro dalla sua spalla, dall'altro lato rispetto alla cagnetta.

Dopo un po' domandò:

«Quindi stavate insieme da un paio d'anni, è così?»

La spalla rispose:

«Sì, e convivevamo da un anno e due mesi».

«Come vi siete conosciuti?»

«In modo banale, a una cena da amici comuni. Era la prima volta che usciva dopo molto tempo. Almeno, così mi raccontò. Strano, perché amava stare in mezzo alla gente, ridere, scherzare. Cantava, perfino, aveva una bellissima voce.»

Sara si guardò dentro, e vide la sabbia arida della

risacca. Dello tsunami ancora nessuna traccia, eppure avrebbe dovuto essere arrivato, ormai. «Il padre era così, suonava perfino la fisarmonica.»

La spalla ebbe un breve sussultò:

«Me l'ha raccontato. Trovava impossibile che si potesse lasciare un uomo come il papà. E un figlio, è chiaro».

Sara ignorò l'allusione. Era abituata a quelle frecciate. Lei stessa se ne infliggeva almeno una decina al giorno, i primi anni. «Cosa conosci del suo passato?»

Viola si voltò, brusca, e strattonò la bastardina che stava orinando. «In che senso? Era un chimico, un ragazzo studioso e onesto, che siccome è stato abbandonato dalla madre quando aveva cinque anni...»

«Sette» precisò Sara in maniera meccanica.

«... è rimasto ad assistere il padre durante i sei anni di malattia...»

«Quattro.»

«Senti, che cazzo vuoi da me? Che senso hanno queste domande? Ha ragione mia madre: io non dovrei scambiare nemmeno una parola con te e rispettare la volontà di Giorgio.»

L'altra lasciò vagare lo sguardo lungo la strada, soffermandosi su un cancello scrostato. «Voglio solo essere certa, tutto qui. Certa di quello che è capitato. Magari è proprio come sembra, a volte è così, un caso. Però ho imparato che nella vita le fatalità sono davvero molto rare.»

Viola sbatté le palpebre, e d'istinto si passò la mano guantata sul ventre:

«Ma perché, pensi che… che non sia stato un incidente?».

«Io non penso proprio niente. Ho bisogno di capire. Perciò mi servi tu. Non è il passato remoto che mi interessa, ma quello recente. Sei certa che non era successo niente? Né litigi né discussioni. Era geloso di te?»

«Chi, Giorgio? No. Non gliene davo motivo, nelle mie condizioni, poi… Il tempo libero lo trascorrevamo insieme. Nessuna gelosia.»

Sara annuì con lentezza. Una moto sfrecciò rumorosa, squarciando il silenzio di quella strada residenziale. «E tu? Eri gelosa di lui?»

La ragazza serrò le labbra:

«Giorgio… Insomma, a quanto mi ha raccontato, ha avuto solo una storia seria. Non toccava l'argomento volentieri, e io non chiedevo».

«E non eri curiosa?».

«Non è questo, magari lo ero anche. Ma avevo un po'… paura, forse. Hai presente quando temi di scoprire che sei e sarai sempre meno importante? Quando hai paura di dover combattere contro un fantasma?»

Sara rifletté. Sì, aveva presente. Lei con i fantasmi combatteva di continuo.

Viola riprese:

«Credo fosse qualcuna del vecchio lavoro, magari del periodo in cui era stato stagista presso un'azienda farmaceutica. Una volta si lasciò scappare che era una storia senza futuro, che lei era sposata e lui l'aveva scoperto dopo. Ma ti ripeto, evitava di parlarne. E io non insistevo».

La bastardina si mise in posizione, e la giovane preparò la paletta.

«Che farai, adesso?» chiese Sara. «Hai come… coi soldi sei a posto?».

La ragazza si voltò verso di lei, gli occhi cerchiati colmi di stupore:

«Perché, vorresti darmi una mano? Per metterti in pace la coscienza? No, grazie. Noi stiamo bene, io sono figlia unica e mia madre è ricca. E poi non credi che per rispetto a Giorgio io il tuo aiuto non potrei mai accettarlo?».

Sara si mise a osservare la cagnetta intenta a espletare i propri bisogni. A un tratto mormorò:

«Non lo so. Non lo so come sarebbe andata, se fossi venuta a cercarlo, prima o poi. Magari il rancore gli sarebbe passato, o gli era già passato. Il permanere di certi sentimenti è delle donne, non degli uomini».

Viola tacque, assorta. Alla fine domandò:

«Hai detto che ti sei innamorata. Che significa?».

Sara rivide davanti agli occhi Massimiliano. Non com'era alla fine, nel letto dell'ospedale, rinsecchito e annichilito dalla malattia, quando aveva sentito defluire la vita dalla mano che gli stringeva, ma quando lo aveva incontrato per la prima volta, seduto alla sua scrivania, in mezzo a tre assistenti, che sollevava gli occhi su di lei e con un gesto lento si toglieva gli occhiali per guardarla meglio. «Significa che certe passioni, se si ha la fortuna di provarle, si riconoscono. E che si può scegliere se essere sinceri e seguirle alla luce del sole, o vigliacchi e consumarle in segreto. Ma a quelle passioni è impossibile rinunciare.» Tolse la paletta dalle mani della ragazza per impedirle di abbassarsi, raccolse le feci dell'animale e alla fine estrasse la bustina. Alzò di nuovo lo sguardo sul viso di Viola e riprese a parlare: «Io non sono stata capace di essere madre, d'accordo. Chissà, magari potrei provare a essere un po' nonna. Se sopravvivo a tutto questo».

La giovane aveva negli occhi tutta la malinconia del mondo, ma le disse, piano:

«Io non priverei mai mio figlio di una nonna. Mi pare già abbastanza svantaggiato negli affetti, ti pare?».

Sara annuì, seria. Quindi accennò un sorriso, così breve che l'altra dubitò di averlo visto davvero; poi si girò e se ne andò.

Adesso che il tempo è quasi concluso, Sara ripensa a Viola. Mentre il vento sferza la macchina, pensa a Viola. Mentre la mente si danna per disegnare ogni linea tra i punti, e mentre quasi per magia la figura nascosta dietro i numeri si compone, Sara pensa a Viola.

E allora non può non pensare alle proprie decisioni, alla strada che ha scelto tanti anni prima. A quanto sia stata giusta, a quanto possa essere stata sbagliata. Ma, si risponde come sempre, chi è che stabilisce quello che è giusto e quello che è sbagliato?

Certo, la morale comune impone che una madre non volti le spalle a un figlio di appena sette anni. Certo, se si prende un impegno come il matrimonio, si dovrebbe mantenerlo. Certo, chi se ne va ha torto. Sempre.

Ma anche il defunto padre di Giorgio aveva i suoi torti, per quanto fosse probabile che il ragazzo non l'avesse mai scoperto. Una bella, lunga relazione clandestina con una collega sposata, per esempio. Venuta a conoscenza del tradimento durante un'intercettazione ambientale, un'agente che lavorava con Sara si era sentita in dovere di riferirglielo senza la minima esitazione.

Ognuno compie i suoi errori, pensa senza distogliere lo sguardo dal portone, con le foglie che si alzano e cadono a intervalli. E li paga.

Sara fantastica sull'ipotesi di futuro, perché alla fine ognuno ha un futuro. Magari potrebbe provare a essere nonna. Sempre se la notte finirà nel verso giusto. Questa notte, o una delle successive. Quando tutti i punti saranno stati collegati, e la figura complessiva non avrà più segreti.

Ma adesso c'è da ultimare la ricostruzione.

Con calma e senza fretta, la mente unisce il punto precedente a quello successivo.

E il punto successivo non può che essere Teresa.

Attese al tavolino del bar, ma era certa che non si sarebbe fermata. Se le informazioni erano parecchie, se non si trattava di un "Non ho trovato niente", allora Teresa avrebbe proseguito sicura, sul suo lato della via, senza nemmeno accertarsi che Sara fosse al solito posto.

Lei però c'era, e scorse l'amica uscire dal palazzo grigio e imboccare la traversa con passo tranquillo ma non troppo lento, come chi ha una commissione da sbrigare e sa esattamente quanto ci vorrà.

Aspettò qualche secondo, poi uscì mettendo i soldi per il caffè sul ripiano del banco.

Il proprietario non sollevò nemmeno lo sguardo dal bicchiere che stava asciugando. Sara considerò che avrebbero dovuto assumerlo, prima o poi.

L'aria era umida, e stava venendo sera. Lasciò sempre che almeno una decina di persone si frapponesse tra lei e Teresa, che camminava dall'altra parte della via. Quindi la vide infilarsi in un negozio di abbigliamento a più piani. Sorrise, era la scelta più saggia, il posto migliore per non essere notate: merce di valore troppo basso per giustificare la presenza di telecamere di sorveglianza, e un grosso bodyguard nero all'ingresso a scoraggiare i curiosi.

Sara non credeva che quelle cautele fossero necessarie, ma certe abitudini erano difficili da perdere e la diffidenza rientrava tra queste.

Il reparto femminile era al secondo piano, affollato da una schiera di galline alla ricerca di una gonna sexy a basso costo. Teresa non c'era. Borse e valigie, terzo piano. Troppo silenzio tra gli scaffali, e Teresa non c'era. Biancheria per la casa, quarto piano, ed ecco l'amica intenta a rovistare tra le lenzuola.

Sara si avvicinò, e finse di scegliere un plaid in pile.

Senza alzare gli occhi dalla merce, la bionda disse:

«Notevole, il contenuto della scheda».

«Che intendi?»

Un sorriso fugace, a occhi bassi. «Cazzo, sessanta euro queste. E sono pure brutte, ma la gente che gusti ha? Insomma, chiamate senza interesse perlopiù: Viola, la madre di Viola, un tizio con cui giocava a calcetto, pare. Poi c'erano i due messaggi».

Sara rifletté:

«I due messaggi... Quindi erano ricorrenti».

Teresa sollevò la tela in controluce:

«Brava la mia ragazza. Molto ricorrenti. Per la precisione uno di mattina e uno a mezzanotte, da circa diciotto mesi».

«E a chi?»

«Al tempo, Sari'. Al tempo. Ti ho preparato un po' di documentazione, lascio la busta qui tra i coordinati, prendila dopo che me ne sarò andata. Ed è inutile ricordarti che noi senza un mandato mica possiamo leggere i messaggi o ascoltare le conversazioni. I tempi sono cambiati. E magari adesso nemmeno vale la pena.»

Sara sbuffò, continuando a esaminare perplessa una coperta scozzese:

«Non uscirtene con queste stronzate, Tere'. Mai avuto bisogno di un mandato per sentire quello che si dice la gente».

«Vero. Ma questo quando li intercettiamo in diretta, non quando si tratta di roba già successa. Certo, se tuo figlio o la persona a cui scriveva ogni mattina e ogni notte fossero stati sotto controllo, esisterebbero le trascrizioni. Non è così, però. Il che da un lato può intralciarti, ma dall'altro ti deve pure rassicurare, no?»

Sara comprese che era così. «Quindi, che c'è nella busta?»

«Proprio i dati di quella persona con la quale Giorgio scambiava poche ma intense parole, fingendo di portare il cane a spasso, all'insaputa della piccola, ingenua Violetta. Buon sangue non mente. E mi riferisco al padre, non a te.»

La voce di Teresa le arrivava in un sussurro, come se l'amica non stesse muovendo le labbra. Che strana magia, che potere occulto il tempo e il lavoro avevano conferito alle due donne: quello di sentire, di interpretare i segni, di distinguere le parole in un ronzio sommesso che il resto della gente non avrebbe nemmeno riconosciuto come una conversazione.

Sara sussurrò:

«Perché non hai lasciato la busta da qualche parte, allora? L'avrei trovata senza problemi. Bastava un accenno, una parola...».

L'altra scosse il capo, disgustata dal disegno della federa che teneva in mano, e mormorò:

«Dài che ci arrivi. Rifletti e ci arrivi. Non deludermi».

Giusto.

«Devi comunicarmi qualcosa che non vuoi o non puoi scrivere.»

La bionda annuì, e infilò la federa nel cestino che aveva al braccio. Poi si avvicinò allo scaffale degli asciugamani alle spalle di Sara, che la perse di vista.

La voce di Teresa risuonò chiara:

«Ascoltami. Alcuni di noi sono stanchi. Stanchi di

venire a conoscenza di certi fatti, di essere testimoni silenziosi di atrocità, private e pubbliche. Non te lo puoi neanche immaginare, oggi è molto peggio di prima: la Rete, i social... Accadono eventi terribili, e dobbiamo stare a guardare senza poter intervenire».

«E non è sempre stato così? Non abbiamo sempre sentito cose, che abbiamo segnalato senza occuparcene più? Non stava mica a noi...»

L'amica la interruppe:

«No, credimi. Oggi il lavoro consiste nello scavare tra foto, messaggi audio, video... Non puoi capire. È come navigare in un mare di merda, scandagliando il fondale in continuazione. E siamo stufi».

«Stufi? Chi siete?»

«Tu sei brava, Sara. Sei forte, determinata. E sei sempre stata diversa. Anche adesso, con questa storia di tuo figlio... Se la porterai a termine, e io sono certa che ci riuscirai, non sarai più vergine. Ci servi. Ci servi assai.»

«E che dovrei fare?»

La bionda rimase in silenzio. Non aveva ancora lasciato il dossier. Poteva andarsene senza darle quello che le serviva. Sara pensò che magari era già successo, e che alle sue spalle non ci fosse più nessuno.

Poi avvertì di nuovo la voce:

«Il braccio. La mano. Il dito che preme il grilletto. Prima che gli eventi orribili si compiano, oppure dopo, se non siamo in grado di impedirli. Quella che punisce, insomma».

Pur nel silenzio della risacca, Sara avvertì un lungo brivido. «Ma perché io?»

«Perché sei una di noi, perché sei sola, e perché ne saresti capace». Quindi Teresa si voltò e con un gesto rapido inserì una busta tra le lenzuola. «Pensaci, Sari'. Ti cerco io.»

E si allontanò in fretta.

Ora che aspetta di tracciare l'ultima linea, Sara ragiona sulle parole dell'amica.

Chissà, magari ha ragione. Magari è ora di occupare il tempo, di porre fine a quel limbo in cui langue dalla morte di Massimiliano.

Magari tutte quelle cartelline, classificate con attenzione e rigore nelle scaffalature della cantina, possono tornare ad avere un senso.

Per qualche strano motivo la mente va a Viola, la compagna di Giorgio. Curioso come la risacca continui a essere silenziosa e arida, e come lo tsunami di dolore non accenni a manifestarsi; e quanto poco, per paradosso, stia piangendo il figlio, pur muovendosi, con assoluta determinazione, per capire ciò che gli è capitato davvero, al di là delle apparenze.

Viola, invece, con quegli occhi cerchiati e smarriti, con quella bastardina al guinzaglio, con la voglia repressa di affrancarsi dalla madre, le si è piazzata nel cuore. Lei e il suo ventre arrotondato.

Lo sguardo fisso davanti a sé, incassata e invisibile al posto di guida, Sara considera come in qualche modo il ventre di Viola e le parole di Teresa siano due parentesi che racchiudono il futuro.

Sempre se ne avrà uno.

Nel frattempo la mente torna alla busta aperta sul tavolo della cucina, sotto la luce bianca del neon. E ai due fogli che conteneva.

Su uno c'era quello che le serviva per stabilire quale fosse l'ultimo puntino da unire. Sull'altro c'era il gentile omaggio di Teresa, che spiegava tutto.

Tutto quanto.

Silvia Pratella, la direttrice del dipartimento di Chimica che era stata il capo di Giorgio, il giovedì sera andava a un cineforum. Fino a un anno prima, l'appuntamento era stato una copertura per i suoi incontri col giovane; adesso invece ci andava davvero, e da sola.

Il sintetico rapporto di Teresa, redatto col tono asciutto che Sara ben conosceva e che le aveva perfino strappato un sorriso, precisava che la donna era intercettata in maniera indiretta perché il marito, industriale sospettato di finanziare in segreto gruppi di estrema destra, era sotto controllo. Una piccola, imprevista fortuna.

Sara ricordò il dettaglio delle telefonate: il giovedì Giorgio era impegnato a calcetto. Forse anche lui aveva ripreso a giocare con regolarità, dopo la fine della relazione col suo capo.

Aspettò la Pratella all'uscita del cinema, al termine della proiezione di un film polacco; la donna doveva essere davvero un'appassionata. La riconobbe subito avendone cercato immagini recenti in Rete. Era bella, magra e alta, curata ed elegante. La sequenza temporale delle fotografie che Sara aveva trovato restituiva tuttavia un impalpabile, sottile degrado del fisico. L'espressione era diventata triste, c'era stato un lieve dimagrimento e l'ex poliziotta aveva anche avuto l'impressione di un diradamento della capigliatura, ben celato da cappelli portati in quasi tutte le occasioni.

Il secondo foglio nella busta, d'altronde, spiegava i motivi di quel deterioramento appena percepibile.

Silvia Pratella sostò qualche attimo sulla soglia della sala, si guardò attorno e si chiuse meglio il soprabito sul collo; poi s'incamminò, lenta, verso il parcheggio.

Sara l'avvicinò, affiancandola. «La dottoressa Pratella, vero?»

L'altra si fermò, sorpresa:

«Ci conosciamo?».

«No, ma forse abbiamo qualcosa in comune. Anzi, ne sono sicura.»

Lo sguardo di Silvia si piantò in quello di Sara. Una blanda curiosità, un vago interesse; ma anche un sottofondo di malinconia e un latente dolore che alla più anziana ricordarono gli occhi di Viola. Era strano come Giorgio avesse lasciato un cratere incolmabile in donne così diverse, e come in lei, al contrario, la sua morte avesse prodotto un deserto. Con più difficoltà di quanto sarebbe stato immaginabile disse:

«Io sono la… la madre di Giorgio Alberti».

Sorpresa. Un evidente indurimento dell'espressione,

segno che anche a lei il figlio aveva confidato dell'assenza della madre. Nessun perdono, nessun oblio.

«Ah. Allora esiste. E che vuole da me, signora? Io non ho niente da raccontare di Giorgio che possa interessarle.»

Le labbra di Sara si piegarono in una smorfia. «Perché non continuiamo nella sua macchina? Così non prendiamo freddo, qui fuori. E bar aperti, a quest'ora e da queste parti, non ce ne sono.»

«E perché dovrei parlare con lei, scusi? Credo che non abbiamo nulla di cui conversare. E ora che ci penso, nemmeno mi va la sua compagnia. Buona serata.»

Sara era preparata alla reazione, e ribatté in fretta:

«Come vuole. Magari potrebbe interessare a suo marito, impegnato in questo momento nel poker settimanale con gli amici politici, apprendere che quando è stato investito, Giorgio le stava scrivendo il solito messaggio della buonanotte. E che, secondo quanto dichiarato dall'uomo alla guida, se si è gettato di proposito, la decisione può risalire proprio alla fine della vostra relazione. Nel malaugurato caso in cui, è ovvio, questa vicenda dovesse diventare di pubblico dominio». Aveva parlato a bassa voce, quasi un sussurro, tenendo le mani nelle tasche del cappotto, i capelli grigi appena scompigliati dal vento. Anonima, all'apparenza fragile. E invece letale.

L'altra sbatté le palpebre:

«Chi è lei? Come… come ha scoperto che… E come mi ha rintracciata?».

«L'importante sono le informazioni che ho, e soprattutto quelle che voglio. Io le ho spiegato chi sono. Adesso mi dica chi è lei».

Il bel viso della professoressa si contrasse in una smorfia indecifrabile. Poi annuì, e si diresse senza voltarsi verso la propria auto.

Sara le andò dietro e salì dalla parte del passeggero.

Silvia mormorò:

«Vuole sapere se io e Giorgio abbiamo avuto una relazione, se eravamo amanti? Immagino di sì, che sia proprio così. Suo figlio, ammesso che lei sia davvero la madre, è stato il grande amore della mia vita. E io il suo».

«È sicura? Perché poi è finita, giusto? I grandi amori si inseguono, e voi due avete rinunciato.»

La Pratella rise, beffarda:

«Ah, ecco. Lei che fa la morale a me. Lei, che ha lasciato un bambino, e…».

Sara sibilò:

«Io, sì. Perché per l'appunto io l'ho inseguito, il grande amore. Contro tutto, contro il mondo. Per questo posso assicurarle che Giorgio aveva compiuto altre scelte e…».

Silvia la interruppe:

«Lei non sa un cazzo. Sono stata io a chiudere la storia, appena ho scoperto che… Insomma, sono stata io. Gli ho detto che i miei figli avevano bisogno di me, che non potevo lasciarli. Che lo amavo, ma…».

«Ma» la precedette secca Sara, «non era questo il vero motivo, è così?»

Silvia tacque, lo sguardo perso nel vuoto davanti a sé. Le mani le tremavano. Aprì la borsetta, prese una sigaretta ma non l'accese.

«Ha scoperto anche questo, quindi. Sì, la vera ragione era un'altra.»

Sara attese qualche attimo, poi aggiunse:

«Quando le è stata diagnosticata, la malattia?».

La Pratella accese la sigaretta, le dita tremanti. Soffiò il fumo aprendo il finestrino di un dito. «Non dovrei fumare, proprio io. Ma da quando Giorgio è... non mi interessa più sopravvivere. E non riesco a credere che sia stata una sua scelta deliberata. Non è possibile. Lui era... era tenace, sereno, sempre positivo. Non ci credo proprio. Anche se non ci frequentavamo più, in quel senso.» Aspirò un'altra boccata, scuotendo il capo. Quindi riprese: «Era al seno destro. Se ne accorse proprio lui. Assurdo, no? Non fui io, e nemmeno il ginecologo. Fu Giorgio. Sono stata operata, e hanno scoperto che c'era qualcosa anche all'intestino. Operata ancora. Ho rotto subito con Giorgio, non potevo sopportare di costringerlo fuori dall'ospedale, di impedirgli di venire a trovarmi. È giovane... era giovane. C'erano parecchi anni di differenza tra noi. Meritava una vita. Lei l'ha conosciuta, Viola? Io no, non l'ho mai voluta incontrare. Immagino di non essere abbastanza forte, per questo. Non sono andata nemmeno al funerale. Non sarei riuscita a mantenere un contegno».

Sara annuì, pensosa:

«Chi è di certo a conoscenza di voi due?».

Silvia spalancò gli occhi, scuotendo il capo:

«Ma sta scherzando? Nessuno, nessuno mai! Al di là di qualche pettegolezzo in dipartimento, che posso immaginare, le assicuro che nessuno ha mai sospettato di noi. Eravamo attenti a livello maniacale. Mio marito, lui... È un uomo terribile. Potentissimo e terribile. Ci avrebbe distrutti, e non potevo permetterlo».

«Eppure, come ci sono arrivata io, poteva arrivarci chiunque. Quindi anche suo marito, non le pare?»

«No, lei non lo conosce, non sarebbe riuscito a nascondermelo. Avrebbe reagito con rabbia, sarebbe impazzito, mi avrebbe cacciata di casa. Lo escludo.»

«Quindi lo ha lasciato andare. Però poi avete ripreso la relazione...»

Silvia gettò il mozzicone dal finestrino, e sorrise con tristezza:

«No. Quando mi raccontò di Viola, del figlio in arrivo, decidemmo insieme che non ci saremmo incontrati più. Mi sentivo svuotata, non volevo andare avanti. Perfino il mio medico, al quale sto molto a cuore, mi ha supplicato di spiegargli perché avevo smesso di combattere».

«E lei si è confidata?»

La Pratella si strinse nelle spalle:

«Sì, ma senza fare nomi, è chiaro. Gli ho detto che la vita deve avere un senso, per essere conservata. E che io questo senso non lo trovavo più. Perciò non volevo altre storie, non mi interessavano altre relazioni. Aspetto che provveda la malattia, tanto le cure non riusciranno a guarirmi».

Ecco, pensò Sara, ecco l'ultimo punto da unire. Ecco cos'è successo in realtà.

Silvia continuò a bassa voce:

«Era rimasta quest'abitudine, dalla quale non riuscivamo a separarci. La buonanotte e il buongiorno. Il primo e l'ultimo pensiero. L'inizio e la fine. Ricevevo la buonanotte nel bagno di casa, e il buongiorno nello studio del dottore dove vado per la terapia, prima del lavoro. Non ha idea di quanto mi manchi».

Sara sentì il sordo rumore dello tsunami in arrivo. Finalmente. Aprì lo sportello per uscire, ma si fermò:

«Un'ultima cosa, signora. Che sa dell'incidente di Giorgio?».

«Quello che conoscono tutti, a chi avrei potuto chiedere altre informazioni? La stampa ha parlato solo dell'incidente, un trafiletto in cronaca. Perché?»

Sara accennò un sorriso:

«Così. Solo per curiosità».

La donna le prese il braccio, trattenendola:

«Un attimo, la prego… Giorgio non si è ucciso per me, vero? Io non potrei reggere se…».

Sara la fissò; e nei suoi occhi c'erano una nuova durezza e un nuovo dolore. «No, signora. Non l'ha fatto di proposito. Glielo assicuro.» Scese dalla macchina e si avviò nella notte.

Ora che si trova a chiudere la storia, Sara è sicura che verrà avvolta da una nebbia. Ha sbagliato, perché il dolore per la perdita del figlio non era uno tsunami che l'avrebbe sbattuta chissà dove, sospingendola in una sconosciuta follia, bensì una bruma ignota, biancastra, melmosa e maleodorante dalla quale non sarebbe uscita mai più.

Non sarebbe dovuto servirle il secondo foglio nella busta, per comprendere. Gli elementi li aveva tutti, eppure non li aveva collegati. Era arrugginita, forse il coinvolgimento personale l'aveva confusa, togliendole lucidità.

Io salvo le vite, aveva detto. *Non ammazzo. Sono un oncologo. Dottor Terzani, Ludovico Terzani.*

Il povero medico terrorizzato, sconvolto e insignificante. E innamorato. Perdutamente innamorato della sua bella paziente, a sua volta innamorata per sempre di un ragazzo che aveva dovuto lasciare.

Gli occhi fissi sul cancello, Sara cerchia in rosso nella mente l'ultimo punto che, unito agli altri, mostra un'immagine molto più semplice di come sembrava all'inizio.

L'amore è un inferno, dottore. Quanto devi aver sofferto, vedendo quella donna, che non avresti mai avuto riservare l'unico sorriso della giornata al messaggio ricevuto ogni mattina nel tuo studio?

L'amore è un inferno.

Devi aver creduto che toglierlo di mezzo ti avrebbe aperto un mondo di possibilità. Che l'inconsolabile professoressa si sarebbe aggrappata a chi l'aiutava a combattere la malattia. Magari alla lunga avresti vinto. Magari l'avresti persuasa, con un po' di tempo a disposizione.

Peccato che il tempo non ce l'hai, dottore. Perché

sul secondo foglio contenuto nella busta di Teresa c'era l'informazione giusta: cioè il nome del medico che stava cercando di salvare Silvia Pratella.

L'amore è un inferno.

Spaccando il minuto, l'uomo esce dal cancello per recarsi in ospedale, al turno di notte. Sara apprezza molto la precisione altrui. È una comodità.

A passo svelto, Ludovico Terzani, oncologo e assassino, si avvia verso il garage dall'altra parte della strada che attraverserà in corrispondenza delle strisce, in un punto fuori dalla portata delle telecamere di sorveglianza.

Sara mette in moto.

Stavolta nessuno si fermerà a simulare un inutile soccorso. Anche stavolta nessuno sentirà una frenata, perché non ci sarà.

L'amore è un vero inferno.

Avviandosi silenziosa, Sara pensa a Viola e al suo bambino.

Chissà com'è essere nonna.

Chissà com'è.

nero

Nella stessa collana

1. Enrico Pandiani, *Un giorno di festa*
2. Bruno Morchio, *Un piede in due scarpe*
3. Roberto Perrone, *L'estate degli inganni*
4. Corrado De Rosa, *L'uomo che dorme*
5. Maurizio de Giovanni, *Sara al tramonto*
6. Daniele Autieri, *Ama il nemico tuo*
7. Piergiorgio Pulixi, *Lo stupore della notte*
8. Carlotto – De Cataldo – de Giovanni, *Sbirre*
9. Luca Crovi, *L'ombra del campione*
10. Andrea Cotti, *Il cinese*
11. Olivier Norek, *Tra due mondi*
12. Piero Colaprico, *Il fantasma del ponte di ferro*
13. Gianni Mattencini, *L'onore e il silenzio*
14. Enrico Pandiani, *Ragione da vendere*
15. Cristina Rava, *Di punto in bianco*